# 바스커빌관의 살인

**BASUKAVIRUKAN NO SATSUJIN**
Copyright © 2024 by Yushi Takano
All rights reserved.
Original Japanese edition published by TAKARAJIMASHA Inc.
Korean translation rights arranged with TAKARAJIMASHA Inc.
through Eric Yang Agency, Inc., Seoul.
Korean translation rights ©2025 by HUMMINGBOOKS

이 책의 한국어판 저작권은 EYA(에릭양 에이전시)를 통한 저작권사와의
독점 계약으로 허밍북스에 있습니다. 저작권법에 의해 한국 내에서
보호를 받는 저작물이므로 무단전재와 복제를 금합니다.

다카노 유시 지음
송현정 옮김

# 바스커빌관의 살인

## 차례

제1장 **해결편**      3

제2장 **X의 비극**      23

제3장 **흑사장 살인사건**      98

제4장 **Death on the Nile**      213

제5장 **그리고, 미궁에 빠지다**      275

# 제1장

## 해결편

핵 쉘터 안에서 일어난 엽기 살인. 그 최후의 수수께끼가 지금 '탐정'에 의해 해결되려는 참이다.

무기질의 벽. 어두침침한 조명. 타원형 테이블을 둘러싸고 모인 구획의 주민들. 자신의 추리를 선보이는 무대로 '탐정'이 선택한 장소는 쉘터 한가운데 위치한 공유 룸이었다.

공유 룸과 인접한 주민들의 방 중 두 개만이 문이 열린 상태였다. 두 개의 방안에는 방호복을 입은 시체가 다리를 뻗은 채로 벽에 기대어져 있다. 시체의 풀린 동공이 '탐정'과 주민들을 향하고 있었다.

무거운 분위기에도 개의치 않고 '탐정'은 경쾌한 말투로 말을 이어갔다. '탐정'의 추리를 듣던 남자는 입고 있는 하얀 가운의 소매를 걷어 손목시계를 확인했다. 과학자 겸 조수로서 '탐정'을 도왔던 2박 3일간의 여정이 끝나가고 있었다.

'탐정'이 범인을 지목하고 트릭을 설명하자 쉘터 주민 중 한 사람인 유리아가 슬픔으로 일그러진 아름다운 얼굴로 의문을 제기했다.

"대체 왜 슈 씨가 그 사람들을 죽여야만 했던 거죠?"

"마, 맞습니다. 내가 왜요?"

슈가 덩달아 외쳤다.

"나도 슈가 사람을 죽였다는 걸 도저히 믿을 수가……이유가 뭐지?"

남자는 '탐정'에게 범행 동기에 대한 설명을 재촉했다.

이미 범행 수법과 증거가 확실하게 밝혀진 만큼 슈가 한 짓이라는 사실은 의심할 여지가 없으나 동기까지 명백하게 설명되지 않으면 완전한 해결이라고 할 수 없다.

'탐정'은 확신에 찬 얼굴로 쉘터 세븐의 주민들을 둘러보았다.

"바깥세상이 방사능에 오염되면서 우리는 이 지하 시설에서 공동생활을 하게 되었습니다. 이 구획에서 생활하는 사람은 남자 네 명과 여자 여섯 명. 살해당한 사람은 겐 씨와 도키오 씨. 두 명 모두 이십 대 남성이지요. 그들이 방사선 방호복을 입은 채로 실내에서 죽게 된 경위는 이미 설명해 드린 대로입니다. 다만……."

'탐정'이 검지와 중지를 붙여 세우더니 이마에 갖다 대었다. 평소에 저런 행동을 한 적이 없던 걸 봐서는 지금 이 순간을 위해 생각한 포즈인 것 같다.

"제가 의뢰를 받고 옆 구획에서 조사하러 왔을 땐 이 쉘터에 맴도는 이상한 분위기를 미처 감지하지 못했습니다. 왜냐하면 그땐 이미 겐 씨가 죽고 난 다음이었기 때문이지요. 나중에야 알았지만, 이 쉘터는 아주 오래전부터 뒤틀린……아니, 본능적이라고 불러야 할 아주 잔혹한 남녀관계에 지배당하고 있었습니다. 제가 온 이후 여성들은 모두 도키오 씨와 사귀고 싶어 했습니다. 겐 씨가 살아있을 때는 겐 씨가 가장 인기가 많았다고 하더군요."

'탐정'의 지적에 여성들의 눈이 일제히 흔들렸다.

"하지만 이내 도키오 씨도 살해당했습니다. 그러자 이번에는 제게 다가오는 여성들도 생겼습니다."

남자는 안도했다.

다행히도 '탐정'이 더는 힌트를 주지 않아도 무사히 진상에 다다를 모양이다.

같은 구획의 인기남 두 명이 죽은 다음부터 여성들이 옆 구획에서 온 '탐정'을 유혹한다. 이것은 커다란 힌트인 동시에 '탐정'을 위한 서비스이기도 했다.

"다시 말해 아무도 슈 씨를 남성으로서 상대해 주지 않았다는 말이지요. 어떤 의미에서는 살인만큼이나 잔혹한 일이 아닐 수 없습니다. 남성보다 여성이 많은 폐쇄 공간. 그런데 이 여성들을 모두 등급이 높은 남성이 독차지해 버리다니. 조금 전 여러분은 '이런 상황에서 살인 같은 걸 할 필요가 있느냐'라고 물으셨지요. 그러나 범인, 슈 씨는 이러한 상황이기 때문에 더욱더 자신보다 인기가 많은 남성 두 명을 제거해야만 했던 것입니다."

어깨를 움츠린 채 아무 말이 없는 슈의 옆에 있던 또 다른 남성 라오가 손을 들었다.

"그러면 어째서 저는 살해당하지 않은 겁니까?"

"당신은 이미 육십 대. 나이 때문에라도 당신보다는 자기가 더 높은 등급이라고 생각한 거겠지요. 제 말이 틀립니까? 슈 씨?"

슈는 체념한 듯 고개를 끄덕였다.

'탐정'은 우월감이 가득한 웃는 얼굴로 슈의 어깨에 손을 얹었다.

"저는 당신의 괴로움을 완전히 이해할 수는 없습니다. 하지만 이것만큼은 말할 수 있습니다. 이 쉘터에서 일어난 기묘한 연쇄살인이야말로 사람에게 등급을 매기는 잔혹한 사회에 대한 반항이었다고 말입니다."

70점 정도는 되겠군. 이 정도면 그럭저럭-.

남자는 턱을 쓰다듬었다.

일부 어설픈 추리도 있었지만, 남자가 도와준 덕에 별 탈 없이 지나갔다. 힌트가 없었다면 풀지 못했을 트릭도 있었으니 너무 쉬웠다는 클레임을 받을 일은 없어 보였다.

남자는 '탐정'을 추켜세우며 칭찬한 다음 지상으로 안내했다.

'탐정'을 필두로 사람들이 줄줄이 계단을 올라간다. 안쪽 방에 남아있는 시체에는 눈길조차 주지 않는다. '탐정' 외의 사람들은 전부 운영 측 사람들이니 당연하다지만, '탐정'조차 전혀 신경 쓰이지 않는 눈치다.

남자에게는 익숙한 광경이었으나 이번에는 이상하게 씁쓸했다.

'탐정'이 지상으로 나오는 순간 팡파르가 울려 퍼지며 스태프 전원이 박수로 환영했다. 캐스트들도 '탐정'을 에워싸고 박수를 보냈다.

어둑어둑하던 땅속 세상이 순식간에 뒤바뀌고 쨍하게 맑은 하늘 아래 파티가 시작되었다.

남자는 캐스트에서 웨이터로 변신해 분주히 움직였다.

일본에서 멀리 떨어진 절해고도. 날씨가 조금 불안했는데 다행히 맑게 개었다. 비가 오더라도 다른 건물에서 파티는 할 수 있다. 하지만 그래서는 갭이 부족했다. 지하 쉘터에서 일어난 사건의 애프터파티인만큼 해방감이 느껴지는 야외가 제격이었다. 그래야만 클라이언트의 만족도도 훨씬 커질 터였다.

"아- 정말 즐거웠다네. 2박으로는 부족할 정도야. 다음에는 3박으로 부탁해도 되겠지?"

어느새 만취한 클라이언트가 흥분한 목소리로 말을 걸었다.

"물론입니다. 장편 시나리오도 얼마든지 준비 가능하니 말씀만 주십시오."

남자가 공손하게 대답하자 클라이언트는 의기양양한 얼굴로 잔에 든 와인을 비웠다.

"그런데 유감스럽게도 말이지, 이번에 살인 수법은 재밌었는데 범인을 너무 빨리 알아버렸어. 다음에는 난이도를 조금 더 올려도 괜찮을 것 같군."

"잘 알겠습니다."

힌트를 잔뜩 제공한 건 굳이 말하지 않는다. 중요한 건 클라이언트의 만족도. 더 정확히 말하면 다시 참가하고 싶은지 아닌지가 전부다.

다행히 클라이언트는 또 참가하겠다고 약속한 뒤 여성 캐스트들이 모여있는 자리로 돌아갔다.

"정말이지 처참한 마무리였어. 근래 최악이었다고."

등 뒤에서 불쾌한 목소리가 들렸다.

뒤돌아보니 작가가 보란 듯이 팔짱을 끼고 도끼눈을 뜨고 있었다. 시건방진 태도야 언제나 그랬지만 지금은 클라이언트 앞이다. 아무리 사회성이 떨어져도 정도껏 해야지.

"작가님! 저쪽에서 이야기하실까요?"

작가의 무례한 말이 클라이언트에게 들리기라도 했다가는 골치 아파진다. 남자는 가까운 건물로 작가를 데리고 들어갔다.

남자의 예감은 적중했다. 건물에 들어서자마자 작가의 입에서는 불평불만이 쏟아져나왔다.

"계속 참고 있었는데 말이야. 이번 진행에 대해 어떻게 생각해? 정말 이대로 OK냐고!"

"……."

남자는 별 내색 없이 입을 다물었다.

굳이 작가가 지적하지 않더라도 이번 '일'은 완성도가 높다고 보기엔 어려웠다.

남자의 회사는 전 세계의 부유층에게 리얼한 추리 게임인 '탐정 유희'를 제공한다. 탐정 유희에서는 클라이언트가 탐정이 되어 살인사건의 수수께끼 풀이를 즐긴다. 운영 측은 클라이언트의 요청에 따라

기획부터 무대 제작, 캐스팅, 시나리오에 이르기까지 모든 것을 준비한다. 철저한 오더메이드인 만큼 참가비는 수억 엔을 가뿐히 넘는다. 고작 추리게임에 불과한 탐정 유희에 부유층이 거액을 내는 이유는 그 안에서 실제로 살인이 일어나기 때문이다. 진짜 살인, 진짜 시체. '탐정'은 그야말로 '리얼 살인 미스터리'를 수사할 수 있다. 이러한 비일상적인 경험과 자극을 위해 수억 엔에 달하는 참가비를 아까워하지 않는 부유층은 전 세계 어디든 있기 마련이라 해외에서는 탐정 유희가 200년 이상 전부터 성행했고 전문 회사도 존재한다. 남자는 바로 그 회사의 일본지부에서 제작팀 팀장으로 일하고 있다.

"시나리오 쓰는 사람 입장도 좀 생각해 줘야 할 것 아냐."

한 귀로 흘려듣고 있는 동안 작가의 불평은 점점 더 강도가 세지고 있었다.

"있지, 아까 그건 거의 답을 말해 준 거나 마찬가지 아냐? 마지막에 준 건 힌트 수준이 아니었다고. '피해자들은 모두 인기남이었지요' 라니! 과학자가 왜 이런 대사를 치는 건데?"

"······그렇게라도 말하지 않으면 추리가 진행되지 않을 것 같아서······."

"그래! 내가 말하고 싶었던 게 바로 그거야. 이제는 그만해도 되지 않아? 언제까지 그렇게 클라이언트 기분 맞춰주기에 급급할 건데? 좀 더 미스터리의 본분, 그러니까 트릭의 완성도를 우선해야 하는 거 아니냐고. 이번 건 진짜 작가로서 내 자존심이 용납할 수가 없어!"

"하아······."

인기도 없는 미스터리 작가 주제에. 네 자존심 따위 백 엔의 가치도 없다고.

남자는 목구멍까지 차오르는 진심을 간신히 삼켰다.

"그리고 또 대피한 여자들이 '탐정'에게 그렇게 대놓고 들러붙는 게 말이 된다고 생각해? 나는 그런 거 시나리오에 쓴 적이 없는데?"

"그건······."

여성 캐스트들에게 '탐정'을 '접대'하라고 지시한 사람은 남자였다. 그렇게라도 하지 않으면 클라이언트를 만족시킬 수 없다고 생각했기 때문이었다.

어마어마한 참가비가 필요한 탐정 유희는 신규 고객을 유치하는 데 힘을 쏟기보다 단골의 마음을 사로잡아야 한다. 눈앞에서 벌어지는 살인사건으로 비일상적 경험과 스릴을 제공하기는 하나 이것만으로는 금세 질릴 수 있다. 진짜 시체에 더해 수수께끼 풀이의 완성도도 중요하다. 완성도에 불만이 생기면 막대한 돈을 내고 참가하는 '탐정'들에게 클레임이 들어오고 두 번 다시 찾지 않게 된다.

물론 완벽한 시나리오는 존재할 수 없기에 피해자들의 행동이나 '탐정'의 움직임으로 인해 시나리오는 계속해서 바뀐다. 진행 중에도 실시간으로 수정할 수밖에 없는 상황이 수도 없이 발생한다. 이로 인해 크고 작은 실수나 예기치 못한 사고가 일어날 가능성도 있다.

그러므로 더욱더 수수께끼 풀이 외에도 즐거움을 줄 수 있는 요소를 제공해 클라이언트의 만족도를 높여야 한다. 고급 요리나 풍경, 인테리어 등이 주로 쓰이는 수단이다.

그런데 이번에는 핵전쟁 후의 지하 쉘터라는 무대 설정 때문에 이런 것들을 전혀 사용할 수가 없었다. 애초에 이 작가가 쓴 시나리오부터가 엉망이었던 것이다.

불평이라면 이쪽이야말로 말하고 싶은 게 산더미처럼 있었다. 그러나 위에서 GO 사인이 난 이상 남자는 어찌할 도리가 없었다. 그래서 고육지책으로 선택한 것이 '접대'가 가능한 여성 캐스팅이었다.

운영 방법을 이러쿵저러쿵 따질 게 아니라 시나리오나 똑바로 쓰란 말이다, 삼류 작가.

마음속으로는 욕지기를 뱉어도 작가에게 대놓고 싫은 소리를 할 수는 없다.

'실제로 살인이 벌어지는 시나리오를 써 주세요'라는 부탁을 듣고 흔쾌히 응할 미스터리 작가는 흔치 않기 때문이다. 미스터리를 쓸 수 있으면서 살인을 허용하고 탐정 유희의 존재를 절대 입 밖으로 내지 않을 사람. 이 모든 조건을 갖춘 사람을 찾는 것부터가 쉽지 않은 일이다. 겨우 찾은 작가의 심기를 거슬리게 해서 집필이 늦어지기라도 하면 업무에 엄청난 차질이 생긴다.

그래서 남자도 이미 일찌감치 바닥난 인내심을 한계까지 끌어내 굽신거릴 수밖에 없었다. 그런데 최근 이러한 상황에도 변화가 생겼다.

"아까부터 영 건성이네. 제대로 듣고 있는 거야?"

작가의 빈정거림이 이어졌다. 아마 본인도 시나리오가 형편없었다는 걸 잘 알고 있기에 더 이러는 것일 거다. 책임을 전가하려는 목적인지도 모른다.

"아프다 왔다고 이렇게 대충 일하면 곤란해."

남자의 관자놀이가 꿈틀했다.

1년 만에 현장에 복귀한 건 사실이지만 비난받을 이유는 전혀 없었다.

"불만이 있으시면 위에 말씀하시죠."

"뭐?"

이렇게 나올 줄은 예상하지 못했는지 작가가 멈칫했다.

"클라이언트에게 가봐야 해서 이만 실례하겠습니다. 작가님은 뒤에서 대기해 주세요."

뒤돌아서는 등 뒤로 작가의 악다구니가 날아들었다.

남자는 안 들리는 척 건물을 나섰다.

바쁘다는 핑계로 건강검진을 미루기만 했던 1년 전, 갑자기 피를 쏟으며 정신을 잃었다. 우여곡절 끝에 일은 다시 시작했지만, 남자의 마음가짐은 크게 달라져 있었다.

제멋대로인 작가에게 휘둘리는 것도 더는 한계였다.

이제 슬슬 그 녀석의 멱살이라도 잡고 끌어내야―.


액자 속 큐피드가 양치기의 엉덩이에 화살을 겨누고 있다.

"이런 건 얼마나 하려나요."

신입이 벽에 걸린 그림들을 둘러보며 이리저리 정신없이 움직였다.

"여기저기 돌아다니지 마. 가만히 앉아있어."

화랑의 소파에 앉은 남자가 낮게 말했다.

"죄송합니다."

풀이 죽은 신입이 남자의 곁에 앉았다.

창밖으로 보이는 긴자의 도로가 어슴푸레해지기 시작했다. '핵 쉘터 살인사건'이 끝난 지 일주일. 남자는 클라이언트와의 미팅에 신입 작가를 동석시켰다.

현재 소속되어있는 작가는 두 사람. 한 사람은 '핵 쉘터 살인사건'의 시나리오를 담당한 인기 없는 미스터리 작가. 출판 관계자들이 모이는 바에서 푸념하다가 스카우트되어 탐정 유희를 쓰게 되었다. 오늘 동석한 건 또 한 사람의 작가다. 원래 살해당하는 대학생 역으로 탐정 유희에 참가했지만, 뛰어난 통찰력과 추리력, 미스터리에 대한 지식을 바탕으로 끝내 살아남아 작가로 고용되었다. 그런데 고용된 지 1년이 다 되어가도록 시나리오를 한 편도 쓰지 못해 회사의 기대를 무참히 배신하는 중이다.

"시나리오를 또 거절했다지?"

남자가 신입 작가를 노려보며 말했다.

"아니, 거절한 게 아니라요. 저는 쓸 수가 없다고······."

"같은 말이잖아. 더 이상 일을 하지 않으면 해고야."

"……해고요?"

완전한 불법행위인 탐정 유희는 절대 비밀 엄수가 규칙이다. 탐정 유희 스태프에서 해고된다는 건 죽음을 의미한다. 그렇기에 오만하고 제멋대로인 작가조차 일을 거절하지 못하는 것이다. 이 신입은 지금까지는 어영부영 일을 계속 피해 왔지만, 더는 기다려 줄 수 없었다.

"하, 하지만······일은 지금도······."

신입이 입을 삐죽거렸다.

"잡일은 작가의 일이 아니야."

"네······."

신입이 시나리오에서 도망치고 싶어 하는 이유는 명확했다. 사람을 죽이는 시나리오를 쓰는 것에 대한 저항감 때문이다. 바로 해고당해도 이상하지 않을 일이지만 잡일을 자처한 덕분에 지금까지 연명할 수 있었다. 의상 관리부터 스태프들의 식사 준비, 시체 처리에 이르기까지 온갖 잡일들을 두말없이 맡았다. 탐정 유희에서 나온 시체는 섬에서 화장해 바다에 뿌리는데, 혈흔과 위험물의 뒤처리도 해야 하다 보니 나서서 하려는 스태프가 없었다. 어떤 궂은일이든 마다하지 않는 신입의 존재는 인력 부족에 시달리는 운영 측에서 보면 환영할 만한 일이기는 했지만-.

"넌 작가로 고용된 거다. 잊지 마."

"죄송합니다···."

"시간 다 됐어."

또각거리는 구두 소리와 함께 화랑 안쪽에서 상사가 나타났다.

클라이언트와의 미팅에는 항상 미니스커트를 입고 나오는데 오늘은 웬일로 바지 정장 차림이다.

클라이언트의 도착은 바로 알 수 있었다.

화랑 앞에 고급 승용차가 멈춰 섰고 운전기사의 에스코트를 받으며 두 사람이 차에서 내렸다. 남자는 현관 앞으로 달려가 상사와 함께 문을 열었다.

클라이언트의 얼굴은 이미 파악해 두었다. 우아한 복장의 여성과 함께였다.

"기다리고 있었습니다."

상사가 깊이 허리를 숙여 인사하고 클라이언트를 화랑 안으로 안내했다.

"무척 훌륭한 미팅 장소네요."

한쪽 벽에 걸린 그림들을 바라보는 클라이언트의 입꼬리가 올라갔다. 한쪽 팔은 여성의 허리에 감겨 있었다.

"우리 회사는 비일상적인 경험을 제공합니다. 미팅도 그 일부지요."

상사가 클라이언트와 여성에게 소파에 앉도록 권했다.

잘난 척하는 말투였지만 미팅 장소로 화랑을 선택한 건 남자였다. 탐정 유희의 미팅은 장소 선택이 어렵다. 아무리 암호를 쓴다고 한들 살인 모의를 제삼자가 들어서 좋을 건 없다. 클라이언트는 사람들 눈을 의식하기 때문에 서로의 사무실이나 집도 어렵고 호텔 라운지도 불가능. 그래서 보통은 호텔 객실을 사용하는 일이 많다. 화랑도 자주 사용하는 장소 중 하나이다. 폐점 시간 이후에 대여하면 호텔의 파티룸을 빌리는 것보다 가격도 싸고 비일상적인 공간을 연출하기에도 좋은 귀중한 장소이다.

"간단하게 끝내시죠."

그럼에도 불구하고 클라이언트는 오래 머무를 생각은 없어 보였다.

"잘 알겠습니다. 음료는 어떤 걸로 하시겠습니까?"

"홍차로."

"저도."

클라이언트 두 사람의 말을 들은 남자가 구석에 대기 중이던 부하에게 눈짓했다. 부하는 고개를 끄덕이고 안쪽의 탕비실로 사라졌다.

"요청 사항이 있으시면 먼저 여쭈어도 될까요? 무대가 되는 장소나 세계관, 밀실 트릭을 풀어보고 싶다거나 범인 찾는 걸 즐기고 싶다거나 엽기살인을 보고 싶다거나. 요청만 하시면 무엇이든 현실로 만들어 드립니다."

상사가 말을 시작하자 클라이언트보다 함께 온 여성이 먼저 입을 열었다.

"너무 그로데스크한 건 취향이 아니라서요."

남자는 상사와 시선을 교환했다.

클라이언트는 이 여성을 탐정 유희에도 데리고 오려는 모양이다. 클라이언트가 지인과 함께 참가하는 경우는 드물지 않다. 일정이나 예산을 정할 때 미리 확인하기만 하면 문제없다.

"피가 튄다던가 절단 같은 건……." 여성은 검지를 턱에 대고 잠시 생각하는 듯했다. "어쨌든 피가 대량으로 나오는 건 싫어요."

그러자 지금까지 침울한 표정이던 신입 작가의 얼굴이 밝아졌다.

"그럼, 시체가 나오지 않는 사건은 어떨까요? 괴도물이라던가-."

"음, 그래도 역시 살인이 일어나지 않으면 미스터리 느낌이 안 나잖아요."

여성은 단칼에 거부했다. 이러니저러니 해도 시체는 보고 싶은 것 같았다.

독살이든 토막살인이든 살인은 살인이다. 기대가 무너진 작가는 버림받은 고양이 같은 눈으로 다시 고개를 떨구었다.

"조금 더 구체적으로 이야기해야지."

가만히 대화를 듣고 있던 클라이언트가 끼어들었다.

"나는 해외 고전 미스터리를 좋아해요. 도일, 퀸, 크리스티 같은 작품들. 가능하다면 이쪽 세계관에서 추리를 즐기고 싶은데."

"역시 훌륭한 생각이십니다!"

상사가 호들갑 떨며 맞장구쳤다.

남자가 슬쩍 곁눈질로 작가를 보니 전의를 상실한 표정으로 방심하고 있었다.

네가 내용을 생각해야 한단 말이다.

옆구리를 찌르자, 작가가 움찔거리며 몸을 떨었다.

"그런데 이거 무척 비싸다면서요?"

분위기를 깨트리는 여성의 말에 상사의 웃는 얼굴이 굳었다.

"5억이랬나? 10억이랬나? 더 들어요?"

미간을 찌푸리는 여성의 등을 클라이언트가 쓰다듬었다.

"내가 낼 테니 걱정하지 마. 사람은 무엇이든 경험이 중요하니까. 게다가 그……어제 파티에서 만난 페라리를 탄다는 남자."

"도박 좋아한다던?" "그래. 그 사람은 지난달 마카오에서 20억이나 잃었다더라. 그거에 비교하면 귀여운 수준 아니겠어."

여성이 활짝 웃으며 클라이언트의 어깨에 매달렸다.

"요금은 요청하신 내용에 따라 별도로 안내해 드리겠습니다. 두 분이 함께 참가하셔도 무방합니다."

여기까지 와서 없던 일로 만들 순 없었다.

필사적으로 미팅을 마무리 지으려는 상사의 옆에서 남자는 감정 없는 눈으로 미소 지었다.

떳떳하지 못한 일을 하는 만큼 남자의 급여는 일반적인 월급쟁이보다 많았다. 그래도 어디까지나 서민의 범위였다. 클라이언트들의 금전 감각은 아마 평생 이해하지 못할 것이다.

결국 미팅은 15분 만에 끝났고 클라이언트와 여성은 홍차에는 입도 대지 않은 채로 돌아갔다.

"쓰는 데 얼마나 걸릴 것 같아?"

남자가 묻자 작가는 고개를 숙였다.

"쓸 수 있냐고 묻는 게 아니야. 써야 해."

상사가 눈길도 주지 않고 소파에 앉으며 말했다.

"신입 작가님, 이번이 마지막 기회야."

"네……."

상사의 말에 작가의 어깨가 축 처졌다.

침묵이 계속되는 가운데 탕비실에서 부하직원 여성이 돌아왔다. 입고 있는 정장은 고급인데 몸집이 작고 화장이 연해서 마치 취업 활동 중인 학생처럼 보였다.

"아까……퀸이라고 말씀하셨죠?"

부하가 침묵을 깨고 누구에게랄 것도 없이 물었다. 클라이언트와의 대화를 들었나 보다.

"클라이언트가 퀸을 좋아하는 것 같더군."

남자가 대답하자 부하의 얼굴이 활짝 폈다.

"그렇죠? 역시 퀸이죠. 특히 머리 없는 시체가 나오는 거요. 보통 여기에서는 범인이 피해자인 척하는데."

남자는 평소에 말이 없던 부하가 조잘대는 모습을 보고 놀랐다.

이 녀석도 미스터리 마니아였나.

배치된 지 얼마 되지 않은 부하의 의외의 모습. 일 때문에 의무적으로 미스터리를 읽었던 남자에게 이런 타입은 부럽기도 하면서 조금 불편하기도 했다.

"…버를스톤 갬빗(Birlstone Gambit)말이군요."

어느새 작가가 고개를 들고 눈을 반짝이고 있었다.

이 녀석도 둘째가라면 서러울 미스터리 마니아다.

"네. 그런데 퀸은 그걸 역으로 사용해서 놀라게 했잖아요. 거의 1세기 전에요. 정말 놀라울 따름이죠."

"맞아요, 맞아! 게다가 후기 퀸 문제에도 자각적이었다는 건-."

"있잖아."

한창 달아오르려는 젊은이들의 대화를 상사가 방해했다.

"이번 건은 단골을 확보할 수 있는 절호의 찬스야. 바짝 긴장하자고. 먼저 다음 달 중으로 시나리오 플롯이 나와야 해. 충분히 여유 있지?"

상사는 남자에게 확인했다. 어째서인지 '여유'라는 단어를 강조했다.

"네. 그 정도면 플롯 한두 줄 정도는 나올 겁니다……그렇지?"

어떻게든 대답을 듣겠다는 생각으로 남자는 작가에게 대답을 재촉했다.

그런데 신입 작가는 여전히 '못해요'라며 버텼다.

"너……."

"……아?"

그런데 순간 작가가 무언가 번뜩인 듯 허공을 응시하며 생각에 잠겼다.

"왜 그래?"

남자가 물었다.

작가가 양손으로 머리를 감싼 채 몇 번 끄덕이더니 돌연 남자의 얼굴을 쳐다보며 말했다.

"…써 볼게요."

"오, 그래! 기대하지."

평소와 전혀 다른 작가의 반응에 남자는 내심 기대했다.

하지만, 다음 달에도 플롯은 볼 수 없었다.

# 제 2 장

## X의 비극

# 1.

북대서양 바다 위로 한 척의 크루즈가 지나가고 있다.

설마 이렇게 탐정 유희에 참가하게 될 줄이야–.

호화로운 선실에서 아케치 린코는 깊은 후회에 사로잡혔다. 창밖으로 보이는 구름 낀 하늘과 회색빛 바다 때문에 마음이 더 무거웠다.

'아케치'라는 성도 '린코'라는 이름도 본명이 아니다. 탐정 유희에 참가하게 되면서 부여받은 이름이다. 앞으로 3일간, 외딴섬에 지어진 저택에서 생활한다. 곁에 둔 여행 가방에는 지시 사항들이 세세하게 적힌 '지시서'가 들어 있었다.

문제의 발단은 술이었다. 어쩌다 보니 술에 취해서 예전에 탐정 유희에 히로인 역할로 출연했다는 사실을 넋두리하듯 늘어놓고 만 것이다. 린코를 탐정 유희 운영 측에 소개했던 가게라서 방심했던 것 같다. 그러나 탐정 유희의 존재를 바깥세상에서 떠벌리고 다니는 건 절대 금물. 규정에 따라서는 즉시 살해당해도 이상하지 않았다. 운영 측에게 협박당한 린코는 처형을 면하는 대신 탐정 유희에 강제로 참가하게 되었다. 이번에는 히로인 역할이 아니다. 역할에 대해 미리 설명을 듣기는 했지만, 도무지 마음이 내키지 않았다.

"으, 추워."

짧게 중얼거리며 팔을 쓸어내렸다.

얼마 안 있으면 봄인데 재킷을 걸쳐도 썰렁했다.

린코는 기분을 바꿔보려 선실 안을 둘러보았다. 원목 느낌의 인테리어. 낮은 테이블을 둘러싼 고급 소파. 이대로 잡지에 실려도 이상하지 않을 고급스러움이 왠지 불편했다.

마주 보는 소파에서는 남성 승객이 책을 읽고 있었다. 아마도 삼십 대 후반. 조금 마른 체형이지만 자세가 좋고 고급 정장이 잘 어울렸다. 대기업 임원이라고 해도 믿을 만한 분위기였다. 배에 타기 전에 들은 이름은 '사콘 가미로'.

린코는 남성 승객을 가만히 관찰했다.

이 남자는 '탐정'일까, 운영 측 사람일까…….

사전 정보는 거의 듣지 못했다. 클라이언트에게 정보가 새어 나가는 걸 막기 위해 '탐정'이 어떤 사람인지 당일까지 알려주지 않는 건 언제나 그랬지만, 이번에는 시나리오의 자세한 내용은 물론이고 운영 측의 캐스트가 누구인지조차 최소한으로밖에 알려주지 않았다.

갑판에서 여성의 웃음소리가 들렸다.

시선을 돌리자, 여성 두 명이 바다를 등진 채 이야기를 나누고 있었다.

한 사람은 '다카카지 아카리'. 꼭 맞는 청바지에 검은색 긴 가죽 코트를 입은 모습과 짧은 머리 스타일이 마치 다카라즈카(여성으로만 구성

된 일본의 가극단-옮긴이)에서 남성 역할을 맡는 배우처럼 보였다. 이십 대처럼 보이지만 어른스러운 말투로 보아 조금 더 나이가 있을지도 모르겠다. 원래도 여자치고는 큰 키인데 굽이 높은 부츠까지 신고 있어서 아까 인사를 나눌 때 린코는 올려다보아야만 했다.

또 한 사람 '아오기리 미츠'는 체크무늬 원피스에 털이 달린 롱코트를 입고 있었다. 아카리와는 대조적으로 연한 화장에 말투도 조곤조곤한 부드러운 인상이다. 아카리보다 조금 어리려나. 부유한 집에서 곱게 자란 느낌이 물씬 풍겼다.

두 사람 모두 고급 브랜드 옷을 걸치고 있어 린코는 주눅이 들었다. 린코는 보세 브랜드의 남색 재킷에 바지 정장 차림이었다. 운영 측에서 준비한 옷이기는 했지만 같은 여자인데 차별받는 느낌마저 들었다.

아카리와 미츠의 대화 내용은 시시콜콜했다. 이들이 '탐정'일지 운영 측의 캐스트인지는 알 수 없었지만, 여기 있는 네 사람은 전부 처음 만난 것으로 되어 있었다. 실제로도 린코는 모두 처음 보는 얼굴이다.

어쨌든 무리하게 먼저 나서서 말을 걸 필요도 없고 괜히 쓸데없는 행동은 하지 않는 편이 나았다. 처음 배에 탈 때 나머지 세 사람과 인사를 나눈 이후로 린코는 계속 한마디도 하지 않고 있었다.

그 상태로 입을 열지 않은 지 한 시간. 배가 서서히 속도를 늦췄다.

갑판으로 나가자 외딴섬이 바로 코앞까지 다가와 있었다. 제법 크고 섬 전체가 울창한 숲으로 덮여 있다.

린코는 작게 심호흡했다.

여기가 이번 무대구나.

"도착했습니다."

조종사인 제제가 선착장에 크루즈를 정박하고 모두 배에서 내리게 했다.

세 명의 승객이 차례대로 크루즈에서 내렸고 린코도 뒤따랐다.

섬 주위에는 가파른 절벽 없이 평탄한 해변이 이어지고 있었다.

"이쪽입니다."

제제의 안내에 따라 섬 중앙으로 향했다. 구름이 가득 낀 하늘 탓인지 숲은 무척 어두웠다. 이내 나무들이 적어지더니 검은 서양식 저택이 모습을 드러냈다.

"바스커빌관입니다."

제제는 마치 대사를 읊듯 저택을 소개하고는 정원의 문을 열었다.

목재와 돌로 만들어진 2층 저택은 검은색이 주로 쓰여서 그런지 위엄과 품격이 느껴졌다. 현관까지 이어진 길을 걷다 보니 오른쪽에 목조건물로 된 별채도 보였다.

현관에 도착한 제제가 도어벨을 울렸다.

잠시 뒤 커다란 문이 열리고 저택 안에서 나온 집사가 공손하게 머리를 숙여 인사했다.

"어서 오십시오, 여러분. 집사인 후쿠로코지입니다."

사십 대 정도에 보통 체격, 보통 신장. 이렇다 할 특징이라고는 없는 후쿠로코지를 보고 린코는 그제야 안심했다. 살짝 풍기는 친밀한 분위기 덕분이기도 했지만, 드디어 아는 얼굴을 만났기 때문이다.

제작부 팀장인 후쿠로코지와는 사전에 미팅을 몇 번 했었다. 린코가 파악하고 있는 몇 안 되는 운영 측 사람이다.

"다카카지 아카리 님, 사콘 가미로 님, 아오기리 미츠 님, 아케치 린코 님이시죠?"

이름이 불린 손님들이 순서대로 동의를 표시했다.

"여성 손님들의 짐은 여기 이치하라와 이시무로에게 주시면 됩니다."

후쿠로코지 옆으로 앞치마 차림의 중년 여성과 젊은 메이드가 기다리고 있었다.

"방으로 안내해 드리겠습니다. 남성은 서관, 여성은 동관에 방을 준비해 두었습니다."

객실이 있는 2층은 동서로 나누어져 있고, 1층에서 각각 다른 계단을 통해 올라가게 되어 있었다.

서관에 묵게 된 사콘의 안내는 제제가 맡았다.

"그럼, 조금 이따 뵙겠습니다."

사콘은 가볍게 목례하고 서관으로 가는 계단을 올라갔다.

여성들의 짐은 후쿠로코지와 고용인인 이시무로가 들고 동관으로 안내했다.

"어머."

2층에 올라서자마자 미츠의 입에서 감탄사가 터져 나왔다.

복도 한쪽 벽면을 가득 메운 책장에 고전 미스터리 작품이 빼곡하게 꽂혀 있었다.

"원서부터 일본어 번역본까지 모두 갖추고 있습니다. 보고 싶으신 분께서는 방에 가져가셔서 읽으셔도 됩니다."

"히가시노 게이고 작품도 있나요?"

미츠가 천진난만하게 묻자 후쿠로코지가 난감해하며 답했다.

"죄송합니다. 고전 미스터리 작품만 있습니다."

"유명한 작품들은 거의 다 있는 것 같네요." 아카리가 책장에 꽂힌 책들을 쭉 훑어보았다. "그런데……홈즈가 안보이네요?"

"네. 셜록 홈즈와 에르퀼 푸아로 시리즈는 별채의 서재에 있습니다. 읽고 싶으시면 주인님께 말씀하시면 됩니다. 아마 무척 기뻐하며 빌려주실 겁니다."

아카리가 휘휘 손을 내저었다.

"아니에요. 그냥 궁금해서 물어본 거니 신경 쓰지 마세요."

"푸아로 말고 다른 크리스티 작품도 있나요?"

린코가 책장에 다가서며 물었다.

"네. 시리즈와 단편 작품까지 모두 있습니다."

후쿠로코지가 자신 있게 대답했다.

"모처럼 여기까지 왔으니 크리스티의 모든 시리즈를 한 권씩 빌려 갈까나."

린코가 크리스티의 작품이 꽂혀 있는 책장에서 푸아로 외의 각 시리즈를 한 권씩 빼내었다.

한 번도 읽어보지 않은 작품들이었다. 사실은 푸아로조차 읽어본 적 없다. 린코가 읽은 미스터리라고는 탐정 유희 일을 하게 되면서 공부하려고 읽은 몇 권이 전부였다.

손에 든 책도 딱히 읽고 싶어서 꺼낸 건 아니었다. 이것도 '일'이었다.

필요한 책을 챙긴 린코는 가장 안쪽 객실로 안내받았다.

널찍한 방에는 침대와 테이블, 소파가 놓여 있고 욕실과 화장실도 딸려 있었다.

"이미 도착하신 손님들은 응접실에 계십니다. 괜찮으시면 인사하러 오시죠."

짐을 넘겨주며 말하는 후쿠로코지의 말투가 온화했다.

하지만 그 눈은 '할 일은 기억하고 있겠지'라고 말하고 있었다.

린코는 "네, 그렇게 할게요"라며 살짝 미소 지었다. 그러나 문이 닫히자마자 짐과 책을 테이블 위에 내팽개치고 창가에 놓인 일인용 소파에 앉아 한숨을 뱉었다.

이제 막 도착했는데 벌써 너무 피곤했다.

커다란 창문으로는 정원이 잘 보였지만 우거진 숲으로 둘러싸여 있어서인지 풍경이 그다지 좋지는 않았다.

오늘부터 2박 3일간의 탐정 유희가 시작된다.

지난번과 처지는 달라도 맡은 역할을 수행하는 건 똑같아. 역할에만 집중하면 되는 거야.

린코는 자신에게 되뇌며 눈을 감았다.

순간 잠이 들었는지 잠시 의식이 날아갔다. 노크 소리에 퍼뜩 정신이 들었다.

린코는 헐레벌떡 일어나 문을 열었다.

미츠가 환하게 웃는 얼굴로 서 있었다. 등 뒤로 아카리의 모습도 보였다.

"응접실에 다들 모여있다는 것 같은데 같이 가시지 않을래요?"

미츠의 권유에 린코는 망설였다.

응접실에 가기 싫은 건 아니었다. 가야 한다고 이미 정해져 있었다. 신경 쓰이는 건 미츠의 의도다. 정체라고 할 수도 있다.

이 여자가 '탐정'?

미츠가 린코나 후쿠로코지와 같은 운영 측 사람이라면 일부러 같이 가자고 권할 이유가 없다. 어차피 린코가 응접실에 올 거라는 사실은 이미 알고 있을 것이고 운영 측이 캐스팅한 사람끼리 어울려봤자 아무런 의미가 없다. 그렇다면-.

호기심 왕성한 '탐정'이 벌써 움직이기 시작한 건가.

린코는 아카리에게로 시선을 돌렸다. 별생각 없이 우두커니 서 있는 모습이다. 아마 아카리도 미츠를 따라 나온듯했다.

아카리가 '탐정'이라면······.

운영 측 사람인 미츠가 아카리를 응접실로 데려가기 위해 불러낸 것이라면 린코도 같이 부르는 것이 자연스럽다.

아니야. 지금 여기에서 아무리 생각해도 그냥 추측일 뿐이잖아.

린코는 다시금 후쿠로코지를-아니 운영 측을 원망했다.

이번에야말로 '탐정'이 누구인지 미리 알고 싶었는데.

분한 마음을 누르고 린코는 애써 웃으며 복도로 나왔다.

세 사람은 함께 1층 응접실로 향했다.

"린코 씨는 탐정소설을 좋아하시나 봐요."

계단을 내려가며 미츠가 물었다.

"……아, 네."

린코는 애매하게 끄덕였다.

"여러분도……좋아하시지 않나요?"

"그렇죠. 저 책장에 있는 책이라면 전부 읽었으니까요."

아카리가 책장을 올려다보며 말했다.

"굉장하다."

미츠가 가슴 앞에서 작게 손뼉을 치며 감탄했다.

그 모습을 본 린코는 살짝 짜증이 났지만, 미스터리 얘기를 더 하지 않게 된 것만큼은 고마웠다.

응접실에 들어서니 먼저 온 손님은 세 명. 모두 남성으로 그중 한 사람은 크루즈에 같이 탔던 사콘이었다.

"저희가 늦었네요."

세 사람을 발견한 사콘이 소파에서 일어섰다.

"이제야 여성분들 얼굴을 보네요."

경박한 말투의 남성은 자신을 아란 다카토라고 소개했다.

깔끔한 머리 모양에 슬림한 정장이 잘 어울렸다. 부유하게 자란 것처럼 보였지만, 표정이나 말투가 어딘지 모르게 어린아이 같았다.

아란의 악수 요청에 린코는 깍듯하게 응했다. 아란도 신사적이었다. 악수를 하는 내내 미소를 잃지 않았다.

그런데 또 다른 중년 남성은 정반대였다. 뚱뚱한 몸을 소파에 파묻은 채 린코의 몸을 구석구석 훑어보고 있었다. 인사하려는 낌새조차 없길래 린코가 먼저 말을 건네자, 마에가네 아이노스케라고 이름을 말했다.

"배가 고파졌어. 지금은 여자보다 밥이 더 급한데. 으흐흐."

여기 모인 사람들 가운데 가장 연장자임과 동시에 가장 천박했다.

린코는 얼굴에 혐오감을 드러내지 않으려 애썼다. 그러나 아카리와 미츠는 이미 노골적으로 싫은 티를 내고 있었다.

"아직 저건 보지 못하셨죠?"

불편한 분위기를 감지한 사콘이 응접실 구석에 놓인 저택 모형을 가리켰다.

"저게 뭐예요?"

미츠와 아카리가 모형 쪽으로 향하는 걸 보고 린코도 따라갔다.

저택의 1층과 2층 구조가 입체 모형으로 만들어져 있었다.

세 사람을 발견한 사콘이 소파에서 일어섰다.

"이제야 여성분들 얼굴을 보네요."

경박한 말투의 남성은 자신을 아란 다카토라고 소개했다.

깔끔한 머리 모양에 슬림한 정장이 잘 어울렸다. 부유하게 자란 것처럼 보였지만, 표정이나 말투가 어딘지 모르게 어린아이 같았다.

아란의 악수 요청에 린코는 깍듯하게 응했다. 아란도 신사적이었다. 악수를 하는 내내 미소를 잃지 않았다.

그런데 또 다른 중년 남성은 정반대였다. 뚱뚱한 몸을 소파에 파묻은 채 린코의 몸을 구석구석 훑어보고 있었다. 인사하려는 낌새조차 없길래 린코가 먼저 말을 건네자, 마에가네 아이노스케라고 이름을 말했다.

"배가 고파졌어. 지금은 여자보다 밥이 더 급한데. 으흐흐."

여기 모인 사람들 가운데 가장 연장자임과 동시에 가장 천박했다.

린코는 얼굴에 혐오감을 드러내지 않으려 애썼다. 그러나 아카리와 미츠는 이미 노골적으로 싫은 티를 내고 있었다.

"아직 저건 보지 못하셨죠?"

불편한 분위기를 감지한 사콘이 응접실 구석에 놓인 저택 모형을 가리켰다.

"저게 뭐예요?"

미츠와 아카리가 모형 쪽으로 향하는 걸 보고 린코도 따라갔다.

저택의 1층과 2층 구조가 입체 모형으로 만들어져 있었다.

# [ 바스커빌관 ]

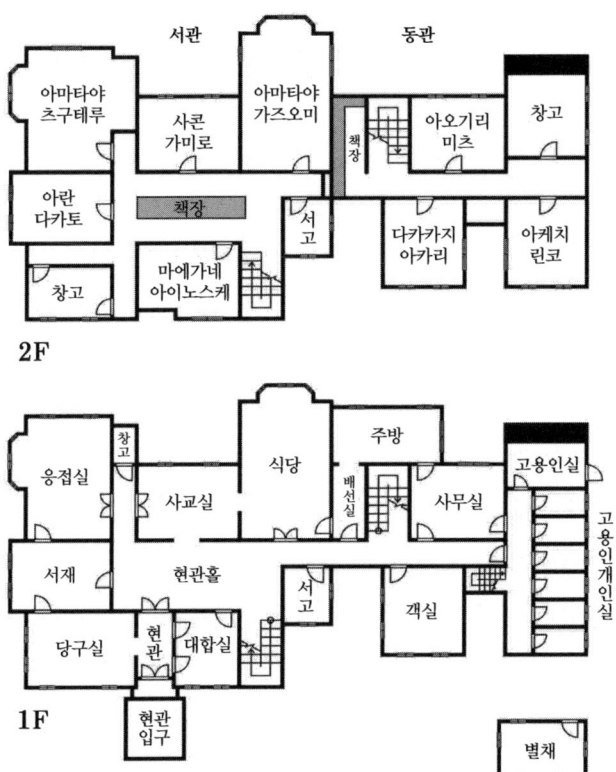

**지하**: 고용인용 욕실, 화장실, 세탁실

"이 저택의 미니어처입니다."

어느새 응접실 입구에 후쿠로코지가 서 있었다.

"정말 잘 만들었네요."

아카리가 흥미로운 얼굴로 모형을 쳐다보았다.

린코도 두 사람과 함께 나란히 서서 미니어처를 살펴보았다.

"지금 있는 응접실이……여기네요."

미츠가 1층의 끝부분을 가리켰다.

"우리들 방은-."

후쿠로코지에게 물어보며 각자의 방 위치를 공유했다.

"그런데 이 저택 이름이 '바스커빌관'이라는 것 같던데. 이름의 유래가 있나요?"

사콘이 후쿠로코지에게 물었다.

"그 점에 대해서는 주인님이 설명해 주실 겁니다. 저녁 식사 때까지 기다려 주세요."

"들을 필요도 없지. 바스커빌관이면 뭐 하나밖에 없잖아."

마에가네가 커피를 마시며 내뱉었다.

'바스커빌관'의 유래가 명백하다는 말에는 린코도 동의했다. '셜록홈즈' 시리즈의 대표작 『바스커빌가의 개』. 미스터리 소설을 별로 읽은 적 없는 린코조차 알고 있을 만큼 유명한 작품에서 따온 이름일 터였다.

"문제는 이 바스커빌관에서 어떤 일이 일어날 지겠죠. 어디 즐거운 마음으로 기다려 볼까요."

사콘이 마에가네를 달래듯 말했다.

"손님은 여기 있는 사람들이 다인가요?"

"네. 모두 모였습니다. 일본을 대표하는 여섯 명의 명탐정. 여러분을 귀빈으로 모시게 되어 영광입니다."

후쿠로코지는 다시금 허리를 숙여 인사했다.

여섯 명의 명탐정-이 말이 모두를 자극한 듯했다. 자신만만하게 웃는 사람, 가만히 자세를 바로잡는 사람, 옆 사람을 의식하는 사람, 각각의 반응을 린코는 가만히 관찰했다.

그런데 명탐정 대집합이라니…….

지금까지 린코가 참가했던 탐정 유희들과는 전혀 다른 전개였다.

탐정 유희는 클라이언트가 '탐정'이 되어 추리게임에 참가한다. 다만, 처음부터 탐정으로서 사건을 조사하러 오는 게 아니라 우연히 살인사건 현장을 목격했다는 설정이 대부분이다. 그런데 이번에는 처음부터 탐정으로서 초대되었다는 설정이다. 아마 클라이언트인 '탐정'은 린코를 제외한 다섯 명의 귀빈 중에 있을 것이다. 물론 저택의 주인이 '탐정'일 가능성도 배제할 수는 없지만, 추리게임에 참가하는 가장 큰 목적이 무엇인지 생각해 보면 처음부터 저택을 방문하는 설정이 가장 간단하면서도 '탐정' 역할을 즐기기에 안성맞춤이다. 클라이언트의 만족도가 최우선인 탐정 유희에서 굳이 '초대받은 탐정들' 속에 '탐정'을 넣지 않을 이유가 없다. '탐정'으로부터 요청이 있었다면 또 다른 이야기지만-.

"아케치 님은 어떤 사건들을 해결하셨나요?"

미츠의 갑작스러운 질문에 린코는 당황했다.

'아케치 린코'의 프로필은 머릿속에 들어있었지만, 말실수가 용납되지 않는다는 걸 알기에 저도 모르게 긴장되었다.

"……여러분과는 달리 사람들에게 말하기 어려운 사건들을 주로 맡아서요."

"말하기 어려운?"

"불법적인 일이라는 말인가요?"

이상하다는 얼굴로 묻는 미츠의 옆에서 아카리가 고개를 갸웃했다.

"네. 그러니까……야쿠자라든가 그와 관련된 여러 가지 일들을……."

"꼭 '용과 같이(일본의 조직폭력배인 야쿠자를 주인공으로 한 게임 시리즈-옮긴이)' 같군요."

아란의 말에 '맞아요, 바로 그거'라고 대답하고 싶은 걸 간신히 참았다.

암흑세계의 문제를 해결하는 여성 탐정. 이런 게임 속에서나 나올 법한 설정이 부여된 것이다. 기억하기엔 쉬웠지만 깊이 파고들기 시작하면 리얼리티를 담보할 수 없게 되므로 질문 공세만은 피하고 싶었다.

"야쿠자들과 일하면 험한 꼴을 당하거나 하지 않나요?"

미츠가 걱정 반, 호기심 반인 얼굴로 물었다.

"협박 정도야 일상다반사죠. 그래도 움직이는 돈이 워낙 크니 보람은 있어요."

"으흐흐, 여기 저택 주인은 암흑세계 탐정까지 꿰고 계시는구만."

또 마에가네다. 역시나 영 느낌이 별로다.

린코는 이번에 히로인 역할이 아니라 다행이라고 생각했다. 만약 히로인 역할로 참가했는데, 마에가네가 '탐정'이면 정말 최악이었다. 생리적으로도 감정적으로도 도저히 가까이할 수 없는 남자와 유사연애를 해야 하다니, 상상하는 것만으로도 구역질이 올라왔다.

"그런 것 같네요."

린코는 최대한 자연스럽게 대답하려고 노력했다.

"다른 이야기인데, 이 저택에는 미스터리 장서가 굉장하던데요? 보자마자 바로 크리스티 시리즈를 전부 빌렸다니까요."

"전부요?"

사콘이 놀라며 물었다.

"아, 아니요. 각 시리즈의 1권만요. 푸아로만 없더라고요."

"아아, 홈즈와 푸아로는 별채에 있다는 것 같더군요. 저는 체스터턴을 빌려왔습니다. 원서로 읽을 수 있다니 벌써 설레는 기분입니다."

사콘이 들뜬 말투로 말했다.

"사콘 씨는 어떤 일을 하시나요? 탐정보다는 회사 임원 같은 느낌이어서요."

미츠의 질문이 사콘에게 향하자 린코는 안도했다.

"자주 듣는 말입니다."

사콘이 웃으며 대답했다. 새하얀 치아가 영업에 익숙한 회사원을 떠올리게 했다.

"저는 변호사인데 소속되어 있던 사무소를 그만두고 지금은 아주 작은 개인사무소를 간신히 꾸려 나가고 있습니다."

말끝에 힘을 주는 말투가 꼭 젊은 정치인 같기도 했다.

"주로 어떤 의뢰가 많이 들어오나요?"

"작은 사무소이다 보니 오는 사람은 누구든 환영이지만, 비교적 많은 건 누명 사건입니다."

"누명이요?"

"전에 치한 누명을 쓴 사람을 구해준 적이 있어서요. 덕분에 평판을 듣고 찾아오는 사람이 종종 있습니다. 최근에는 상해 사건이나 살인 사건과 관련된 누명을 벗고 싶다고 의뢰하는 사람도 있고요."

"정의의 변호사! 라는 느낌이군요."

아란이 너스레를 떨며 말하자 사콘은 "다 먹고 살려고 하는 거지요"라며 자조적으로 웃었다.

여섯 명의 탐정은 재밌게도 모두 다른 분야에서 활약하고 있었다.

각자가 말한 내용에 따르면 미츠는 경시청에서 일하는 오빠의 수사를 도와주는 아가씨 탐정. 아카리는 뉴욕에서 활동하는 심리학자. 마에가네는 엽기사건 마니아이자 외과의사. 아란은 음악업계에서 일어난 사건을 해결해 온 프로 클래식기타 연주가. 각자의 분야에서 어려운 사건들을 해결해 온 실력자들의 집합, 이라고나 할까. 대식가 탐정 같은 개그 캐릭터는 없는 듯했다.

어느 순간부터 린코는 이야기를 진지하게 듣는 걸 그만두었다. '탐정'이든 캐스트이든 어차피 모두 운영 측에서 부여받은 설정에 지나지 않는다. 그것보다 더 신경 쓰이는 건 손님들이 모두 젊다는 사실이었다. 가장 나이가 많아 보이는 마에가네조차 사십 대 전후로 보였다. 이들 중에 지적 호기심과 잔혹한 취미를 위해 수억 엔에 달하는 거금을 기꺼이 내는 사람이 있다. 지금까지 만나온 '탐정'들도 탐정 유희의 참가비를 조금 값비싼 쇼핑 정도로 여기는 사람들이었다. 살고 있는 세계가 근본부터 다른 것이다. 이들 중 누가 '탐정'인지는 알 수 없지만, 젊은 나이에 그만한 부를 축적했다는 건 놀라운 일이다. 그러나 세상에 존재하는 젊은 부자들은 대개 부모나 친족의 부를 물려받은 사람들이다. 다시 말해 태어날 때부터 부자라는 말이다.

인간은 모두 평등하다니, 대체 어떤 거짓말쟁이가 말한 걸까.

린코는 자신의 처지와 비교하며 한없이 무력해졌다.

## 2.

"그럼, 저녁 식사 시간까지 편하게 쉬시길 바랍니다."

후쿠로코지는 손님들에게 인사하고 응접실을 빠져나왔다.

역시 집사복이 익숙해서인지 편안한 기분이 든다. '핵 쉘터 살인사건'에서는 과학자 역할이라 흰 가운을 입어야 했는데 좀처럼 익숙해지지 않았다.

그건 그렇고…… 너무 급한데.

아직 사건의 막이 열리기도 전인데 '탐정'은 벌써부터 설쳐대고 있었다.

클라이언트인 '탐정'은 여기에서 살인사건이 일어나리라는 사실을 알고 있다. 해외 미스터리 고전을 본 딴 연쇄살인. 이것이 클라이언트의 주문이었다. 하지만 사건이 시작되기 전부터 처음 만나는 사람에게 질문을 퍼붓는 건 아무래도 부자연스럽다. 운영 측의 캐스트들은 탐정 유희의 리얼리티를 위해 최대한 자연스럽게 행동하는 것이 철칙이다. 개중에는 일부러 시나리오를 알려주지 않은 캐스트도 있을 정도다. 앞으로 어떤 일이 일어날지 미리 알면 그걸 의식한 나머지 부자연스러운 행동을 하게 될 위험이 있기 때문이다. 여기는 이런 것까지 고려해서 움직이고 있는데 정작 '탐정' 본인이 리얼리티를 훼손하는 행동을 하다니. 계속 이런 식으로 나오면 캐스트가 슬쩍 무마시키거나 화제를 돌려서 어떻게든 대응하겠지만, 제발 부탁이니 쓸데없는 수고만 늘리지 말아 주길 바랄 뿐이다.

현관홀을 지나 식당 앞을 지나가다 말고 후쿠로코지가 발을 멈췄다.

카펫 위에 쓰레기가 떨어져 있었다.

"이런……."

고용인 캐스트에 대한 짜증이 솟구치는 걸 참으며 쓰레기를 주웠다.

어떻게든 무사히 끝내기만 하는 거야.

무사안일주의, 도전정신 제로……아무려면 어떠하리. 시나리오가 무사히 진행되고 클라이언트의 클레임만 없으면 된다.

고용인실에 들어가자 이시무로 요시코가 쉬고 있었다.

"복도에 쓰레기가 떨어져 있더군."

"아……죄송합니다."

주의를 주어도 이시무로는 별일 아니라는 듯 건성으로 사과했다.

"넌 메이드잖아. 메이드로서 제대로 일해야지."

"네……죄송합니다."

기계적인 사과만 반복하는 이시무로에게 후쿠로코지는 더는 아무 말도 하지 않았다.

혼내도 소용없다는 건 알고 있었다.

후쿠로코지는 안쪽 벽에 손을 대었다. 지문인식 잠금장치가 해제되고 벽이 소리 없이 열렸다. 지하로 연결되는 나선형 계단이 나타났다.

계단으로 지하 1층에 내려가 콘크리트로 둘러싸인 사령실에 들어갔다.

지상의 저택은 외관도 내부 인테리어도 석재와 목재로 만들어져 고풍스러운 분위기인 것과 달리 사령실은 무기질로 만들어진 근대적인 분위기였다. 벽에는 거대한 모니터가 설치되어 있어 저택 안 곳곳에 설치된 감시 카메라 영상을 분할 화면으로 볼 수 있었다. 현관홀보다 큰 공간이었지만 기계 조작을 위한 제어판이 공간을 많이 차지하는 데다가 여러 개의 스태프용 책상이 놓여 있어 여유롭게 느껴지지는 않았다.

후쿠로코지는 책상 한편에 존재감 없이 앉아있는 남자에게 향했다. 작가인 다나카다. 이번이 작가로서 데뷔 무대다. 현장에서 필명을 사용하고 싶어 하는 작가도 있기에 혹시나 해서 물어봤지만 '다나카면 됩니다'라는 답이 돌아왔다.

"문제는 없지?"

"네, 아마도……."

다나카는 자신 없는 목소리로 대답했다.

작가의 일은 시나리오를 쓰는 데서 끝나지 않는다. '탐정'의 움직임에 따라 이야기를 수정해야 할 수도 있다. 리얼한 살인이 일어나는 만큼 사고도 따라오기 마련이다. 수정작업은 캐스트와 클라이언트를 통제하는 제작팀과 작가를 중심으로 이루어진다. 이번 현장에서는 후쿠로코지와 다나카가 바로 그 역할이다.

"저기, 고……가 아니라, 후쿠로코지 씨."

"네가 지은 이름을 틀리면 어떡해."

"죄송합니다."

현장 관리를 위해 직접 캐스트로 참가하는 후쿠로코지는 사령실에서도 역할 이름으로 부르는 것이 원칙이다. 자칫 '탐정' 앞에서 본명을 불렀다가는 그 자리에서 리얼리티가 사라지기 때문이다.

원래 스태프들은 캐스트의 이름에 '씨'를 붙이지 않지만, 후쿠로코지처럼 운영 측과 대화할 일이 많은 일부 캐스트들은 씨를 붙여 부른다.

"그런데 '후쿠로코지'라니 너무 부르기 어려운 이름으로 한 거 아니고?"

"……마음에 안 드시나요?"

다나카는 후쿠로코지의 농담을 진심으로 받아들였는지 잔뜩 움츠러들었다.

"나는 귀여운 것 같은데."

다나카의 옆에서 노트북 자판을 두드리던 아소 메구가 끼어들었다.

후쿠로코지의 어시스턴트 역할로 배치된 지 얼마 안 된 신입이다. 이십 대 후반 정도라는데 짧은 머리에 화장이 옅고 몸집까지 왜소해서 고등학생이라고 해도 믿을 정도였다. 게다가 지금은 후쿠로코지나 제제와 똑같은 남성 고용인들이 입는 옷을 입고 있어서 그런지 겉모습만 봐서는 좀처럼 나이를 종잡을 수 없었다. 진행 상황을 직접 관리하는 후쿠로코지와 달리 어시스턴트인 메구가 저택 내부에 들어갈 일은 기본적으로 없다. 다만, 문제가 발생했을 때는 지상에 올라가 돌아다녀야 할 수도 있기 때문에 혹시나 '탐정'이 보게 되더라도 속일 수 있게 고용인들과 똑같은 옷을 입혔다.

"체크는 전부 끝났나?"

후쿠로코지가 메구의 노트북을 들여다보며 물었다. 엑셀 표에 체크 표시가 늘어서 있었다.

"네."

"이중으로 체크했지?"

"네."

살갑지 않은 메구의 성격에도 익숙해졌다. 처음에는 숫기가 없는 거라고만 생각했는데 알고 보니 패기가 없는 것이었다. 일에도 별 욕심이 없어서 시킨 것 이외의 일은 절대 하지 않았다. 일반적인 회사라면 언제 사표를 내도 이상하지 않을 정도로 무기력해 보였다. 의욕이 느껴지지 않는다는 점에서는 다나카와 비슷했다. 경력 채용으로 이번 '바스커빌' 안건이 시작할 무렵 들어왔고, 이전 직장인 이벤트 회사에서는 제작 진행 일을 담당했다고 들었다. 경력이 있어서인지 일은 쓸만하게 하는데 후쿠로코지의 눈에는 부족하게만 보였다. 아무리 경력 채용이라고는 해도 1년 차부터 이런 식이면 앞으로 얼마나 갈 수 있을지 걱정이었다.

하지만 이런 모습이야말로 '요즘 시대 젊은이'고 '요즘의 일하는 방식'일지도 모른다. 혼내거나 격려하는 게 의욕을 높이는 게 아니라 오히려 역효과를 불러온다는 사실을 최근 1년 동안 지내면서 겨우 깨달았다.

"사건이 일어나기도 전부터 '탐정'이 여기저기 캐묻고 다니는 건 문제 아닌가요?"

메구가 엑셀을 보며 물었다. 후쿠로코지와 똑같은 걱정을 한 모양이다.

"아직은 허용범위 안이야."

이 정도로 시나리오를 수정하기 시작하면 끝이 없다.

"뭐, 이런 저택에서 사건이 일어난다고 하니 당연히 흥분되기도 하겠죠."

다나카의 말에 메구가 고개를 끄덕였다.

"게다가 '바스커빌'이니까요."

이 두 사람에게는 또 하나의 공통점이 있다. 둘 다 미스터리 마니아라는 것.

입사 초기에는 탐정 유희를 직업으로 삼는 사람들은 모두 당연히 미스터리를 좋아한다고 생각했다. 하지만 실상은 달랐다. 가족에게조차 무슨 일을 하는지 말할 수 없는 직업이다. 대부분은 어쩔 수 없는 사정 때문에 어쩌다 보니 이 일을 하고 있을 뿐이었다. 원래 살해당할 예정이었던 다나카는 매우 특수한 경우이고, 메구도 무언가 사정이 있을 게 분명했다. 이 회사 사람들은 자신의 사정을 동료에게도 말하지 않는다. 후쿠로코지도 그랬다. 최악의 불법적인 일이지만 돈만큼은 많이 준다. 한번 시작하면 발을 뺄 수도 없어서 싫어도 질질 끌려갈 수밖에 없다. 다나카와 메구가 자신과 같은 인생을 살아가야 한다는 점은 동정하지만, 애초에 삶의 방식을 선택할 수 있는 사람은 거의 없는 법이다.

이런 상황에서 같은 취미를 가진 비슷한 나이의 사람을 만나 얼마나 기뻤을지. 평소에는 말도 없는 두 사람이 미스터리 이야기만 나오면 조용하게 열띤 토론을 나누는 모습을 후쿠로코지는 종종 보아왔다.

"잠시 쉬고 오겠습니다."

메구가 자리에서 일어나 사령실을 나갔다.

"네-."

다나카는 작게 대답하고 메구의 왜소한 뒷모습을 바라보고 있었다.

아무리 중년 아저씨라도 눈치는 있다고.

두 명의 청춘남녀. 이 정도 즐거움은 있어도 되겠지.

히죽거리며 웃는 후쿠로코지를 발견한 다나카가 얼굴을 붉혔다.

"왜, 왜, 왜 그러세요……."

"젊어서 좋겠다고 생각했을 뿐이야."

"저, 저, 저, 저는 그냥 좋아한다거나 그런 게 아니라."

"난 아무 말도 안 했는데?"

"……아소 씨한테 고마울 뿐이에요. 아소 씨가 없었더라면 이번 시나리오도 못 썼을 거고……그러면 전 지금……."

다나카가 쭈뼛거리며 후쿠로코지의 눈을 쳐다보았다.

만약 이번 시나리오를 쓰지 못했다면 다나카는 해고되었을 것이다. 그건 바로 죽음을 의미한다.

"아소 씨가 엘러리 퀸의 팬인 덕분에 살았어요."

지금까지 단 한 번도 시나리오를 쓰지 못했던 다나카가 간신히 집필을 시작할 수 있었던 데에는 메구의 덕이 컸다. 클라이언트와의 미팅이 끝난 후에도 다나카는 시나리오 집필을 거부했지만, 메구가 퀸의 작품을 언급하자 아이디어를 떠올렸다. 그 뒤로도 다나카는 매번 메구와 상의하며 시나리오를 써 나갔다. 중간에 진척 상황을 보여달라고 해도 '재미가 줄어든다'라고 핑계를 대며 전혀 보여주지 않을 때는 내심 서운했지만, 한편으로는 젊은이들이 함께 만들어내는 시나리오에 대한 기대가 더욱 컸다. 차세대 직원의 육성도 시급한 업무 중 하나였다.

"그러니까……그……이상한 생각은 하지 말아 주세요."

"하나도 안 이상해. 젊은데 당연하지."

비어있는 메구의 자리에 앉으려는데 다른 제작팀의 팀장 데지마가 눈에 들어왔다. 일을 끝내고 일본에 돌아가려는 참이었다. 그 전에 후쿠로코지에게 인수인계를 하기로 되어 있었다.

"지금 잠시 아래에서 볼까?"

후쿠로코지는 데지마를 불러내 나선형 계단을 내려갔다.

지하 2층은 스태프들이 쉬는 공간이다. 계단을 내려오자마자 보이는 휴게실에는 의자와 테이블이 놓여 있고 음료수와 간식거리가 준비되어 있다. 언제나 누군가 한 명쯤은 있는 곳인데 마침 아무도 없었다.

"피곤할 텐데 미안하군. 열 명 연쇄살인이었지?"

"아홉 명입니다. 살인 방법을 다양하게 하는 게 우선이어서 중간쯤부터는 트릭이고 뭐고 엉망이었죠."

데지마가 두 사람분의 커피를 가져와 테이블에 올려놓았다.

"대도구를 사용하지 않아서 다행이었어요. 안 그랬으면 하루 만에 정리하기 힘들었을 겁니다."

데지마 팀은 어제까지 여기에서 탐정 유희를 개최했다.

"그렇군."

"아, 그건 그렇고 다나카 씨. 진짜 작가였군요. 엄청 부려 먹었는데 앞으로는 작가님이라 불러야겠어요. 아소짱도 일머리가 있어서 큰 도움이 되었습니다."

메구는 후쿠로코지의 팀 소속이지만 제작 스태프는 항상 일손이 모자라기 때문에 다른 팀에 지원을 나가는 일도 자주 있었다. 이번에 후쿠로코지가 진행하는 '바스커빌관의 살인'이 데지마 팀이 담당한 '그림동화 대량살인사건'의 바로 다음에 열리게 되는 바람에 다나카와 메구는 먼저 와서 데지마 팀을 도와주었다.

"예상한 대로 정신이 없었겠네."

"이렇게 연이어 개최하는 건 처음이니까요. 저희 팀원들은 거의 다 돌아갔습니다. 남아있는 사람들도 저와 같이 돌아갈 예정이니 뭐 물어보실 게 있으면 지금 해주세요. 뭐, 아소짱이나 다나카 씨도 잘 알고 있긴 할 테지만요."

두 건의 탐정 유희가 같은 장소에서 연이어 개최되는 건 이례적이었다. 이렇게 된 원인은 다나카에게 있었다. 시나리오를 쓰기 시작한 건 다행이었지만, 마감이 계속 미루어지면서 탈고가 예정보다도 훨씬 늦어졌기 때문이다. 심지어 막판에는 개최 장소를 변경하기까지 했다. 다나카가 시나리오를 대폭 수정하면서 드넓은 숲이나 폭발물로 인한 연기 같은 화려한 연출이 필요해진 것이다. 모든 조건을 충족하는 장소는 이 섬뿐이었다.

하지만 섬은 개최 전날까지 데지마 팀이 사용하고 있어 그 흔적들을 정리할 시간이 부족했다. 개최일을 연기하는 건 용납되지 않았다. 클라이언트의 일정이 정해져 있는 데다가 또 다른 개최일도 기다리고 있었다. 수습은 온전히 후쿠로코지의 몫이었다.

"다나카 자식."

다시 생각해도 분노가 치밀었다.

결국 '그림동화 대량살인사건'에서 사용했던 대량의 소도구와 잔해는 지하의 스태프용 창고에 처박아 놓기로 하고 저택도 강행공사로 외관만 손보았다. 후쿠로코지는 뒤처리에 동원되지 않았지만, 다나카나 메구를 포함한 다른 스태프는 전날까지 저택에서 먹고 자며 잡일에 시달렸다.

"어제까지 온갖 궂은일을 도맡아 하다가 다음날에는 작가로서 사령실 데뷔라니. 다나카 씨는 정말 별종이네요."

"너무 별종이라 좀처럼 싹도 안 터서 문제지."

"다나카 씨, 쓰느라 엄청 힘들었겠는데요."

"메구와 상담하면서 쓴 거야."

"네? 아소짱이 그렇게 미스터리를 잘 알아요?"

"평소에는 전혀 그렇게 안 보이지만, 따라갈 수 없는 수준이야. 다나카와 죽이 잘 맞는 것 같더군. 아무리 그래도 작가가 제작 스태프에게 상담하면서 시나리오를 쓰는 건 모양새가 썩 좋진 않지만."

작가는 다른 스태프들과 선을 그어야 한다. 이것이 후쿠로코지의 신념이었다. 탐정 유희의 시나리오는 예산과 클라이언트의 요청뿐만 아니라 갖가지 물리적 사정들에 의해 좌우되기 쉽다. 그런데 처음부터 제작팀의 입장을 고려하면서 시나리오를 쓰기 시작하면 독창적인 시나리오가 나올 수 없다.

"너무 세세한 것들까지 신경 쓰니 이 모양이지. 기한에 맞춘 것만으로도 기적이야."

"본인도 반성하고 있는 것 같던데요."

"저 녀석은 항상 이런 식이야. 소심한 주제에 미스터리 이야기만 나오면 이상할 정도로 집착한다니까. 이번에도 얼마나 수정을 많이 했는지 알아? 캐스트 이름 하나 정하는데도 어찌나 시간이 걸리는지. '아케치 린코'라는 이름이 어디서 나왔을 것 같아?"

"아케치……고코로 아닌가요?"

"맞아. 그럼, '다카카지 아카리'는? 높다 낮다할 때 '고(高)'에 대장장이 할 때 '카지(鍛冶)', 이름은 태양의 '양(陽)'."

"높고……대장장이에……태양이요……?"

"영어로 하면 '고'는 '하이', '대장장이'는 '스미스'."

"하이스미스……퍼트리샤 하이스미스! '양'은……『태양은 가득히』군요?"

"맞아."

다나카는 '초대받은 탐정'들, 그리고 저택 주인의 이름을 모두 미스터리 명작의 주인공과 작가 이름에서 따왔다.

"이런 걸 대체 누가 알겠냐고! 만약 '탐정'이 눈치챈다고 해도 그저 재밌는 이름이네 하고 말겠지. 안 그래? 그런데 다나카는 이런 걸 한참 고민한다니까. 클라이언트와 관련 부서에 승인받을 일이 한가득인데 말이야."

"고생 많으십니다. 그래도 언어유희는 네이밍의 기본 아닙니까."

"……미안하네."

후배에게 일방적으로 푸념을 늘어놓았단 사실을 뒤늦게 깨달은 후쿠로코지가 자세를 고쳐 앉았다.

"다시 인수인계로 넘어가지. 메구에게도 더블체크하라고 말해놓긴 했는데 정리할 때 빼놓은 건 없는 거지?"

"네. 모두 정리했습니다. 숲속에 있는 나무를 몇 그루 잘라내긴 했는데……."

"그건 들었네. 상관없으니 괜찮아. 숲속까진 갈 일이 없을 거야."

"그러면……저택에 설치한 장치들은 모두 철거했고……혈흔과 시체도 처리했고 소도구들은 모두 창고에 넣었습니다……아, 음식 재료들을 남겨달라고 들었는데요."

"그래, 어차피 버릴 거라면 스태프용 식사에 쓸까 하네. 가끔은 좋은 걸 먹이고 싶어서 말이야."

'탐정'에게 제공되는 요리와 술은 최고급품이다. 함께 식사하는 캐스트는 같은 요리를 먹을 수 있지만 무대 뒤에서 일하는 스태프들의 식사에 그런 고급 음식을 내놓을 수는 없다. 두 번 다시 없을 기회라고 생각해 후쿠로코지가 부탁한 것이다.

"먹을 시간이 있어야 할 텐데-."

말하는 도중 안쪽 문이 열렸다. 휴게실 안쪽으로는 스태프들의 숙소가 있었다. 나온 사람은 메구였다. 자기 방에서 쉬고 있던 모양이었다.

"수고가 많네. 도와줘서 고마웠어."

데지마의 말에 메구는 꾸벅 인사하며 '수고하셨습니다'라고만 말했다.

곧 귀국하는 데지마와 마지막 대화를 나눌 생각은 없어 보였다. 후쿠로코지와 데지마를 지나치더니 식음료가 비치된 곳에서 차를 타서 멀리 떨어진 테이블에 혼자 앉았다.

메구가 듣는 앞에서 대화를 이어가는 것도 내키지 않아 후쿠로코지는 서둘러 대화를 정리했다.

"그럼, 이 정도로 하지. 출항은 언제지?"

"30분 뒤입니다."

스태프용 배는 섬 뒤편에 숨겨져 있다.

"일본에 돌아가면 술이라도 한잔하시죠……아…….'

데지마가 말하다 말고 미안한 표정을 지었다.

1년 전, 업무 중에 쓰러져 입원한 뒤로 후쿠로코지는 술을 끊었다.

"신경 쓰지 말게, 무알코올로 같이 마셔줄 테니까."

"그러면 제가 안주가 맛있는 가게로 찾아 놓겠습니다."

데지마가 웃으며 자리에서 일어섰다.

후쿠로코지도 따라 일어서려는데 또 숙소 쪽 문이 열렸다.

이번에 나타난 사람은 상사인 구죠 미야비였다. 비서인 시게모리 사츠키도 함께였다. 미야비는 본부에서 파견된 사람으로 후쿠로코지보다 띠동갑 아래였다. 몸에 딱 붙는 스커트에 재킷. 처음 본 남성들은 누구나 그 미모에 홀딱 반하지만, 후쿠로코지는 차가운 시선으로 쳐다보았다.

일본지부장이라는 자리가 권한이 큰 만큼 스트레스도 많은지 미야비는 항상 까칠했다. 부하직원에게 호통을 치거나 윽박지르는 건 일상이었고, 가끔은 왜 저러지 싶을 정도로 위압적이었다. 그래서 후쿠로코지는 업무에 필요한 최소한의 말 이외에는 말을 아꼈다.

"수고 많으십니다!"

후쿠로코지와 데지마를 본 사츠키가 활기차게 인사했다. 나이는 서른 살 정도. 메구보다 조금 먼저 들어왔는데 동그랗고 커다란 안경에 유난히 곱슬곱슬한 파마머리가 인상적이라 금방 얼굴을 기억했다. 쾌활한 성격은 언제나 저기압인 상사와는 정반대였다.

"수고."

후쿠로코지의 눈이 놀람으로 커졌다.

비서에 이어 미야비까지 인사를 건넨 것이다. 얼굴에는 미소까지 띠고 있는 것처럼 보였다.

어색함을 넘어 이상한 기분이 들었다.

"수고하십니다."

데지마가 인사하자 미야비는 부드러운 눈빛으로 후쿠로코지를 쳐다보았다.

"후쿠로코지……였지? 이번에는?"

"네."

'탐정' 앞에 나서는 스태프는 미야비도 역할 이름으로 부르고 있다.

"슬슬 시작해야지."

"준비는 모두 마쳤습니다."

"그래. 그럼, 위에서."

미야비는 시종일관 온화한 말투로 말하고 사령실로 올라갔다. 곁에 있던 사츠키도 생긋 웃으며 인사하고 미야비를 뒤따라갔다.

"왜 저러는 거야?"

후쿠로코지는 두 사람의 모습이 완전히 보이지 않을 때까지 기다렸다가 소곤거리며 데지마에게 물었다.

사츠키야 언제나 저랬지만 미야비는 확실히 평소와 달랐다.

"계속 저 상태에요. 기분이 좋은 건지 편해서 저런 건지."

데지마도 속삭이며 답했다.

"승진이라도 정해진 건가?"

"다시 본부에 돌아갈지도 모르겠네요."

"본부에는 라이벌이 있어. 일본에 있는 동안 밀어내거나 하진 못했을 텐데."

미야비는 본부에서 일본지부로 좌천된 이력이 있다. 본부에서 임원이었을 때도 상대를 가리지 않고 오만방자하게 행동하다가 결국 윗선의 눈 밖에 났다는 소문이다. 하지만 정작 미야비는 일본인 임원끼리 경쟁하다가 발목을 잡힌 것뿐이라며 전혀 반성하지 않고 있다. 본부에는 미야비를 포함해 세 명의 일본인 임원이 있었다. 일본지부로의 파견은 출세 코스에서 탈락했다는 의미였다. 그런데도 미야비는 언젠가 본부로 다시 돌아가겠다는 야심을 감추지 않았다. 후쿠로코지를 비롯한 일본지부 사람들을 자신의 본부 복귀를 위한 장기 말로만 생각했다. 이런 미야비의 태도에 후쿠로코지는 반감을 품고 있었다.

"그렇긴 한데 정말 사람이 달라지긴 했어요. 승진 때문이 아니면……개인적인 이유?"

데지마가 헤벌쭉 웃었다.

다른 스태프들과 마찬가지로 미야비의 사생활도 베일에 가려져 있다. 고급 맨션을 몇 채나 가지고 있다던가 남성 편력이 있다던가 하는 소문을 들은 적은 있지만 어디까지나 소문에 지나지 않는다.

"더 생각해 봤자 무슨 소용이겠어."

"맞습니다. 자, 그럼 저는 먼저 가보겠습니다."

"그래, 수고했어."

숙소 쪽으로 들어가는 데지마를 배웅한 후쿠로코지는 메구에게 눈을 돌렸다. 메구는 나몰라라하는 얼굴로 가만히 차를 마시고 있었다.

머지않아 첫 번째 살인이다. 친한 사이라면 '가자'라고 말이라도 걸었을 테지만, 젊은 스태프들은 대하기가 까다롭다. 알아서 하게 내버려둬야지.

혼자 사령실로 돌아오니 중앙 뒤편의 사령석에 미야비가 다리를 꼬고 앉아있었다. 바로 옆에는 사츠키가 언제 어떤 질문이 날아와도 대답할 수 있도록 바짝 긴장하고 있다. 미야비는 곁눈질로 후쿠로코지를 흘깃 보더니 모니터로 눈을 돌렸다. 평소와 똑같은 장기 말을 보는 눈이었다.

역시, 사람의 본성은 바뀌지 않는다.

으슬으슬 한기를 느끼며 후쿠로코지는 제어판이 있는 대형 모니터 앞으로 향했다.

제어판은 기술 스태프인 반자키와 고키가 담당하고 있다. 고키와는 처음 본 거지만, 반자키와는 몇 번이나 현장에서 함께 한 적이 있다. 반자키와 같은 기술 스태프는 카메라의 위치 이동이나 저택 내부의 제어시스템 조절 등 기계와 관련된 일들을 전부 도맡아 한다. 여기에 더해 모니터 감시도 해야 해서 언제나 정신없이 바쁘다.

"둘이 일하는 건 오랜만이네."

"네. 이번에는 카메라도 별로 많지 않아서 할 만 합니다."

항상 혼자서 모든 일을 감당해야 했던 반자키가 기쁜 얼굴로 팔짱을 꼈다.

"28번 카메라 확대해 줘."

후쿠로코지의 지시에 반자키가 모니터 설정을 변경했다. 분할 화면이 사라지고 모니터 전체에 하나의 화면이 크게 표시되었다.

사령실에 있는 모두가 모니터에 주목했다. 메구는 아슬아슬하게 사령실로 돌아왔다. 잔소리하고 싶은 걸 꾹 참았다.

미야비가 주위를 의식하며 자리에서 일어섰다.

"자, 드디어 첫 번째 살인입니다. 모두 잘 부탁해요."

스태프들의 사기를 북돋기 위한 행동이겠지만 왠지 모르게 찜찜했다. 지금까지 미야비가 큰일을 앞두고 저런 말을 했던 적은 한 번도 없었다.

신경 쓰지 마. 업무에 집중하자.

후쿠로코지는 잡생각을 뿌리치고 모니터를 응시했다.

첫 번째 살인-그 현장에 예정대로 '범인'이 나타났다. 위스키 잔을 들고 최초의 '피해자'에게 말을 걸었다.

후쿠로코지는 이어폰을 귀에 꽂았다. 저택 안에서도 언제나 무선 내용을 들을 수 있도록 보청기 모양으로 만들어진 이어폰이다. 마이크는 손목시계에 숨겨져 있다.

"후쿠로코지다, 이치하라."

〈네, 이치하라.〉

무선으로 호출하자 살인 현장에 숨어있던 이치하라가 응답했다.

"이상 없나?"

〈지금까지는 없습니다.〉

"카메라 사각지대는 파악했지?"

〈네. 어차피 거의 없어서요.〉

이치하라의 빈정거림에도 후쿠로코지는 아랑곳하지 않았다.

감시 카메라 영상은 탐정 유희가 끝난 뒤 클라이언트에게 공개된다. 추리와 트릭, 사실관계를 살펴보기 위해서다. 그래서 '탐정'이 없는 장소에서도 긴장을 늦출 수 없다. '탐정'이 보지 않는다고 해서 스태프들이 우르르 몰려가 죽일 수도 없다. 살인은 어디까지나 시나리오에 적힌 방법대로 수행해야만 한다. 물론 예기치 못한 사고가 일어나기도 하므로 만일을 대비해 카메라에 보이지 않는 장소에 스태프를 대기시켜 놓는다.

"어려운 수법도 아니야. 걱정되는 건 범인의 멘탈밖에 없어."

〈알고 있습니다.〉

첫 번째 살인은 약이 든 위스키를 먹이고 간단한 장치만 설치하면 끝이다. 난이도는 낮다. 예상되는 리스크는 '범인'의 멘탈뿐. 첫 살인을 앞두고 갑자기 못 하겠다고 할 가능성도 있다. 이치하라를 대기시킨 건 '범인'을 도와주기 위해서라기 보다도 도망치지 못하게 무언의 압박을 가하는 협박 용도가 더 컸다.

"독살이라니 멋대가리 없네."

바로 뒤에서 불쾌한 목소리가 들렸다.

후쿠로코지가 미간을 찌푸리며 돌아보았다.

"작가님, 이제 곧 출항 시간일 텐데요."

다나카가 아니다. 또 한 사람의 작가가 교활한 웃음을 짓고 있었다. 무대에 등장하는 역할도 아니면서 현장에서는 항상 가명을 쓰는 작가.

아마 이번에는 '루루'였던 것 같다. 데지마 팀의 시나리오를 썼기 때문에 오늘까지 저택에 있었다.

"괜찮아, 괜찮아. 남아있을 거거든."

"……왜죠?"

"왜기는. 당신도 걱정되잖아? 신입이 쓴 시나리오로 일하는 거."

루루가 턱으로 다나카를 가리켰다.

갑자기 날아든 화살에 다나카가 흠칫 놀라며 경직되었다.

"역시나 독살 같은 시시한 수법이나 쓰고 있네."

다나카가 떨리는 손을 내저었다.

"아니, 독살이 아니고 먼저 정신을 잃게 해서-."

"그러니까 그게 그거지. 멋이 없잖아, 멋이. 나이도 어린데 왜 이렇게 통이 작아. 아참, 원래 겁쟁이였지?"

다나카는 선배에게 대들만한 위인이 못 된다. 루루의 말에 점점 몸이 위축되고 있다.

루루는 다 이긴 얼굴로 후쿠로코지에게 말했다.

"이럴 것 같아서 실패할 때를 대비해 선배가 옆에 있어 주려고."

"아니……작가님에게 폐를……."

꿍꿍이가 너무나 투명하게 보였다.

후쿠로코지는 루루의 성격을 속속들이 알고 있다. 후배를 도와주기는커녕 다나카의 시나리오가 엉망이 되면 손뼉을 치며 좋아할 놈이다. 그저 불안한 것뿐이다. 다나카가 작가로서 성공을 거두면 수석 작가의 자리를 빼앗기게 된다. 지금까지는 유일무이한 작가로서 제멋대로 행동해 왔는데, 앞으로는 그럴 수 없게 될지도 모른다. 다나카와 현장이 겹친 걸 구실삼아 딴지를 걸고 훼방을 놓으려 하는 것이다.

하여튼 쪼잔한 놈 같으니라고.

후쿠로코지는 시간을 확인했다. 데지마 팀을 태운 배의 출항 시간이 다가오고 있었다.

"신경 쓸 것 없어. 그냥 아주 약간의 성의만 보여주면 되니까."

전혀 미안한 기색 없이 말하는 루루의 뒷모습에 미야비가 고개를 옆으로 저었다. 돈을 줄 생각은 없는 모양이다.

"성의……라고요……."

빨리 가버려, 염치도 없는 놈 같으니.

후쿠로코지는 소리치고 싶은 걸 간신히 참으며 이 훼방꾼을 어떻게 하면 돌아가게 할지 고민했다. 차라리 없어져 주는 게 돈을 낼 가치가 있었다.

"어어, 데지마에게는 먼저 가라고 말해뒀어."

이제 더는 이 자식 얼굴을 보지 않아도 된다고 생각했는데-.

"이제 마십니다."

모니터를 감시하던 반자키가 속삭였다.

후쿠로코지는 루루를 방치한 채 모니터를 바라보았다.

'피해자'가 막 술을 마시려는 순간이었다.

"처음부터 너무 허술한 거 아냐?"

"계속 이런 식인 건 아니지?"라며 루루가 등 뒤에서 계속 떠들어대고 있었다.

후쿠로코지는 잡소리를 무시했다.

이번만큼은 절대 시나리오를 엉망으로 만들지 않겠어.

지금까지도 위기는 수없이 있었지만, 그때마다 어떻게든 극복해 왔다. 탐정 유희에서 실패가 용납되지 않는 건 당연한 일. 그러나 이 '바스커빌관'에는 자신의 목숨이 달려있다.

섬이 가라앉는 일이 생기더라도 시나리오만은 끝까지 완성할 것이다.

꽉 쥔 주먹에 힘이 들어갔다.

'범인'이 살인을 마무리 지으려 하고 있었다.

## 3.

18시. 저택의 어딘가에서 종소리가 울렸다.

방에 돌아와 있던 린코는 멍하니 창문 밖의 숲을 바라보고 있었다. 가능하면 계속 방에만 있고 싶었다. 하지만 곧 저녁 식사 시간이다.

린코는 채비를 마치고 복도로 나왔다. 계단을 내려와 1층 안쪽에 있는 식당으로 향했다. 다른 손님들은 이미 자리에 앉아있었다.

열 명이 한꺼번에 앉아도 여유로운 긴 테이블에 포크와 나이프, 유리잔이 놓여 있다. 해가 진 데다가 숲에 둘러싸여 있어서인지 창밖은 깜깜했다. 벽에 붙어있는 조명과 테이블 위에 놓인 램프가 빛을 제공하고 있었다. 의자에 앉아 있는 손님들과는 대조적으로 이치하라와 이시무로는 식전주를 따르느라 정신이 없었다.

린코는 비어 있는 맨 끝자리-마에가네의 옆자리에 앉았다.

최대한 마에가네를 보지 않으려 노력하며 식전주를 마셨다. 분명 비싼 술일 테지만 맛있는지 어떤지 전혀 알 수 없었다.

다른 사람들이 신나서 감상을 말하는 동안 린코는 실수하지 않기 위해 입을 다물고 있었다.

"린코짱."

귓가에서 기분 나쁜 목소리가 들렸다. 설마 내 이름에 짱을 붙여 부르리라고는 생각하지 못해서 잘못 들은 줄 알았다.

"저기, 린코짱."

재차 불린 뒤에야 비로소 눈치챈 린코가 천천히 얼굴을 돌렸.

황소개구리같은 마에가네의 얼굴이 이쪽을 보고 있었다.

"맛은 어때?"

마에가네가 잔을 들며 물었다.

"네에……술은 잘 모르지만, 맛있는 것 같네요."

고급술에 대한 지식은 없다. 린코는 순간적으로 무난한 답을 해놓고서도 한편으로는 의문이 들었다.

왜 일부러 말을 거는 거지? '탐정'인가……?

린코는 자연스럽게 주위를 둘러보았다.

아카리와 미츠, 아란과 사콘이 각각 이야기를 나누고 있다.

여기서는 옆 사람과 대화하는 게 자연스러운 건가-.

무슨 일이든 덮어놓고 의심부터 하는 자신의 모습에 어처구니가 없었다.

썩 내키지는 않았지만, 린코는 마에가네와 대화를 나누기로 했다.

다행히 고통의 시간은 짧았다.

마에가네가 입을 열려는 순간 입구에 서 있던 후쿠로코지가 꾸벅 인사하는 모습이 보였다. 그리고 고급스러워 보이는 정장을 입은 중년 남성이 식당으로 들어왔다.

"여러분, 환영합니다. 제 저택에 와주셔서 정말 감사합니다. 이곳의 주인인 아마타야 츠구테루입니다."

아마타야 츠구테루는 다소 과장된 몸짓과 손짓으로 환영 인사를 하더니 중앙의 호스트석에 앉았다. 아직 옆에 한 자리가 비어 있다.

"손님을 초대해 놓고 늦게 와서 죄송합니다. 도저히 업무가 끝나지 않아서요."

행동과 말투가 무척 세련되었다. 나이는 오십 대 정도이려나. 손님들과 비교하면 훨씬 나이가 많았다.

"신경 쓰지 마세요. 충분히 성대한 대접을 받고 있었습니다."

사콘이 답하자 아란과 아카리도 동의했다. 마에가네는 아무 말 없이 이치하라에게 술을 더 달라고 재촉했다.

"저도 사과드리지요."

낮고 울리는 목소리가 들려오더니 또 다른 남성이 나타났다.

"츠구테루의 형인 아마타야 가즈오미입니다. 동생이 바쁜 탓에 원래는 제가 여러분을 모셨어야 했는데 아침부터 몸이 좋지 않아 실례했습니다. 다시 한번 죄송하다는 말씀드립니다."

아마타야 가즈오미는 츠구테루의 옆에 앉아 머리를 숙였다. 이쪽은 육십 대 전후로 보였다. 마른 체형의 동생과는 달리 몸집이 컸다. 멋진 하얀 수염에 한쪽 귀에는 보청기를 끼고 있었다.

"자, 더 기다리시게 하면 또 사과드려야 하니 바로 식사를 시작하시지요. 분명히 입에 잘 맞으실 겁니다. 제가 보장하지요."

가즈오미의 말을 들은 츠구테루가 후쿠로코지에게 눈으로 지시했다.

후쿠로코지가 복도를 향해 눈짓을 보내자 바로 요리가 들어오기 시작했다.

셰프가 직접 음식을 서빙하면서 손님 한 사람, 한 사람에게 식재료에 대해 설명했다. 린코는 설명을 들으면서도 무슨 소리인지 이해하지 못한 채 끄덕이기만 했다. 전채부터 메인 요리, 수프에 이르기까지 모든 음식이 훌륭한 맛이라는 것만은 알 수 있었다. 다만 이 상황에서는 아무리 맛있어도 맛이 느껴지지 않았다.

"이제 말씀해 주시지요. 저희를 부른 이유."

사콘이 식후에 나온 와인을 마시며 아마타야 형제에게 물었다.

"그러지요. 이제부터는 진지한 이야기로 넘어갈까요."

가즈오미가 결심한 듯 잔을 내려놓았다.

"저와 동생 츠구테루는 탐정회사를 운영하고 있습니다. 탐정이라고는 해도 여러분들처럼 어려운 사건을 해결하는 건 아니고 흥신소의 체인점이 여러 개 있다고 생각해 주시면 됩니다. 현재 회사의 경영은 츠구테루가 맡아서 하고 있고 저는 물러나 있지요."

"정확히 말씀하셔야죠."라며 츠구테루가 끼어들었다.

"형님은 회사 고문이십니다. 저는 수사와 직원 관리 등을 담당하고 재무와 관련된 부분은 형님에게 모두 맡기고 있지요. 형님이 나이가 들면서 현장을 직접 수사하는 일에서는 물러나셨지만, 예전에는 마치 홈즈처럼 경찰과 함께 수사도 자주 하셨습니다."

"우리끼리 아무리 칭찬해도 손님들 듣기엔 재미없을 뿐이야. 자, 홈즈의 이름이 나온 김에 말씀드려야겠네요. 다들 들으신 대로 이 저택은 '바스커빌관'이라고 불리고 있습니다."

"『바스커빌가의 개』와 관계가 있나요?"

아카리가 기다렸다는 듯 질문했다.

"네. 저희가 이 저택을 섬까지 통째로 구매한 건 1년 전입니다. 새로운 별장을 찾다가 발견했지요. 구입을 결정한 계기는 이 섬에 내려오는 마견전설(魔犬傳說) 때문입니다."

"마견전설?『바스커빌가의 개』와 똑같군요."

아란이 쿡쿡대며 웃었다.

"전설 내용은 조금 다릅니다. 이 저택을 둘러싸고 있는 숲. 그 숲 어딘가에 불을 내뿜는 거대한 개가 살고 있는데, 13년에 한 번 저택의 주민을 불태우러 온다고 합니다."

"그것 참 원작보다도 더 무섭군요."

사콘이 쓴웃음을 지었다.

"『바스커빌가의 개』와 다른 거야?"

미츠가 옆에 앉은 아카리에게 물었다.

"응, 홈즈의 사건에서도 거대한 개가 등장하기는 하는데 저택 주민을 불태우거나 하진 않아."

"그렇게 되면 미스터리가 아니라 공포 소설이나 판타지 소설이 되어버리니까요."

아카리의 설명에 아란이 덧붙였다.

"판타지인지 사실인지 확인해 보고 싶지는 않지만."

손님들의 반응을 보며 츠구테루가 싱긋 웃었다.

"사실은 바로 올해가 마견이 나온다는 13년에 한 번 오는 해입니다. 시기는 부활절 직전. 달이 반쯤 차오르는 때라고 하더군요."

"부활절……이라면 춘분 무렵이죠?"

린코가 문자 그대로 말을 뱉었다. 여기에서 해야 할 얼마 안 되는 대사다.

"맞습니다. 부활절은 매년 날짜가 달라지지요. 춘분이 지나고 처음 뜨는 보름달. 그 직후의 일요일이 부활절입니다."

다시 말해 춘분 다음의 보름달 다음의 일요일이다. 복잡하지만 이건 중요하지 않다. 린코는 미리 전달받은 지시대로 시나리오를 진행했다.

"……그러면 올해 부활절은 곧이겠네요."

"네. 그리고 오늘 밤은 상현달. 바로 '달이 반쯤 차오르는 때'이지요. 전설이 사실이라면 오늘부터 며칠간 이 섬은 마견의 지배에 놓이게 됩니다."

츠구테루는 연기하는 듯한 말투로 양손을 벌렸다.

"왠지 불길한데……츠구테루 씨도, 가즈오미 씨도 무척 즐거워 보이시네요."

아카리가 묘한 웃음을 띠며 아마타야 형제를 바라보았다.

"하하, 들켰나요."

가즈오미가 전혀 걱정스럽지 않은 얼굴로 웃었다.

"저희 형제는 뼛속까지 탐정입니다. 아니, 추리광이라고 하는 편이 맞겠네요. 이런 변방의 섬을 구매한 것도 순전히 마견전설이 궁금해서였습니다. 뭐, 솔직히 말씀드리면 저는 저희 형제 둘이 전설의 수수께끼를 풀어보려 했는데, 동생이 다른 탐정도 초대하자고 하더군요."

"모처럼 거액의 돈을 내고 산 장난감이니까요. 저희 둘만 즐기기에는 아까운 생각이 들었습니다."

아마타야 형제가 동시에 얼굴 가득 미소를 지었다.

"두 분은 마견의 존재를 믿으시나요?"

린코가 다음 대사를 던지자 츠구테루가 와인잔을 들었다.

"마견같은 것이 실제로 존재한다면 꼭 한번 보고 싶습니다. 그 경험은 평생에 걸친 보물이 될 테니까요. 만약 존재하지 않더라도 마견의 정체와 전설의 진실을 파헤칠 수 있다면 그것 또한 값진 경험이겠지요. 저희 고용인들은 저를 이해하지 못하는 것 같지만 여러분들이라면 동감하실 거로 생각합니다다만?"

린코도 와인잔을 들어 긍정의 뜻을 표했다.

아란과 사콘, 아카리, 미츠도 모두 잔을 들었다. 마에가네는 개의치 않고 계속해서 와인을 마시고 있었다.

린코는 지금까지 한 일을 돌이켜 보았다.

괜찮아. 실수는 없었어. 그건 그렇고 다들 정말 말이 많네.

'탐정'을 빼면 모두 필요한 대사를 말하고 있는 것일 테니, 말이 많다는 건 아무리 애드리브가 들어갔다고 해도 원래 대사가 많다는 말이 된다. 이에 비해 린코의 대사는 적었다. 주어진 대사가 많으면 외우기 힘드니 적은 게 더 좋기는 하지만 말수도 없고 어두운 여자로 보일까 봐 신경이 쓰였다. 또 주위 사람들의 대화가 끊이질 않으니, 대사를 치는 타이밍을 잡기가 너무 어려웠다.

린코는 긴장을 놓지 않은 채 아마타야 형제의 말에 귀를 기울였다.

깨끗이 비운 와인잔을 테이블에 내려놓은 츠구테루의 얼굴이 무척 편안해 보였다.

"만약에 마견은 커녕 쥐새끼 한 마리 나타나지 않더라도. 명탐정이 이렇게 한자리에 모이는 기회는 극히 드무니 이야기를 나누는 것만으로도 즐거운 3일이 될 겁니다. 요리와 술은 충분히 준비해 두었습니다."

"제가 미리 말씀드리면 사실 동생의 진짜 목적은 바로 이겁니다. 요즘 회사에 일손이 부족해서 어려운 의뢰의 해결을 도와줄 명탐정이 필요하다네요."

"그럼 이건 스카우트인가요? 아니면 면접?"

미츠가 고개를 갸우뚱거렸다.

"형님."

츠구테루가 난감한 얼굴로 형에게 눈을 흘겼다.

"직원이 되어 달라고 말할 생각은 없습니다. 관심이 있으시면 업무 제휴 형태로 도와주셨으면 합니다. 하지만 지금은 어디까지나 휴가니까요. 너무 딱딱하게 생각하지 마시고 즐기시지요!"

"마견전설은 휴가에 곁들여진 여흥이군요."

사콘이 무슨 말인지 잘 알겠다는 듯 깔끔하게 정리했다.

"죄송한 말씀이지만, 저는 흥신소 업무보다 마견전설에 더 관심이 가네요."

아카리가 고지식하게 대답하자 아란이 유쾌하게 받아쳤다.

"저도 그렇습니다. 얼마나 즐겁습니까, 우리 모두 힘을 합쳐 바스커빌가의 개보다 흉포한 개를 잡아버립시다."

"네네. 여러분 머무시는 동안 자유롭게 행동하시면 됩니다. 필요하신 게 있으시면 여기 고용인들에게 말씀해 주세요."

가즈오미의 소개를 받은 고용인들이 벽 쪽에 늘어섰다. 후쿠로코지,

이치하라, 이시무로에 이어 가장 끝에는 저녁 식사 서빙에 합류했던 와카바야시라는 이십 대로 보이는 무표정한 남자가 서 있었다.

셰프도 주방에서 나왔다. 삼십 대 후반 정도로 보이고 혈기 왕성하고 날카로워 보이는 얼굴이다.

"셰프인 가마모토입니다. 대형 호텔과 레스토랑에서 요리장으로 일했었습니다. 내일부터 나올 요리도 기대해 주세요."

가즈오미의 소개에 가마모토는 아무 말 없이 고개를 숙여 인사했다.

"여기 있는 사람들 말고도 제제라는 고용인이 있습니다. 힘쓰는 일이든 뭐든 맡겨만 주세요."

린코를 제외하면 저택 주인 두 명에 손님이 다섯 명, 고용인 여섯 명. 이렇게 전원이다. 이 중에 '탐정'이 있다. 그리고 '탐정'은 이 중에서 희생자가 나오리라는 사실을 알고 있다.

"자아, 다들 취하신 것 같군요. 저녁은 여기까지 하겠습니다. 지금부터는 객실로 돌아가셔서 쉬셔도 되지만, 응접실을 열어 놓을 테니 편하게 이야기를 나누셔도-."

가즈오미가 마지막 인사를 하려는데 조금 전 나갔던 후쿠로코지가 급한 발걸음으로 돌아오더니 가즈오미의 옆에서 츠구테루에게 귓속말을 했다.

"……내용은?"

츠구테루의 얼굴이 굳어지더니 후쿠로코지와 두세 마디 말을 나눴다.

"무슨 일이지?"

가즈오미가 하던 말을 멈추고 츠구테루에게 물었다.

츠구테루는 잠시 생각하더니 의자에서 일어섰다.

"마견전설의 막이 오른 것 같습니다. 여러분, 홀까지 동행 부탁드립니다."

츠구테루를 따라 복도로 나온 일동은 후쿠로코지의 안내를 받으며 현관홀로 향했다.

"어머?"

홀에 도착하자마자 미츠가 목소리를 높였다.

그 시선 끝-현관문에 이상한 것이 보였다.

종이쪽지 한 장이 현관문에 나이프로 꽂혀 있었다.

"어디 어디. 뭐라고 쓰여있나 볼까."

아란은 망설이는 기색도 없이 다가갔다.

주머니에 손을 넣은 채로 종이에 쓰인 글자를 읽어 내려갔다.

"'마견의 부활을 축하하라' 라네요."

"……무슨 뜻일까요?"

후쿠로코지가 조심스럽게 츠구테루에게 물었다.

"마견이 부활한다는 건 저택 사람들이 불에 타죽는다는 말. 그걸 축하하라는 말이다."

"어떻게 그럴 수가! 너무 잔혹하지 않습니까!"

츠구테루의 설명을 들은 후쿠로코지가 호들갑을 떨며 당황한 척했다.

아무리 일이라지만 정말 대단하네.

린코는 후쿠로코지의 연기를 감탄하며 바라보았다.

"대체 누가! 누가 이런 장난을!"

후쿠로코지의 연기는 계속 이어졌다.

"여기 보낸 사람 이름도 쓰여 있네요."

대수롭지 않게 말하는 아란의 말에 모두 주목했다.

"세 명의 이름이 같이 쓰여있는 것 같은데."

아란이 다시 종이를 확인했다.

"종이에 쓰여 있는 내용은 이렇습니다. '마견의 부활을 축하하라 퀸, 카, 크리스티'."

"흐음."

마에가네가 비릿하게 웃었다.

"퀸, 카, 크리스티라면 역시……?"

자신 없이 중얼거리는 미츠에게 아카리가 친절히 설명했다.

"엘러리 퀸, 조지 딕슨 카, 그리고 애거사 크리스티겠지."

"이미 한참 전에 죽은 사람들이잖아. 그 사람들이 보낸 사람이라니 이상하지 않아?"

"아니, 다카카지 씨의 생각이 맞아요."

머리 위로 물음표를 띄우고 있는 미츠에게 아란이 웃어 보였다.

"퀸, 카, 크리스티. 이것과 똑같은 성을 가진 사람은 많습니다. 하지만, 이 세 명의 이름이 한꺼번에 등장했다면 절대 다른 사람일 수가 없죠. 위대한 세 명의 미스터리 작가들을 가리키는 게 맞을 겁니다."

"세계 3대 미스터리 작가로군."

마에가네가 먼저 결론 내렸다.

아란은 의기양양하게 끄덕였다.

"음, 당연히 살아 있는 퀸이 이 괴문서를 남기진 않았을 테니 누군가 위대한 작가의 이름을 써서 우리에게 메시지를 보냈다고 봐야겠군요."

"메시지? 이 저택을 불태우겠다는 협박, 말인가요?"

후쿠로코지의 얼굴이 어두워졌다.

"협박이 아니라 예고입니다."

아란이 서늘한 얼굴로 말했다.

"아, 아무튼……누가 이런 걸……아니, 작가들이 아니라 실제로 이걸 남긴 사람 말입니다."

후쿠로코지는 '범인' 찾기로 화제를 돌렸다.

"저녁 식사 전에 지나갈 때는 없었습니다."

사콘이 말하자 모두 동의했다.

"저도 못 봤습니다."

가즈오미에 이어 츠구테루가 "저도입니다."라고 덧붙였다.

"이렇게 눈에 띄는데 아무도 못 보고 지나쳤다는 건 말이 안 돼요. 즉 이 괴문서가 여기 꽂힌 건 우리가 식당에 있을 때라는 거지요. 저택 분들이 저희를 놀라게 하려는 게 아니라면 말이지만."

아카리가 예리한 눈길로 아마타야 형제를 쳐다보았다.

"유감이지만 이렇게까지 손이 많이 가는 여흥은 준비하지 못했습니다."

츠구테루가 고개를 가로저었다.

린코도 괴문서에 대해서는 사전에 듣지 못했다. 최소한의 정보만 받았다는 건 알고 있었지만, 사건의 시작을 알리는 장치조차 비밀로 하고 있었다니 화가 났다.

"어떻게 할까요? 버릴까요?"

후쿠로코지가 여전히 문에 꽂혀 있는 나이프와 종이쪽지를 폐기할지 아마타야 형제의 지시를 재촉했다.

가즈오미는 수염을 쓰다듬으며 동생과 시선을 교환했다.

"음, 그대로 두는 게-."

그 순간이었다.

저택 밖에서 폭발음이 울렸다.

모두의 시선이 문으로 집중되었다.

"지금 소리는?"

"무언가 폭발하는 듯한 소리였는데."

"여흥은 없다고 말씀하셨잖아요."

냉철함을 유지하던 손님들이 연이어 다급하게 말을 쏟아내었다.

"네. 이건 여흥이 아닙니다. 후쿠로코지!"

가즈오미의 지시에 후쿠로코지가 이중 현관문을 열었다.

눈앞에 칠흑 같은 숲이 나타났다.

"하늘이!"

미츠가 나무들 위편을 가리켰다.

밤하늘 일부가 빨갛게 물들어 있었다. 숲속 저편에 무언가가 타고 있었다.

"선착장 쪽이야."

아란이 주머니에서 손을 빼고 현관으로 달려갔다.

"가보자!"

"손전등을!"

츠구테루의 지시로 고용인들이 사람 수대로 손전등을 가져왔다.

셰프인 가마모토와 메이드인 이시무로를 저택에 남게 한 뒤 일동은 선착장으로 향했다.

후쿠로코지와 츠구테루가 맨 앞에서 걷고 가즈오미와 이치하라가 가장 뒤에서 따라갔다. 손전등이 있어도 밤의 숲은 거의 암흑에 가까웠다. 운영 측인 린코조차 혼자 서있기 힘들 정도로 다리가 떨렸다.

"어마어마한 연기네요. 벌써 마견이라도 행차한 걸까요."

태연한 척하는 건지, 진짜 아무렇지도 않은 건지 아란의 말투는 가볍기만 했다.

"이 섬에 위험한 동물은 없나요?"

미츠가 주위를 경계하며 츠구테루에게 질문했다.

"구매하고 나서 몇 번 온 게 고작이라 생태계까지는 파악하지 못했습니다. 다만, 지금까지 동물의 울음소리나 신음 같은 건 들은 적이 없습니다."

"곰이라도 나오면 다 죽겠어요."

"하하하, 아마 곰은 없을 겁니다. 게다가 숲속에 사는 곰 아저씨는 미녀에게는 친절할 테니 나오더라도 안전할 겁니다."

긴장된 분위기를 풀기 위해서인지 츠구테루는 이상하리만치 명랑하게 말했다.

"츠구테루 님."

후쿠로코지가 멈춰 서서 돌아보았다.

나무들 안쪽이 환하게 빛났다. 그림자가 흔들리는 모양에서 불길이 타오르고 있다는 걸 알 수 있었다.

"역시 배인가."

츠구테루가 속도를 높여 걷기 시작했고 뒷사람들도 서둘러 그를 좇았다.

이내 나무들이 사라지고 선착장이 나타났다.

불타고 있던 것은 크루즈선이었다. 린코가 타고 온 바로 그 배다.

"여러분, 더 이상 가까이 가시면 안 됩니다. 또 폭발할지도 모릅니다."

후쿠로코지가 사람들을 제지했다.

"어째서 크루즈선이 타고 있는 거야!"

가즈오미가 후쿠로코지에게 소리쳤다.

"저도 뭐가 어떻게 된 건지……선박 정비는 제제가……."

말을 하던 후쿠로코지가 퍼뜩 이치하라를 쳐다보았다.

이치하라는 "못 봤어요"라며 고개를 흔들었다.

"언제부터?"

"저녁 식사 전부터인 것 같아요."

가즈오미가 고용인들의 대화를 마땅찮게 듣더니 물었다.

"제제는 어딨지?"

"저녁 식사 전부터 안 보인다고 합니다."

"마지막으로 본 건?"

츠구테루의 질문에 후쿠로코지와 이치하라가 기억을 더듬는 사이 사콘이 입을 열었다.

"제제 씨라면 저희 짐을 방으로 가져다주었던 분이지요? 딱히 이상한 점은 없었는데요."

"그 사람은 저녁까지 뭘 했는데?"

무례한 말투로 묻는 마에가네에게도 후쿠로코지는 정중하게 답했다.

"선박 정비를 하고 있었을 겁니다."

"선박……혹시?"

아카리가 크루즈선으로 시선을 돌렸다.

불길이 어느 정도 잠잠해졌다.

"아아악!"

린코에게도 보였다. 크루즈선의 조종석에 앉아 있는 무언가. 사그라드는 불꽃과 검은 연기에 휩싸인 그것은 까맣게 타버린 시체였다.

"제제……인 건가."

가즈오미가 침을 꿀꺽 삼켰다.

"그런 것 같습니다……."

후쿠로코지가 어깨를 늘어트렸다.

"사고인가?"

"모르겠습니다……."

가즈오미와 후쿠로코지의 대화를 모두가 숨죽인 채 듣고 있었다.

린코도 눈앞의 시체를 보고 큰 충격을 받았다. 하지만 할 일이 남아있었다. 시체를 발견한 직후에 말해야 할 대사가.

"배는 저것뿐인 거죠?"

"네. 여러분의 마중은 제제가 혼자서 다녀왔습니다. 어제까지 계시던 곳들이 두 군데로 나뉘어 있어서 먼저 아란 님과 마에가네 님을 태운 뒤에 아케치 님과 다카카지 님, 사콘 님, 아오기리 님을 태웠습니다."

예정되어 있던 린코의 질문에 후쿠로코지가 미팅에서 맞춰봤던 대로 대답했다.

"그럼, 이제 이 섬에서 나갈 수 없는 건가요?"

린코가 힘을 주어 말했다. 여기에서의 임무는 이걸로 끝이다.

"외부와의 연락은요?"

아카리가 끼어들었다.

"전화나 인터넷은 설치되어있지 않습니다."

후쿠로코지 대신 저택의 주인인 츠구테루가 대답했다.

"흐음, 클로즈드 서클이란 말이군요."

아란의 입꼬리가 슬며시 올라갔다.

클로즈드 서클-외부와의 통신과 왕래가 단절되어 경찰도 개입할 수 없는 상황. 미스터리의 단골 소재이기도 하지만, 탐정 유희에서는 제작이나 안전상의 이유로 클로즈드 서클을 만드는 경우가 많다. 과거 린코가 참가했던 탐정 유희도 언제나 외부와 차단되었기 때문에 탐정 유희에서는 일상적인 일이라고도 할 수 있다.

"그럼 돌아갈 수 없는 거예요?"

"식량을 실은 배가 내일모레 오후에 오기로 되어 있으니 그때 도움을 요청하겠습니다."

겁에 질려 주위를 둘러보는 미츠를 후쿠로코지가 진정시켰다.

"그때까지는 아무도 섬을 드나들 수 없다는 거네요."

아카리가 팔짱을 낀 채 생각에 잠겼다. 스타일이 좋아서인지 그것만으로도 꼭 패션 화보 같았다.

크루즈선은 완전히 연소된 듯 보였다.

"잠시 보고 오겠습니다."

후쿠로코지가 천천히 부두를 지나 크루즈선에 올라탔다. 사람들이 모두 지켜보는 가운데 배 안을 점검한 후 시체가 있는 조종석에 들어갔다.

"얼굴 판별은 어렵습니다."

창으로 몸을 내민 후쿠로코지를 향해 아란이 소리쳤다.

"배는 어떤가요?"

"더 불탈 일은 없을 것 같습니다."

후쿠로코지의 대답을 들은 손님들이 앞다투어 배에 올랐다.

린코도 갑판까지는 올라갔지만 먼저 온 사람들로 북적이는 조종석을 바라보기만 하고 배에서 내려왔다. 미츠와 함께 배 옆에서 수사를 보고 있기로 했다.

"옷도 전부 타버렸네요."

"남자라는 것만 알겠어요."

아카리와 아란이 조종석의 시체 주변을 살펴보았다. 시체는 조종석 의자에 앉은 채로 타버린 상태였다.

두 사람에게 조종석을 선점당해 안까지 들어가지 못한 사콘은 선실을 둘러보았다.

"그만하고 슬슬 교대하지?"

기다리다 지친 마에가네가 아카리와 아란을 조종석에서 쫓아냈다.

"앗······."

당황한 린코의 입에서 소리가 새어 나왔다.

마에가네가 시체에 얼굴을 가까이 가져가더니 혀를 내밀면 핥을 수 있을 정도로 밀착해서 관찰하기 시작한 것이다.

"오오, 이거, 이거. 으흐흐흐."

무언가를 중얼거리며 즐거운 듯이 입가를 씰룩이고 있다.

린코는 구역질이 치밀어 올라 고개를 돌렸다.

마에가네 아이노스케. 연기라 하기에는 도가 지나치고 '탐정'이라면 제대로 미친놈이다.

"이쪽은 잔해들이 조금 남아있긴 한데 이렇다 할 단서는 없는 것 같습니다."

갑판으로 나온 사콘이 보고했다.

"보통 같았으면 사고로 처리하고 끝나겠지만, 오늘 밤은 마견이 꿈틀거리는 밤."

사콘의 말에 아카리가 반응했다.

"마견이 고용인이랑 배를 한꺼번에 태워버렸다고요? 입에서 불이라도 내뿜어서?"

"맞습니다. 현관에 붙어있던 괴문서를 보낸 범인을 '마견'이라고 부른다면 말이지요. 아마 입에서 불은 나오지 않겠지만."

사콘이 도발하듯 아카리를 응시했다. 아카리도 싫지만은 않은 얼굴이었다. 선남선녀가 저러고 있으니, 마치 영화의 한 장면처럼 보이기도 했다.

"시체에 이상한 점은요?"

"없어요. 소사체에는 딱히 아무것도."

"있었어, 이상한 점."

그림같던 두 사람의 대화에 마에가네의 탁한 목소리가 찬물을 끼얹었다.

"……있기는요. 20분이나 불길에 휩싸여 있었다고요. 이렇게 새까맣게 타버리면 경찰이 아닌 이상 신분 확인도 할 수 없어요."

아카리가 마에가네를 노려보았다.

"시체는 말이지, 구석구석 자세히 감상해야 하는 법이라고. 으흐흐."

"감상……이요?"

아카리가 혐오감에 진저리를 쳤다.

"여성에게 시체를 자세히 살펴보라니, 말씀이 너무하시네요. 마에가네 씨."

아란이 둘 사이를 중재했다.

하지만, 아카리는 아란의 말도 거슬린 모양이었다.

"수사하는 데에 여자든 남자든 무슨 상관이에요."

날 선 말투에 아란이 머리를 긁적였다.

"그게, 제가 표현을 잘못한 것 같군요. 그건 그렇고 시체에 이상한 점이라니 저도 발견하지 못했습니다만."

마에가네가 씩 웃더니 손가락을 세운 오른쪽 손바닥을 앞으로 내보였다. 순간적으로 아란을 향해 가운뎃손가락을 세운 건가 해서 움찔했지만, 자세히 살펴보니 검지와 중지가 엇갈려 있었다.

아란과 아카리가 마에가네의 손에 집중했다.

"……이건?"

"X다."

마에가네가 내뱉듯 대답했다.

아란과 아카리가 놀란 얼굴로 돌아보았다.

린코도 창문 너머로 조종석에 있는 시체를 쳐다보았다. 조종석에 앉아있는 시체의 양팔은 힘없이 아래로 처져있었다. 그런 팔의 오른손. 검지와 중지가 교차하며 X자 모양을 만들고 있었다.

아란이 중얼거렸다.

"『X의 비극』……."

"그렇네요"

아카리가 시체의 손가락에서 눈을 떼었다.

"이걸로 확정이에요. 쪽지를 보낸 사람 중 한 명인 '퀸'은 엘러리 퀸이에요."

"그게 무슨 말이야?"

옆에서 상황을 지켜보던 미츠가 물었다.

"『X의 비극』은 퀸의 대표작입니다."

린코가 입을 열기 전에 등 뒤에서 가즈오미가 대답했다.

"기차 안에서 발견된 시체의 손가락이 X자 모양으로 꼬여있었다는 이야기이지요."

"흥을 깨트리는 것 같아 죄송하지만……"

사콘이 배에서 내려오며 말을 이었다. "역시 마견은 전설의 동물 따위가 아니라 사람인 것 같군요. 동물은 사람을 죽일 수는 있어도 손가락을 꼬아두지는 못하니까요."

"아직 제제가 살해당했다고 볼 수는……."

후쿠로코지가 비장한 얼굴로 주장했다.

"아니, 살인일 가능성이 매우 높아."

저택의 주인인 츠구테루가 단호한 말투로 부정했다.

"퀸의 이름이 쓰여 있는 쪽지가 도착한 직후에 『X의 비극』를 본뜬 시체가 발견되었어. 우연이라고 보기에는 힘들지."

"저도 살인이라고 생각합니다. 다만-."

아란이 배에서 뛰어내렸다. 그리고 뒤이어 내려오려 하는 아카리의 손을 잡아 에스코트했다.

"시체의 손가락이 범인에 의해 만들어진 것인지 피해자가 스스로 의도해서 만든 것인지를 지금으로서는 판단할 수 없군요."

"피해자의 의도……다잉 메시지군요!"

미츠가 이때다 싶은 듯 외쳤다.

"그럴 수가……왜 제제가…………."

힘없이 조종석으로 다가가는 후쿠로코지를 내버려 둔 채 사콘이 말했다.

"범인이 만든 것이든 다잉 메시지이든 여기에는 퀸의 그림자가 아른거리고 있습니다. 그리고 쪽지에 쓰여 있던 사람은 퀸을 포함해서 모두 세 명. 그 말은 즉-."

사콘은 잠시 말을 멈추고 모두의 귀를 집중시킨 다음 말을 이었다.

"마견은 앞으로 두 번 더 온다는 겁니다."

## 4.

아무도 신경 쓰지 않는 사이 배에 남은 후쿠로코지는 흘깃 등 뒤를 돌아보았다.

'탐정'들은 배에서 내려 부두에서 추리에 한창이었다. 배를 보는 사람은 아무도 없었다. 후쿠로코지는 눈에 띄지 않게 조용히 조종석에 들어갔다.

들어서자마자 저도 모르게 끌끌 혀 차는 소리가 나왔다.

엇갈려 있던 시체의 손가락이 풀려서 손이 펼쳐진 상태였다.

"이래서 내가 이 자세는 어렵다고 했던 건데."

작게 투덜거리며 후쿠로코지는 시체의 손가락을 다시 교차시켰다. 하지만 금세 또 풀렸다.

조금 전도 이랬다.

분명 '범인'은 시체의 손가락을 교차시킨 다음 배를 불태웠겠지만, 후쿠로코지가 달려와서 봤을 때 손가락은 풀려 있었다. 아마 폭발의 충격 때문에 풀려버린 듯했다.

시작부터 엉망이 되어버린 시나리오에 골치가 아팠지만, 사실 어느 정도 예상했던 일이었다. 리허설 때도 몇 번이나 손가락이 풀렸었기 때문이다. 심지어 그땐 살아있는 사람이 시체 역할이었는데도 힘을 빼면 손가락이 풀려버리고는 했다. 하물며 진짜 시체는 힘이 하나도 없을 테니 훨씬 더 힘들 거라고 예상했다.

다나카는 낙관적이었지만 작가와 달리 현장을 책임지는 제작팀은 탁상공론만으로는 움직일 수 없었다. 애당초 다나카는 시체의 첫 발견자도 '탐정'으로 하고 싶다고 했다. 그러나 리스크를 줄이기 위해 후쿠로코지가 먼저 발견하는 것으로 시나리오를 변경했다.

그 판단이 정답이었다.

거봐, 내 말이 맞았지. 햇병아리 놈, 돌아가면 혼쭐을 내줘야지.

아니나 다를까, 시체의 손가락은 풀려 있었다. 살펴보는 척 손가락을 억지로 교차시켜 두었는데 또 풀렸다.

"제길."

몇 분 전만 해도 잘 꼬이던 손가락이 이번에는 영 말을 듣지 않았다. 처음부터 시체의 자세가 문제였다. 힘없이 팔을 아래로 늘어뜨린 자세에서는 손가락을 교차시키기 어려운 법이었다.

이렇게 우물쭈물하고 있을 시간이 없었다. 후쿠로코지는 사건과 관계없다는 설정이다. 그런데 시체에 무언가 하고 있는 걸 '탐정'이 보기라도 했다가는 정합성이 무너진다.

후쿠로코지는 창문 너머로 부두에 있는 이치하라에게 눈으로 신호를 보냈다.

이치하라가 작게 고개를 까딱했다.

'탐정'들의 대화가 끊어질 것 같으면 이치하라가 시간을 벌어 줄 것이다. 미리 준비한 화젯거리도 있었다. 몇 분이 고작이긴 하겠지만.

후쿠로코지는 다시 조종석 바닥에 무릎을 꿇었다.

시체의 손가락을 꼬았다. 풀렸다. 또 꼬았다. 풀렸다.

"하아, 돌겠군."

도저히 끝날 기미가 보이지 않아 결국 손가락을 교차시킨 시체의 손을 무릎 위에 올려놓았다. 이렇게 하면 꽤 안정적이었다. 손 위치가 바뀌었다고 '탐정'이 지적하면 시체를 조사하고 원래대로 돌려놓다가 실수했다고 말하면 그만이다. 의심은 받겠지만 시나리오가 엉망이 되는 것보다는 나았다.

심호흡하고 조종석 창문 밖으로 얼굴을 내밀었다. '탐정'들은 아직도 열띤 논쟁을 벌이고 있었다. 이치하라가 나설 새도 없었던 것 같다.

"폭발할 때 손님인 우리들과 저택 사람들 모두 저택 내부에 있었습니다."

지금 추리를 펼치고 있는 건 사콘이다.

"단순히 생각하면 제제 씨는 사고 아니면 자살. 또는 아직 만나지 못한 누군가에게 살해당한 셈이 됩니다."

"섬에는 우리들 외에는 아무도 없잖아요. 그렇죠?"

아카리가 옆에 있던 가즈오미에게 확인했다.

"네. 그건 확실합니다."

"마견이 불태웠을 가능성은 아예 제쳐두는 건가? 으흐흐."

마에가네의 농담에 모두가 싸늘한 시선을 보내자 이치하라가 나섰다.

"저기, 이런 게……."

조심스럽게 말을 꺼내며 부두 뒤편으로 이동했다. '탐정'들이 이치하라 주위로 몰려들었다. 그 사이 후쿠로코지는 조종석에서 나왔다.

이치하라가 발견한 것은 휘발유 얼룩이었다. 어둠 속에서는 잘 보이지 않았지만, 손전등으로 비쳐 보면 확연히 색이 달랐다. 이치하라가 일부러 지적한 까닭은 이것이 중요한 증거이기 때문이다.

미스터리에서는 '단서'를 빼놓을 수 없다. 트릭이 없는 미스터리는 있어도 단서가 없는 미스터리는 성립할 수 없다. 독자가 추리하는 데 필요한 단서를 전혀 제시하지 않으면 분노를 살 뿐이다. 하지만 너무 대놓고 단서를 주면 추리의 난이도가 급격하게 낮아진다.

그래서 추리소설 등에서 자주 나오는 수법이 '단서의 매몰'이다. 단서 주위에 전혀 상관없는 정보들을 흩뿌려 놓음으로써 단서를 보고도 알아차리지 못하게 만드는 것이다. 지나치면 의미 없는 묘사가 많아지면서 이야기가 지루해질 위험도 있지만, 많은 미스터리가 이 수법을 사용한다. 영화나 드라마에서는 배경의 일부에 단서를 숨겨놓기도 한다.

후쿠로코지는 타닥거리며 불꽃이 사그라드는 소리를 들으며 슬그머니 배에서 내려왔다.

숲의 나무들이 바람에 흔들리며 바스락거리는 소리를 냈다.

밤의 바다는 평화로웠다.

평소에는 바다 냄새로 가득했던 부두에 지금은 휘발유와 고무 타는 냄새가 진동했다.

후쿠로코지는 나무 하나를 흘깃 쳐다보았다. 미리 설치해 둔 감시 카메라가 숲 쪽에서 부두를 끼고 크루즈 선을 촬영하고 있었다. 휘발유 얼룩을 둘러싼 '탐정'들의 모습도 찍히고 있을 것이다. 그런 의미에서 조종석에 시체를 둔 건 좋은 위치 선택이었다. 조종석 안은 카메라의 사각지대라 손가락을 다시 꼬아두는 헛짓거리는 다행히 찍히지 않았다.

불길이 잡히고 나니 밤공기가 차갑게 느껴졌다.

후쿠로코지가 양팔을 쓸어내렸다.

"이렇게 큰 얼룩이 원래 없었던 거 같은데."

이치하라가 과장되게 고개를 갸웃거렸다.

아무리 섬에서 일하는 고용인이라도 부두의 얼룩까지 신경 쓰지는 않을 테지만, 조금 부자연스럽더라도 짚어두고 갈 필요가 있었다.

탐정 유희에서 사용하는 '단서의 매몰'은 소설이나 영화와는 조금 다르다. 소설과 영화에서는 작자가 단서를 강제적으로 제시한다. 소설은 쓰면 되고 영화는 화면에 비추면 끝이다. 하지만 '탐정'이 마음대로 돌아다니는 탐정 유희에서는 몰래 놓아둔 단서를 '탐정'이 찾아내지 못하면 단서나 복선의 역할을 하지 못하게 된다. 능력이 부족해서 단서를 놓치는 건 어쩔 수 없지만 클라이언트의 능력 부족을 탓할 수도 없다. 괜히 클레임만 늘어날 뿐이다. 그래서 때에 따라서는 다소 부자연스럽게 보이더라도 정확히 단서를 제시해야만 한다.

"이건⋯⋯기름이군요. 휘발유같습니다."

쭈그려 앉아 냄새를 맡던 아란이 단정했다.

"얼룩이 생긴 지 얼마 안 된 것 같습니다."

"배를 태우려고 휘발유를 부었나 봐요. 역시 사람의 짓이에요."

마견에 겁먹었던 미츠가 조금 안심한 듯했다.

"아직 모르지. 개도 훈련받으면 휘발유병 정도는 옮길 수 있을 테니까 말이야. 흐흐. 바스커빌의 견공은 엄청 큰 것 같은데?"

마에가네가 놀리듯 말했다.

"그리고" 마에가네의 헛소리를 무시하듯 아란이 말을 이었다. "우리 모두 알리바이가 없습니다."

"네? 하지만 폭발이 일어났을 때, 저택에⋯⋯."

후쿠로코지가 뒤편에서 장단을 맞추었다.

이 말을 들은 아란이 마치 기다렸다는 듯이 손을 내저었다.

"그건 알리바이가 되지 않습니다. 약이나 독을 먹여서 제제 씨를 살해했거나 혹은 정신을 잃게 한 후 시한발화장치로 배를 태웠을 수도 있어요. 간단한 장치는 누구든 만들 수 있으니까 말이죠."

"아란 씨, 좀 하는데요?"

미츠가 아란을 칭찬하더니 팔에 매달렸다.

아카리가 어이없는 표정으로 헛기침했다.

"⋯⋯시체는 어떻게 할까요?"

"경찰이 올 때까지 이대로 두는 게 좋겠습니다. 한동안 비도 오지 않을 것 같으니. 후쿠로코지, 알겠나?"

가즈오미가 후쿠로코지에게 명령했다.

"알겠습니다."

"내일모레 오후 정기선에 알리면 경찰이 오는 건 늦어도 3일 후. 그때까지 우리가 마견을 체포하면 어떨까요?"

사콘의 제안에 모두 찬성했다.

부두 수사도 모두 끝난 듯했다. '탐정'이 감기에 걸리기라도 하면 큰일이니 후쿠로코지는 모두를 저택으로 돌려보내기로 했다.

"그러면……여기 계속 있을 수는 없는 노릇이니 이제 돌아가실까요."

"그래야지."

츠구테루의 말에 모두 숲을 향해 걷기 시작했다.

후쿠로코지는 떠나기 전에 잠시 배의 창문 너머로 조종석을 바라보았다.

"……."

왜 이러지?

묘한 불안감이 느껴졌다. 콕 집어 말할 수는 없지만, 무언가 이상하다.

머릿속에서 경고음이 울렸다. 이럴 때는 주의가 필요하다. 나는 지금 무언가를 놓치고 있다. 탐정 유희를 파탄으로 이끌 무언가를-.

후쿠로코지는 이치하라에게 앞장서도록 일러놓고 모두가 숲에 들어가는 모습을 지켜본 뒤 다시 배에 올랐다. 조종석에 들어가 시체를 확인했다.

괜찮아. 손가락은 잘 꼬여있어.

그런데 심장 박동이 멈추지 않았다. 시체를 다시 한번 훑어보았다. 머리끝부터 발끝. 그리고 다시 얼굴-.

"……음?"

숨이 멈췄다.

거의 뼈만 남은 시체의 얼굴. 눈이 툭 튀어나와 있었다.

첫 번째 살인. 희생자는 고용인인 제제. 시나리오대로 시체는 불 탔다. 그런데-.

설마. 이런 말도 안 되는 일이.

후쿠로코지의 입에서 소리 없이 말이 새어 나왔다.

"누구냐……너는."


## 5.

방에 돌아오자마자 린코는 침대에 쓰러지듯 누웠다.

몇 명은 응접실에서 추리를 이어가는 것 같았지만 딱히 지시받은 것도 없었기에 그냥 방으로 돌아왔다.

눈을 감자 배 위의 새까만 시체가 떠올랐다.

"이건 일이야. 어쩔 수 없어. 어쩔 수 없다고."

린코는 몇 번이고 되뇌며 일어섰다.

테이블에 올려두었던 가방을 열었다. 갈아입을 옷가지와 여행용품 아래에 감춰둔 클리어 파일. 그 안에서 종이 한 장을 꺼냈다.

무심하게 인쇄된 문장을 눈으로 훑었다. 맨 위에는 제목이 큼지막

하게 쓰여 있었다.

'미션 1 - X의 비극'

그 아래에는 해야 할 일들이 순서대로 적혀 있다.

제제를 살해하기 위해 해야 할 일들이-.

저녁 식사를 하기 전 손님들이 개별 행동을 할 때를 틈타 약을 넣은 술을 들고 선착장으로 향했다. 제제의 오후 일과는 크루즈선을 정비하는 것. 제제와 이야기를 나누면서 술과 함께 약을 먹여 정신을 잃게 만든다. 배에 태우고 손가락을 X자 모양이 되도록 교차시킨 뒤 방치. 배에 휘발유를 끼얹은 뒤 갖고 온 시한발화장치를 설치한다. 싸구려 타이머와 건전지로 만든 간단한 장치였지만 만들기까지 몇 번이나 시행착오를 거쳤다. 배가 불탄 후 다른 손님들과 함께 갑판에 올라가 타고 남은 발화장치의 잔해를 회수하면 완료.

아직 실감이 나지 않았다. 찌르거나 때리거나 하는 직접적인 폭력을 사용하지 않은 데다가 죽는 순간을 본 것도 아니라서 더 그런지도 몰랐다.

린코의 죄책감을 줄여주기 위해서였는지 이번 피해자들은 모두 범죄를 저질렀던 사람들이라고 운영 측이 귀띔해 주었다. 하지만 그렇다고 죄책감이 완전히 사라진 것은 아니다. 상대가 누구든 살인을 한 건 사실이다.

머리가 아프다.

온몸에 힘이 들어가 있었다. 애써 힘을 빼자, 이번에는 온몸이 떨려서 그 자리에 주저앉고 말았다.

대체 왜 이렇게 된 거지.

지시서는 도쿄에서 후쿠로코지에게 건네받았다. 상세한 설명을 듣고 리허설도 했다.

모든 절차에는 후쿠로코지와 작가가 함께였다. 자신이 살해당한다는 걸 모르는 제제는 당연히 없었다. 제제가 순순히 술을 마셔줄지 불안하다고 말하자 린코가 가져온 술을 마시고 대화를 나누라고 지시할 거라고 작가가 말했다.

실제로 제제는 아무런 의심 없이 린코가 주는 술을 받아 배 위에서 마셨다. 그리고 잠시 뒤 덮쳐온 졸음에 다리가 풀리며 정신을 잃었다. 성인 남자를 옮기는 게 여간 어려운 게 아니었지만, 간신히 조종석에 앉히고 숲에 숨겨두었던 휘발유를 뿌렸다.

부두에 얼룩을 남기는 것도 잊지 않았다. 반드시 방화 증거를 남겨야 한다고 후쿠로코지에게 귀에 딱지가 앉도록 들었다. 발화장치를 설치하고 제대로 작동되는지 확인한 후 저택으로 돌아갔다. 혹시라도 문제가 발생하면 숲 어딘가에 대기하고 있던 이치하라를 부르면 된다고 들었지만 도움은 필요 없었다.

결국 혼자서 모든 일을 실행에 옮기고 돌아가는 길에 우연을 가장해 이치하라와 합류했다. 나중에 '탐정'에게 힌트를 주기 위해서였다.

"집에 가고 싶다."

참고 있던 마음의 소리가 튀어나왔다.

여기에 있는 사람은 냉철한 명탐정, 아케치 린코가 아니다. 부주의하게 입을 놀리다가 탐정 유희의 '범인'을 강요받은 어리석은 여자다.

정말 밑바닥까지 떨어져 버렸네…….

사람을 죽이지 않으면 내가 죽는다. 이 지옥에서 벗어날 방법은 없다.

린코는 이불을 끌어안고 한숨을 내쉬었다.

분명 태어날 때부터 이렇게 될 운명이었을 것이다. 부모 선택 실패. 자존감 결여. 어릴 때부터 공부와는 담을 쌓은 데다가 요령도 없다. 심지어 최근에는 노력조차 재능이라고 하던데, 마음 내키는 대로 살아온 지금까지의 인생을 돌이켜 보면 그런 재능도 없는 게 분명했다. 그나마 외모에는 조금 자신이 있었지만, 인생 역전의 기회는 찾아오지 않았다.

"어쩔 수 없다고."

린코는 스스로에게 변명을 되풀이했다.

클리어 파일에는 아직 종이가 남았다.

당장 다음 '일'이 눈앞에 닥쳐오고 있었다.

# 제 3 장

## 흑사장 살인사건

## 1.

식당은 가마모토와 이시무로가 깨끗하게 정리한 후였다.

잠시 주방에 들린 후쿠로코지의 눈에 가마모토가 조리 스태프들과 함께 설거지하는 모습이 보였다. '탐정'에게는 말하지 않았지만, 저택에서 나오는 요리는 가마모토 외에도 많은 조리 스태프가 함께 만들고 있다.

"이시무로는?"

후쿠로코지의 질문에 가마모토는 설거지하던 손을 멈추고 얼굴만 돌려 대답했다.

"고용인실에서 쉬고 있을 텐데요?"

"같이 안 하고 왜."

"괜찮습니다. 어차피 한가하기도 하고. 잔소리하느니 제가 하는 편이 빠르기도 하고요."

"뭐, 그것도 맞는 말이지."

가마모토와 일한 지는 오래되었다. 요리 실력을 인정받아 항상 셰프 역으로 기용되고 있다. 성실하고 진국이다. 게다가 더러운 일도 마다하지 않는다. 후쿠로코지가 신뢰하는 동료 중 한 사람이다.

"무슨 일 있으신가요?"

"아니, 그냥 별일 없는지 보러 온 거야."

"여기는 곧 끝납니다."

"그래, 수고하고."

주방에서 나와 사령실로 향했다. 발걸음이 무거웠다.

불타버린 시체가 제제가 아닐지도 모른다. 이걸 미야비에게 보고하는 게 맞을까. 평소 같았으면 당연히 보고했겠지만, 분명 귀찮아질 것이 뻔했다. 다른 사람이라고 단언할 수 있을 정도로 확실한 증거가 있는 것도 아니다.

제제 역할을 맡은 남자는 살인도 서슴없이 저지르는 잔혹한 성격이라 '범인' 역으로 아주 요긴했다. 그런데 엉뚱한 일로 경찰에게 잡혀가서 탐정 유희를 발설할 뻔한 사고를 치는 바람에 처형 대상이 되었다.

다만, 그냥 죽이기보다 유용하게 활용하자는 게 회사의 방침이었기에 본인에게는 비밀로 한 채 살해당하는 역할로 이번 탐정 유희에 참가시켰다.

본성이 악한 남자다. 고용인으로서의 예의범절을 가르치는 것도 여간 힘든 일이 아니었다. 걸핏하면 윗입술을 까뒤집는 버릇 때문에도 골치가 아팠다. 진짜 고용인이라면 절대 하지 않을 행동이었다. 그로테스크한 시체가 나오는 건 상관없지만, 캐스트의 무례한 행동으로 클라이언트에게 불쾌감을 주는 건 NG다. 버릇을 고치라고 지적하니 치열이 나빠서 어쩔 수 없다는 핑계를 댔다. 윗송곳니가 앞으로 튀어

나와서 윗입술 안쪽을 찌른다나 뭐라나. 그런데-.

시체의 치아는 너무나 가지런했다.

후쿠로코지는 고용인실 앞에서 벽에 손을 갖다 대었다. 숨이 가빴다. 선착장까지 왔다 갔다 한 것뿐인데 이렇다니. 체력이 눈에 띄게 떨어진 게 확실했다.

호흡을 가다듬으며 후쿠로코지는 스스로에게 물었다.

왜 보고하는 걸 망설이는 거지?

이유는 얼마든지 댈 수 있었다. 제제의 송곳니를 직접 본 것도 아닐뿐더러 시체의 입가도 타 버려서 잘못 봤을 가능성도 있다. 시체가 다른 사람이라고 단언할 수는 없었다. 대체 그게 제제가 아니라면 누구란 말인가.

하지만 예전의 나라면 분명히 보고했을 것이다. 시나리오가 끝장날 법한 큰 사건이 아니더라도 클라이언트가 절대 눈치챌 수 없는 사소한 것일지라도 완성도를 떨어트리고 싶지 않았다. 비록 사람들 앞에서 당당하게 말할 수 있는 일은 아니었지만, 나름의 긍지는 있었다.

그런데 유독 이번만큼은 귀찮은 일을 피하고 싶었다. 시체의 치아도 당장 조사하려면 얼마든지 할 수 있다. 하지만 저택으로 돌아가는 사람들과 멀리 떨어지면 안 된다고 자신에게 핑계를 대며 방치했다. 냄새가 난다고 뚜껑만 덮어놓고 나 몰라라 한 셈이다.

-아프다 왔다고 이렇게 대충 일하면 곤란해

루루가 뱉었던 헛소리가 맞는 말일지도 모르겠다.

1년 전, 쓰러진 뒤에 받은 검사에서 발견된 건 위암이었다.

수술했지만 암세포는 모두 제거되지 않았고 항암제 치료도 해야만 했다. 상태가 꽤 심각해서 항암을 시작하면 더는 현장에 나갈 수 없었다. 막상 퇴직을 고려할 수밖에 없는 순간이 닥치니 지금까지 지켜온 것들이 모두 덧없게만 느껴졌다. 비록 이런 일이라도 열정을 쏟아가며 최선을 다해왔다. 그런데 복귀 후에는 준비 단계부터 왠지 모르게 심드렁하기만 했다. 귀찮은 일은 부러 못 본척했고, 큰 탈 없이 일이 끝나면 완성도 따위 상관하지 않았다. 다나카와 메구의 공동작업을 눈감아 준 것도 예전만큼의 긍지가 사라졌다는 증거였다.

후쿠로코지는 피곤한 모습을 보이지 않으려 등을 곧게 펴고 걸었다.

지금 남아있는 자존심은 기껏해야 이 정도였다.

자조하며 고용인실 문을 열었다.

마침 하품을 하던 이시무로가 겸연쩍은 표정을 지었다.

그 앞을 지나 비밀 문을 통해 지하로 내려갔다.

사령실에는 다나카와 메구가 대기하고 있었다.

"메구, 잠시만."

메구를 데리고 제어판으로 곧장 향했다.

"범행 당시의 28번 카메라를 보여줘. 서브 모니터로 보지."

반자키에게 선착장의 녹화영상을 틀게 했다. 괜히 소란을 일으키고 싶지 않았기에 메인 모니터가 아니라 책상 위에 놓인 서브 모니터로 보기로 했다.

녹화영상에는 린코의 범행이 처음부터 끝까지 기록되어 있었다. 한순간도 놓치지 않기 위해 메구에게도 확인을 부탁했다.

"사소한 거라도 좋아. 이상한 점이 있으면 바로 알려줘."

작은 목소리로 말하자 메구가 수상쩍다는 표정을 지었다.

"이상한 점이요?"

"쉿……목소리 낮춰."

"……네."

영문도 모르고 혼난 메구가 뾰로통해졌다.

영상에는 제제로 보이는 고용인만 찍혀 있었다. 선박 정비를 하는 모습이다. 거기에 린코가 술을 들고 나타났고 배 위에서 제제와 대화를 시작했다.

"제제를 확대해 봐."

반자키가 제제의 얼굴을 클로즈업했다. 틀림없이 제제다.

"제제 맞지?"

"……그런데요?"

왜 그런 질문을 하는지 이해할 수 없다는 얼굴로 메구가 후쿠로코지에게 되물었다. 난감했지만 설명하고 싶지는 않았다.

"여기부터야. 자세히 봐."

술을 마시고 정신을 잃은 제제를 린코가 조종석으로 옮겼다. 잠시 뒤 조종석에서 나와 기름을 뿌리고 발화장치를 설치하고 선착장을 떠났다.

실시간으로도 보고 있던 광경이다. 린코의 행동에 이상한 점은 없었다. 마음에 걸리는 점이 있다면, 조종석으로 옮겨진 제제의 모습이 카메라에서는 보이지 않는다는 정도였다.

"3배속으로 돌려봐."

배가 불타기까지 빨리 감기로 재생했다. 점차 해가 지더니 어둠이 찾아왔다. 달빛 덕분에 그나마 배의 실루엣만 간신히 보이는 상태가 계속되더니 갑자기 배 위가 밝아졌다. 발화장치로 인해 불이 붙은 것이다. 이내 배가 폭발하며 연기가 피어올랐다. 불길은 저택 사람들이 화면에 잡힐 때까지 계속해서 타올랐다.

"한 번 더. '범인'이 사라진 뒤부터 재생해."

반자키가 영상을 되감았다.

"배 뒤쪽은 사각지대지? 제제가 바다에 뛰어들었어도 이 각도에서는 안 보이는 거지?"

"네?"

반카지가 화들짝 놀랐다.

메구가 속삭이며 물었다.

"뛰어들어요? 제제 씨가 도망갔다는 말씀이세요?"

"아니, 시체는 있었어."

"있었죠."

메구의 마음속 소리가 들리는 것 같았다.

—이 아저씨가 돌았나?

수치심을 참으며 재차 영상을 확인했지만, 역시 이상한 점은 없었다.

만약 시체가 제제가 아니라면 제제가 누군가를 죽이고 바꿔치기 했다는 말이 된다. 바다에 뛰어들기만 했으면 사각지대에 가려 안 보였겠지만, 살인이 일어났다면 다르다. 아무리 어두컴컴하고 달빛밖에 없었다 하더라도 사람이 움직이면 알아차렸을 것이다.

"무슨 일 있어요?"

다나카가 불안한 듯 화면을 들여다보았다.

메구가 당황하는 모습을 보고 신경 쓰인 모양이다.

방해하긴.

평소에는 둔하기 짝이 없더니 이럴 때만 묘하게 눈치가 빠르다.

"작가와는 관계없는 일이야. 신경 쓰지 마."

단호하게 말하자 다나카는 시무룩해져서 발걸음을 돌렸다.

"……잠깐."

혹시나 해서 불러세웠다.

"……너도 한 번 보도록 해."

다나카라면 무언가 발견할지도 모른다.

이유는 알려주지 않은 채 영상을 보여줬다.

"딱히 이상한 점은 없는 것 같은데요……."

"그래."

기대한 것과 다른 대답이었지만 비로소 결심이 섰다.

"내 생각이 지나쳤나 보군. 미안하다."

"하……."

걱정스러운 듯 뒤돌아보면서 다나카가 자리로 돌아갔다.

그럼 어떻게 된 거지.

시체는 분명히 있다. 제제 외에 자리에 없는 캐스트도 없다. 영상에도 위화감은 없다. 상황을 정리하면 할수록 후쿠로코지의 추측이 잘못되었다는 결론밖에 나지 않았다.

반자키와 조금 떨어진 자리에 앉아있던 또 한 사람의 기술 스태프 고키가 늘어지게 하품했다.

"……설마."

후쿠로코지는 사령실을 둘러보았다.

첫 번째 살인이 무사히 끝나고 다음 살인까지는 아직 여유가 있었다. 스태프들의 긴장도 풀어진 듯 보였다.

후쿠로코지는 스태프들의 얼굴을 하나하나 살펴보았다.

"메구."

"네?"

"스태프는 전원 다 있는 건가?"

"……다 있는 거냐는 게 무슨 말씀인지?"

메구는 질문의 의미를 모르겠다는 얼굴이다. 당연하다. 스태프도 캐스트도 자기 마음대로 섬에서 나가는 건 불가능하다. 모두 함께 돌아가는 배에 탈 때까지 여기 있는 게 당연하다.

하지만 만약 없는 사람이 있다면…….

"데지마 팀에서 도와주러 온 사람도 있었잖아? 혹시 착각해서 데지마 팀과 같이 돌아간 사람은 없나 해서 말이야."

진짜 의도를 말하면 일이 복잡해진다. 후쿠로코지는 적당히 그럴듯한 이유를 둘러대었다.

스태프를 위한 케이터링도 제작부의 일이다. 인원수대로 식사를 준비하는 메구는 스태프의 숫자와 이름을 모두 파악하고 있었다.

"어디……"

메구도 후쿠로코지와 함께 사령실에 있는 스태프를 살펴보기 시작했다.

"거의 다 있는 것 같은데요."

"거의? 없는 사람도 있는 건가?"

"네. 남성 스태프가 한 명."

관자놀이가 뜨거워졌다.

설마…….

"언제부터 안 보였지?"

"언제부터요……?"

메구가 난감해하며 기억을 더듬었다.

"그러니까……방금 전인 것 같은데."

"뭐?"

"아까 휴게실에서 봤거든요."

무릎에서 힘이 빠졌다.

"좀! 놀라게 하지 말고!"

알고 있다. 메구는 잘못이 없다. 하지만 소리치고 말았다.

또다시 영문도 모른 채 혼난 메구는 언짢은 기색이다.

"……미안하다. 봤으면 됐어. 메구도 이만 가봐."

가엾은 부하는 입을 삐죽거리며 사라졌다.

어처구니없을 정도로 어리석은 자기 모습에 후쿠로코지는 얼굴이 벌겋게 달아올랐다. 스스로 믿을 수 없게 되면 점점 더 보고하기 어렵게 된다. 혼란만 가중하는 보고를 했다가 나중에 단순한 착각이었다고 밝혀지면 미야비에게 무슨 말을 듣게 될지 생각하고 싶지도 않았다.

머리를 식히자.

지하 2층에 내려가자 메구가 말한 대로 남성 스태프가 휴게공간에서 커피를 마시고 있었다.

후쿠로코지는 아무 말 없이 의자에 앉았다. 갑자기 피곤이 몰려와 깊게 한숨을 내쉬었다.

나이가 들긴 했나 보다. 체력뿐만 아니라 머리 회전도 예전 같지 않다. 불확실한 정보에 당황해서 부하에게 화풀이나 하다니 내가 생각해도 부끄럽기 짝이 없다.

다만 위화감은 여전히 남아있었다. 내 판단에 자신이 없어지기는 했지만 그렇다고 해서 그 소사체가 제제가 확실하냐고 묻는다면, 그건 아니었다.

역시 상사에게 보고하는 게 나으려나.

후쿠로코지는 생각을 고쳤다.

만에 하나 시체가 제제가 아니라면 큰일이다. 보고하는 순간 온갖 귀찮은 일들이 따라올 것이다. 부당한 질책도 날아올 게 틀림없다. 그렇지만 시나리오가 파탄 날지도 모를 중대한 리스크를 감추는 건 현장을 관리하는 팀장으로서 직무 유기나 다름없다.

생각을 정리하고 자리에서 일어서려는데 마침 미야비가 혼자 나선 계단을 내려왔다.

좋은 타이밍이다.

후쿠로코지가 다가가자, 미야비는 발길을 멈추었다. 낌새가 이상했다. 기분 좋아 보이던 표정은 온데간데없고 평소처럼 사람을 깔보는 눈빛으로 변해 있었다.

"잠깐 나 좀 봐."

먼저 입을 연 사람은 미야비였다. 주위에 사람이 없는지 확인하더니 후쿠로코지를 노려보았다.

"아까 그 발화장치 말인데. 트릭치고는 너무 허접한 거 아니야?"

말투도 예전처럼 비아냥대는 말투로 돌아왔다.

후쿠로코지는 말문이 막혔다.

손바닥 뒤집듯 변하는 미야비의 태도도 당황스러웠지만, 제제를 살해하는 절차는 미야비도 사전에 승인한 것이었기 때문이다. 게다가 현장이 시작된 뒤에 시나리오에 대해 트집을 잡는 건 비상식적이었다. 현장이 혼란스러워지고 치명적인 실수를 불러올 수도 있다. 심지어 이미 제제 살해는 끝난 뒤다. 이제 와서 뭘 어쩌라는 건지.

후쿠로코지는 일부러 대답하지 않음으로써 미야비의 지적이 얼마나 비상식적인지를 무언으로 전달했다.

"……가만있지 말고 대답을 해."

전달되지 않은 듯하다.

미야비는 경영이나 재무와 관련된 업무는 뛰어났지만, 유감스럽게도 사람을 통솔하는 자질은 부족했다. 부하의 마음을 이해하지 못하는 데다가 힘으로 찍어 누르면 무엇이든 된다고 생각했다. 타인을 장기말로만 생각하는 사람의 한계다. 한번은 후쿠로코지를 비롯한 부하직원들이 참지 못해 들고 일어났던 적도 있었다. 당시에는 반성한 것처럼 보이더니 역시나 사람은 그리 쉽게 바뀌지 않는 법이다.

"복잡한 절차가 필요한 트릭은 피하자는 결론 아니었습니까?"

이번에는 여느 때보다도 '탐정'의 행동반경이 넓어 동선을 파악하기 어려웠다. 절차가 복잡하고 많으면 목격당할 위험이 있으므로 되도록 간단하게 가기로 합의하고 다나카에게도 그렇게 요청했다.

"복잡하지 않아도 돼. 단순하면서도 임팩트 있는 거 있잖아. 데지마 팀이 설산에서 한 그런 거."

"불화살로 저 멀리 오두막을 태워버린 트릭이요? 그게 표적을 정확하게 맞추기 위해 얼마나 많은 사전 준비가 필요했는데요. '범인'도 양궁 실력자로 찾았고요. 린코는 불가능합니다."

"그걸 그대로 하자는 말이 아니잖아. 머리를 좀 쓰란 말이야."

미야비가 갑자기 이러는 이유는 어느 정도 짐작이 갔다. 루루가 자꾸만 트집을 잡으니 왠지 부족한 느낌이 들었을 거다. 그냥 '왠지' 말이다. 최종 결정권을 가진 사람이 툭하면 이랬다저랬다 방침을 바꾸는 것이 얼마나 백해무익한지 후쿠로코지는 절감했다.

정말 끝까지 이러네…….

후쿠로코지가 어이없어하며 웃자 미야비가 눈을 흘겼다.

"왜 웃지?"

"아무것도 아닙니다. 어쨌든 이제 와서 제제를 죽인 트릭을 바꾸는 건 불가능하고 앞으로 일어날 살인도 웬만큼 큰 사고가 일어나지 않는 한 변경하지 않을 겁니다."

"개선할 생각이 없다고? 일을 내팽개치겠다는 말이야?"

"현장의 혼선을 막고 무사히 끝내는 것이 제 일입니다."

"……그래. 그럼, 어디 유종의 미를 거둬 봐. 시나리오가 엉망이 되든가 말든가 내버려둔 탓에 클라이언트에게 클레임이 오면-."

미야비가 후쿠로코지의 귓가에 속삭였다.

"퇴직금은 기대하지 않는 게 좋을 거야."

후쿠로코지는 어금니를 앙다물었다.

해고나 도망은 즉결 처형 사유이지만, 후쿠로코지는 질병으로 인한 퇴사라 원만하게 협의를 끝냈다. 물론 탐정 유희의 존재를 절대 발설하지 않을 거라는 신뢰가 있었기에 가능한 일이었다. 하지만 퇴직금은 윗선의 판단에 달려있다. 일을 그만두고 치료를 계속하려면 돈이 필요하다. 퇴직금의 유무에 따라 남은 인생이 크게 달라질 수도 있다.

"수고."

미야비는 향수 냄새를 남기고 숙소로 사라졌다. 스태프들이 지내는 방 중에서도 미야비의 방은 제일 넓었다.

"후쿠로코지다. 메구."

후쿠로코지는 무선으로 메구를 호출했다.

바로 메구가 응답했다.

〈아소입니다.〉

"집사실에 있을 테니 무슨 일 있으면 호출해."

〈……알겠습니다.〉

최대한 분노를 감추려고 했는데 목소리에서 티가 났는지 메구의 목소리가 잔뜩 위축되었다.

후쿠로코지는 곧바로 나선계단을 통해 지상으로 올라갔다. 고용인실을 빠져나가 복도로. 이시무로에게는 눈길조차 주지 않았다. 빠른 걸음으로 집사실로 향했다. 캐스트는 저택 내에 방이 있기 때문에 스태프용 숙소가 아니라 자신의 방에서 쉬게 되어있었다. 후쿠로코지는 집사실로 들어가자마자 문을 잠갔다.

빌어먹을!!!

목구멍 안에서 욕을 내뱉고 침대에 있던 베개를 집어 벽을 향해 내던졌다. 그래도 분이 풀리지 않았다. 바닥에 떨어진 베개를 주워 들어 잡아 찢었다.

정직하게 보고하려 했던 내가 바보였다.

냄새가 나면 뚜껑을 덮는다. 이게 정답이다. 퇴직금만 받으면 그 뒤는 내 알 바 아니다. 그 소사체는 제제가 틀림없다. 굳이 풍파를 일으킬 필요는 없다. 빌어먹을 상사를 위해 쓸데없이 노력은 왜 해.

똑똑-.

갑작스러운 노크 소리에 뜨거워졌던 머리가 급격히 식었다.

누구지? 업무 연락은 무선으로 받기로 했는데.

"네."

후쿠로코지는 작게 대답했다.

노크한 사람이 문 너머에서 이름을 밝혔다.

'탐정'이었다.

제제 사건의 조사 때문에 물어볼 게 있는 건가.

"난이도 관련해서 드릴 말씀이-."

등줄기가 서늘해졌다.

난이도……대체 무슨 말이지……?

후쿠로코지는 찢어진 베개를 이불 밑에 감추고 황급히 '탐정'을 방으로 들였다. 문을 열어둬야 할지 잠시 고민했지만, 용건이 용건인 만큼 목소리가 밖에 들려서 좋을 건 없을 듯했다. 결국 문을 잠그지는 않고 닫아두기만 했다.

"누추하지만 잠시 앉으시죠."

'탐정'을 의자에 앉혔다.

"난이도라고 하시면?"

바로 본론으로 들어갔다. '탐정'에게 뭔가 불만이 있다는 건 표정으로도 알 수 있었다. 게다가 아무렇지 않게 규칙을 깨트리는 '탐정'이 대체 무슨 말을 꺼내려고 이러는지 신경이 쓰였다.

탐정 유희가 진행되는 동안 캐스트가 본래 모습으로 돌아가 발언하는 것은 금물이다. 세계관이 무너지면 '탐정'의 만족도가 떨어지고 클레임으로 이어진다. 어떤 사정이 있더라도 세계관을 무너트리는 행위는 용서받을 수 없으며 엄중한 페널티를 받게 된다. '탐정'에게도 그러한 행위는 금지한다고 사전에 공유한다. 과거에 '탐정'이 스스로 세계관을 무너트렸음에도 불구하고 흥이 깨졌다며 클레임을 넣은 사례가 있었기 때문이다. 클레임 사태로 번지지 않더라도 재참가하지 않는 원인이 되기라도 하면 회사의 손실이 막대하다.

하지만 그렇다고 클라이언트에게 페널티를 줄 수도 없는 노릇이다. 불합리하지만 클라이언트는 '탐정'으로서 기분 좋게 즐겨주기만 하면 된다.

"첫 번째 살인을 보니 난이도가 너무 낮은 게 아닌가 싶어서요. 조금 더 어렵게 하면 좋을 것 같은데."

'탐정'의 요구에 후쿠로코지는 적잖이 당황했다.

탐정 유희가 시작된 뒤에 시나리오를 변경해달라는 요구를 받은 건 처음이었다.

"……버, 벌써 수수께끼를 다 푸신 건가요?"

이제 와서 시나리오를 바꾸는 건 불가능하다. 그러나 이대로 '탐정'의 요구를 모른 척하면 만족도가 떨어질 게 분명했다. 지금은 접객 기술로 어떻게든 넘길 수밖에 없었다. 일단 무엇이 불만인지 전부 들어주는 게 우선이다. 그것만으로도 상대방은 다소 마음을 풀기 마련이다. 그리고서 받아들일 수 있는 요구는 받아서 최선을 다하는 모습을 보여야 한다.

"아니요, 그런 건 아니고. 다만……."

'탐정'은 여기에서 말을 끊었다.

어떤 돌직구가 날아올지−. 후쿠로코지는 마음을 단단히 먹었다.

## 2.

두 번째 살인의 지시서.

타이틀에는 '미션 2 : 흑사장 살인사건'이라고 적혀 있었다.

몇 번이나 다시 확인을 끝낸 린코는 지시서를 여행 가방에 넣었다.

시계를 보았다. 예정 시각이 다가오고 있었다. 바늘로 찌르면 금방이라도 터질 정도로 팽팽한 긴장감이 느껴졌다.

그래서 갑자기 노크 소리가 들렸을 땐 심장이 떨어지는 줄 알았다.

이미 밤도 늦었다. 찾아올만한 사람도 없을 텐데.

너무 놀란 나머지 대답도 못 하고 있는데, 복도에서 "홍차를 가져왔습니다"라는 후쿠로코지의 목소리가 들렸다.

거짓말! 그런 거 시킨 적 없다고!

"……대체 뭐꼬! 저 자슥!"

순간적으로 본래 모습이 튀어나왔지만, 감출 필요도 느끼지 못했다.

심장이 아직도 쿵쾅거렸다. 가슴에 손을 얹고 겨우 일어섰다. 놀람과 분노로 얼굴이 보기 흉하게 일그러진 것이 느껴졌지만 개의치 않고 문을 열었다.

"……무슨 일 있나?"

매서운 눈초리에 후쿠로코지가 당황하며 속삭였다.

"그쪽이야말로 무슨 일인데예?"

"안에서 얘기하지."

린코는 아무 말 없이 후쿠로코지를 들어오게 했다.

앉으란 말도 없이 팔짱을 끼고 선 채로 이야기를 이어갔다.

"얼른 말해주이소."

"어이, 저택에서는 그렇게 말하지 말라고 했을 텐데……."

후쿠로코지가 린코의 사투리를 지적했다.

"잘 알고 있거든요."

린코가 일부러 또박또박 표준어로 대답했다.

"……그건 그렇고 긴급사태다."

후쿠로코지의 말투가 심각해졌다.

"시간 다 됐는데요."

린코가 시계를 가리켰다.

"그래서 일부러 여기까지 온 거야. 시나리오에 변경이 생겼어."

"지그으음? 대체 뭐라는 거예요? 그리고 저택 내선 전화도 있는데 굳이."

"이걸 주러 왔어."

후쿠로코지가 안주머니에서 손수건을 꺼냈다.

"현관 앞에 떨어트리면 돼."

"그러니까 도대체 왜요?"

"필요하니까. 현관 입구 옆이 좋겠어. 죽이러 가는 길에 대합실 창문 밖으로 떨어트려."

린코는 여전히 팔짱을 낀 채로 움직이지 않았다.

"……자, 어서 이걸-."

"싫어요."

후쿠로코지의 표정이 어두워졌다.

"……싫다고?"

"이미 머릿속이 터질 것 같다고요. 미리 연습한 것만 하는 데도 불안한 마당에. 더 이상 뭐가 늘어나면 실수할지도 몰라요."

"손수건을 떨어트리기만 하면 돼. 대단한 일도 아니잖아."

"그러다 실수라도 하면 봐주실 건가요?"

"……."

"거봐요."

"내가 사정을 고려해달라고 말해두지."

"그걸 지금 믿으라고요?"

후쿠로코지는 말없이 린코를 노려보았다.

린코도 질 수 없다는 듯 눈을 치켜떴다. 지금 변경을 허락하면 계속해서 같은 일이 반복될지도 몰랐다.

"불평하고 있을 때가 아니야. 네 입장을 생각해."

"제 입장을 잘 아니까 하는 말이에요. 실패하면 무슨 일을 당할지 모르는데. 쓸데없는 일까지 하고 싶지 않다고요."

"시나리오가 변경될 수 있다는 건 너도 잘 알잖아."

"저는 지금 하는 것만으로도 벅차서 여유가 없다고요. 이유도 안 알려주고 '그냥 해'라고 하시면 곤란하죠."

"……하여튼, 이놈이고 저놈이고."

"네?"

"아니다……네 말도 맞지."

후쿠로코지의 말투가 누그러졌다.

내심 조마조마했던 린코의 어깨에서 힘이 빠졌다. 일할 때는 엄격하지만 대화는 통하는 사람. 린코는 후쿠로코지를 이렇게 평가하고 있었다. 아무리 일의 성패에 따라 목숨이 좌우된다고 한들 다른 사람이었다면 이렇게까지 강경하게 말하지는 못했을 것이다.

"'탐정'의 요청이야."

후쿠로코지는 한숨을 쉬며 말했다.

"'탐정'이요? 오늘 그랬단 말이에요?"

"나도 귀를 의심했어. 하지만 직접 말한 거니 가만히 있을 순 없어."

"뭐라고 그랬는데요?"

후쿠로코지는 잠시 생각하더니 입을 열었다.

"원래 '범인'에게 말하면 안 되는 거지만……수수께끼가 너무 쉽다더군."

"그래도 아직-."

"'탐정'은 지금 교제 중인 여자와 함께 참가하고 있어."

"……뭐라고요?"

"간단한 수수께끼를 풀어서는 여자에게 잘 보일 수 없으니 난이도를 올려줬으면 좋겠다네."

"탐정 유희에서 데이트라니……정말 알다가도 모르겠네요."

이쪽은 사느냐 죽느냐가 달려있는데-.

린코는 자신의 처지와 동떨어진 부자들을 저주했다.

"……응?"

순간 깜박하고 있던 근본적인 의문이 떠올랐다.

"'탐정'은 벌써 '범인'이 저라는 걸 알아버린 건가요?"

"아니. 그건 아닌 것 같아. 같이 온 여자가 감이 좋아서 놀랐다더군. 하지만 그 여자는 미스터리를 잘 몰라. 혼자 힘으로 수수께끼를 풀지는 못할 거야."

"그럼 괜찮은 거 아니에요?"

"여자가 혼자 풀지는 못해도 별로 어렵지 않다고 생각하는 게 싫은 거야. 미궁에 빠진 사건의 수수께끼를 화려하게 해결하는 모습을 보여주고 싶다는 거지."

"뭐, 다 밝혀진 다음에야 '그럴 줄 알았어'라고 말하는 사람도 있긴 하죠……."

"'탐정'은 엄청난 돈을 낸 거니까 그만한 보상을 바라는 것도 당연하지."

"그 보상이라는 게 데리고 온 여자한테 잘 보이는 거예요? 정말 부자들의 생각은 이해할 수 없네요."

"이해하지 않아도 돼. 요구는 더 복잡해."

"뭔데요?"

"난이도가 쉬워 보이는 것도 곤란하지만 너무 어려워서 '탐정' 자신이 풀지 못하면 그거야말로 주객전도 아니겠어. 그래서 '수수께끼가 어려워 보였으면 좋겠다'라는 게 요구사항이야."

"뭐예요, 그게."

"그래서 급히 생각한 게 '거짓 증거'. 바로 이거다."

후쿠로코지가 손수건을 흔들었다.

"같이 온 여자도 추리에 적극적이니까 이 '거짓 증거'로 미스리딩 당하면 '탐정'이 수수께끼를 풀었을 때 훨씬 더 놀라지 않겠어? 물론 '탐정'은 이게 '거짓 증거'라고 알고 있어."

린코는 그제야 후쿠로코지의 손에서 손수건을 받았다.

"이 손수건이 '거짓 증거'란 말이죠. 너무 비겁한 거 아니에요? 이건 완전히 짜고 치는 거잖아요."

"'탐정'이 만족하기만 한다면 상관없어. 게다가 '탐정'이 아는 건 손수건이 '거짓 증거'라는 것뿐이야. 기존에 준비한 수수께끼는 혼자 힘으로 풀 거야."

"이건 후쿠로코지 씨의 손수건인가요?"

"맞아. 내가 두 번째 살인을 하러 가는 도중에 떨어트렸다. 라고 미스리딩할 거야."

"너무 안일한 미스리딩 아니에요? 잘 걸려들려나."

"더 복잡하게 해줄까?"

"……그건 아니고요."

"그렇지? 그럼, 잘 부탁해."

말을 마친 후쿠로코지가 문을 향했다.

"돈은 더 주시는 거죠?"라고 린코가 밑져야 본전으로 꺼낸 말에 후쿠로코지가 발을 멈췄다.

"……혹시나 해서 확인하는 건데, 크루즈선에서 죽인 건 제제가 확실한 거지?"

린코는 영문을 모르겠다는 얼굴로 머뭇거렸다.

그 모습을 본 후쿠로코지의 얼굴이 순간 창백해졌다.

"……제제가 아니야?"

"네? 아니, 제제 맞아요. 당연히……응? 무슨 말씀이세요? 제제가 아니면 그건 누군데요?"

"아니……감시 카메라 영상으로는 잘 안 보여서 말이야."
"이치하라 씨도 같이 봤잖아요."
"……미안하군. 지금 한 말은 잊어 버려. 앞으로도 잘 부탁한다."
린코를 불안하게 만든 채 후쿠로코지는 방을 나갔다.

## 3.

"비상식적인 것도 정도가 있어야죠!"
사령실로 돌아가니 다나카가 아직도 화가 나서 소리치고 있었다.
'탐정'의 어처구니없는 요구에 후쿠로코지는 쉬고 있던 다나카를 무선으로 호출해 대응 방법을 생각하게 했다. 그렇게라도 하지 않으면 '탐정'이 방으로 돌아가지 않을 것 같아서였다. 진행 상황에 맞춰 유연하게 시나리오를 수정하는 것이 탐정 유희. 그건 다나카도 잘 알고 있다. 하지만 '수수께끼가 어렵게 보이도록 해달라'라는 애매한 요구를 아직 수수께끼를 풀지도 못한 '탐정'이 무작정 들이밀었다는 사실이 다나카를 열받게 했다.
할 수 있는 방법은 얼마 없었다. 이제 와서 '범인'이나 트릭을 변경하는 건 불가능. 불필요한 암호를 끼워 넣는 것도 부자연스럽다. 루루라면 투덜대기만 하면서 시간을 낭비했을 테지만, 다나카는 불평하는 와중에도 그 자리에서 대안을 생각해 냈다. 그것이 '거짓 증거'였다.

사건 발생 전후의 행동에 변화를 주어도 정합성에 문제가 생기지 않는 사람. 그 사람을 미끼로 삼아 의심이 향하도록 정보를 삽입한다. 절차를 따로 맞춰 볼 시간도 없었기에 후쿠로코지 자신이 미끼가 되기로 했다. 이렇게 하겠다고 '탐정'에게 전달하자 아주 만족스러운 기색은 아니었지만, 순순히 방으로 돌아갔다.

초특급으로 짜낸 아이디어에 트집을 잡은 걸 알면 다나카가 더욱 흥분할지도 모르니 '탐정도 만족했다'라고만 말해두었다.

"린코는 별말 없이 OK 했나요?"

"……그래."

린코가 '안일한 미스리딩'이라며 혹평한 건 다나카에게는 비밀로 해두기로 했다.

"뭐, 그래도 범인이 거짓 증거로 미스리딩하는 건 퀸다워서 좋을지도 모르겠네요."

다나카의 목소리가 밝았다.

"퀸답다고?"

"퀸의 후기 작품을 말하는 거예요?"

옆에서 듣고 있던 메구가 다나카를 곁눈질했다.

"그, 그런데……아닌가?"

"글쎄요, 그건 더 복잡하니까요."

이미 다나카는 메구에게 꽉 잡혀 있는 것 같았다.

루루가 이 자리에 없어서 다행이었다. 퀸의 후기 작품 어쩌고저쩌고하는 소리를 들었다면 분명히 귀찮게 파고들었을 것이다.

"다른 작가님 앞에서는 실수로라도 절대 미스터리 얘기는 하지 말도록."

"그러고 보니 계속 안 보이네요."

다나카가 사령실 문을 쳐다보았다.

"숙소에 있어요. 신작 아이디어가 떠올랐으니 방해하지 말라던데요."

"자기가 원해서 남은 주제에."

"저도 딱히 부를 일도 없어서 그냥 내버려 뒀어요."

메구의 목소리에 혐오가 담겨 있었다.

"잘했어."

후쿠로코지는 시계를 보았다. 자정을 지나 살인극은 이틀째를 맞이하고 있었다.

"이제 곧이겠군."

"또요?"

웬일로 반자키가 목소리를 크게 높였다.

시선 끝에는 기술부 동료인 고키가 있었다. 고키는 자리에서 일어나 제어판에서 멀어지고 있는 참이었다.

"죄송합니다. 니코틴이 떨어져서."

"이제 곧 시작한다고요."

"금방 다녀올게요."

"이번이 정말 마지막입니다?"

"그건 또 모르는 거라. 하하."

비굴하게 웃으며 고키는 사령실을 빠져나갔다.

그 모습이 마음에 걸린 후쿠로코지가 반자키에게 말을 걸었다.

"무슨 일이야."

"별일 아닙니다. 죄송해요."

반자키가 쓴웃음을 지었다.

"고키가 어쨌는데?"

"아니, 계속해서 자리를 비워서요."

"땡땡이야?"

"담배 피우러 가는 것 같아요."

"땡땡이군."

"흡연장에서의 커뮤니케이션이 중요하다나. 저희가 상대하는 건 바로 이건데 말입니다."

반자키는 제어판을 통통 가볍게 두드렸다.

"담당이 둘로 늘어난 것만으로도 깜짝 놀랐지만요."

"그래, 나도 놀랐어."

기본적으로 제어판을 담당하는 스태프는 두 사람으로 구성된다. 기기의 조작은 물론 때에 따라서는 20개 이상의 영상을 동시에 감시해야만 하는 업무 특성상 혼자서는 도저히 감당할 수 없기 때문이다. 하지만 미야비가 일본지부장에 취임한 뒤부터 경비 삭감을 이유로 스태프가 대폭 줄었다. 제어판 담당도 한 사람으로 줄어드는 바람에 반자키는 오랫동안 까다로운 제어 작업과 감시를 혼자서 도맡아왔다.

그런데 이번에 갑자기 스태프가 둘로 늘어났다. 모니터 감시가 더 힘들었던 지난 탐정 유희에서조차 반자키 혼자였다. 이번에는 객실과 고용인실에 카메라를 설치하지 않아 지난번보다 감시 대상이 적음에도 불구하고 사람은 늘었다. 기술 스태프에게는 희소식이다. 업무 환경이 개선된 것은 좋아할 일이지만 왠지 모르게 찜찜했다.

"자세한 설명은 못 들었는데 다시 담당이 두 사람으로 늘어나게 되는 건가요?"

반자키가 후쿠로코지에게 물었다.

"아니, 나도 아직 못 들었어. 뭔가 꿍꿍이가 있는 것 같은데……괜히 물어봤다가 다시 한 사람으로 줄어들까 봐 말이지."

미야비라면 그러고도 남았다. 순수하게 부하를 생각해서 한 일은 아닐 것이다.

"뭐, 파트너가 저 모양이라 별로 편해지지도 않았지만요."

반자키가 모니터의 구석을 가리켰다.

비밀 출입구에 설치된 감시 카메라 영상에 고키가 보였다. 출입구를 나간 고키는 금세 화면에서 사라졌다.

"뭘 하는 거지?"

"담배요. 저 앞에 걸터앉기 딱 좋은 바위가 있다나 봐요."

"숙소에 흡연실이 있을 텐데."

"좁아서 싫다고 하더라고요. 데지마 팀에도 비슷한 놈들이 있어서 비밀 출입구가 흡연자들의 아지트처럼 되었었다네요."

"한마디 해야겠는데."

출입구를 나가면 야외다. 저택과는 숲을 사이에 두고 반대편에 있어서 담배 연기나 사람들의 모습이 '탐정'에게 보이지는 않겠지만, 스태프가 쉬기 위해 빈번하게 바깥에 드나드는 건 바람직하지 않았다.

"고키 성격은 어때? 경험자였지?"

"네. 방송국에서 마스터 업무를 했다는 것 같습니다. 송출부요."

"그래서 고용했군. 비슷하긴 해도 전혀 다른 업무기는 하지만 말이지. 아무나 인원만 늘리면 된다고 생각하는 게 딱 그 사람다워……."

후쿠로코지는 말하다 말고 입을 다물었다.

미야비는 숙소에 돌아갔지만 비서인 사츠키가 사령실 책상에 앉아 눈을 빛내며 스태프들의 움직임을 감시하고 있었다. 나중에 뭐라 보고할지 알고 싶지도 않았다.

"곧 시작이야. 지부장님을 불러와."

미야비에게 연락하라고 지시하자 반자키는 노골적으로 싫은 표정을 지었다.

"엑, 제가 합니까?"

"늦지 않게 오긴 할 테지만 혹시 모르니까."

"쓸데없는 짓 하지 말라고 혼날 것 같은데……."

아무래도 미야비를 부르기 싫은 모양이었다.

"알았네. 비서에게 부탁하지."

후쿠로코지는 뒤편의 사츠키에게 말을 걸었다.

"슬슬 두 번째 살인이다. 지부장님에게 연락해."

"네?"

사츠키가 동그란 안경테만큼 눈을 똥그랗게 뜨며 자리에서 일어섰다.

"저기, 혼자서 집중하고 싶으시다고 하셔서요······."

"늦으면 안 돼. 빨리 불러와."

"하지만······."

사츠키의 눈이 흔들렸다. 주저하는 이유는 반자키와 마찬가지일 것이다.

"메구. 네가 불러 와."

"네."

후쿠로코지가 지시하자 메구는 얼굴색 하나 변하지 않고 일어났다.

"제가 가겠습니다!"

사츠키가 황급히 외쳤다.

"무리하지 않아도 돼."

"······아니요, 비서는 저니까요."

그렇게 말하면서도 사츠키는 좀처럼 움직이려 하지 않았다.

"갔다 올게요."

메구는 사츠키를 무시하고 자리를 떠났다.

"아소 씨! 제가 간다니까요!"

사츠키가 메구의 뒤를 쫓았다.

걸음을 멈춘 메구와 사츠키가 서로 마주 보았다.

"아소 씨는 아소 씨 일을 하세요."

"이것도 제 일인데요."

"아소 씨는 바쁘시잖아요."

라며 사츠키가 다나카를 쳐다보았다.

"그게 무슨 뜻이죠?"

메구가 무표정 그대로 묻자 사츠키는 침묵했다.

두 사람 모두 서로의 눈을 피하지 않았다.

뭐야, 뭐야……?

후쿠로코지는 신입 두 사람의 험악한 분위기에 깜짝 놀랐다.

"모르셨어요? 한참 됐어요."

반자키의 말이 귀에 꽂혔다.

"그랬었군……."

전혀 몰랐다. 메구는 타인에게 흥미가 없어 보였고 사츠키는 주변 사람들에게 잘하는 쾌활한 성격이라고만 생각했다.

그때 두 사람 너머로 문이 열리고 미야비가 들어왔다.

"……분위기 왜 이래?"

이상한 긴장감을 감지한 미야비가 당황했다.

"아무것도 아닙니다! 지금 모시러 가려던 참이었어요!"

사츠키가 보스를 향해 생긋 웃어 보이며 대치 상태를 종료시켰다.

메구는 여전히 무표정 그대로 제자리로 돌아갔다. 옆에 앉은 다나카는 반쯤 입을 벌린 채 지켜보고만 있었다.

"동선을 전부 보여줘."

사령석에 앉은 미야비가 명령했다. 지금은 좋은 사람 모드인 듯했다. 반자키가 바로 모니터의 표시설정을 조정했다.

복도, 홀, 대합실, 고용인실, 뒷마당. 이제부터 린코가 지나갈 공간의 영상이 분할 화면으로 표시되었다.

모니터 끝으로 시선을 돌렸다. 고용인실의 영상. 이시무로 요시코가 여전히 의욕 없는 모습으로 앉아 있었다. 담배를 압수당해서 기운이 없는 듯했다.

보이스 피싱부터 꽃뱀 사기, 공갈 협박에 이르기까지 보고받은 것만 해도 이시무로는 꽤 많은 '이력'을 가지고 있었다. 탐정 유희는 이번이 처음이다. 불법 아르바이트 사이트 경유로 지원했다고 인사부를 통해 들었다. 친구는 없고 가족들과도 연락이 끊긴 지 오래다. 유일한 지인이던 남자친구는 1년 정도 전에 살인으로 실형을 선고받았다. 일단 '피해자'로서의 조건은 완벽했지만 다루기가 보통 어려운 게 아니었다. 미팅과 리허설에서 가장 문제가 많았던 사람이 이시무로였다. 심지어는 살인을 서슴지 않던 제제의 태도가 더 좋았을 정도였다. 매사에 부정적이고 기억력이 나쁜 데다가 사회성마저 결여되어 있었다. 약속된 시간이나 일정도 아무렇지 않게 어겼다. 그런 태도는 결국 '실전'까지도 고쳐지지 않았다. 후쿠로코지와 다나카는 두손 두발을 다 들고 대사를 한

마디도 주지 않기로 결정했다. 그저 존재만 '탐정'에게 인식시키기로 하고 운영 스태프가 함께 있을 때 외에는 고용인실에서 대기하라고 지시했다.

"이런, '탐정'이 있네."

미야비가 혀를 찼다.

2층 복도를 비추는 영상에 함께 온 여자와 딱 붙어 걷는 '탐정'이 보였다.

"여기까지 와서 뭐 하는……."

"타이밍이 안 좋네요."

후쿠로코지가 얼굴을 찡그렸다.

'범인'에게 무선을 쳐서 유도할 수도 있지만, 움직임이 부자연스러우면 나중에 '탐정'으로부터 무슨 말이 나올지 몰랐다. '범인'이 임기응변으로 대처해야만 했다.

"지금 방에서 나오면 바로 끝장이야."

미야비는 초조함을 감추지 못했다.

"린코에게는 절대 마주치는 것만은 피해야 한다고 말해두었습니다."

그렇게 말하는 후쿠로코지도 린코가 방에서 나오지 않기만을 간절히 빌었다.

## 4.

"후후, 조급해하지 마."

복도에서 여성의 애교 섞인 목소리가 들렸다. 이 층에 있는 젊은 여자는 린코, 아카리, 미츠 세 명뿐. 소리를 낮춘 목소리의 주인은 누군지 알 수 없었지만 아카리 아니면 미츠, 둘 중 하나일 것이다. 함께 있는 사람은 소리를 내지 않고 있었다.

문 앞에서 귀를 기울이던 린코는 후쿠로코지에게 들었던 '탐정'의 요구를 떠올렸다.

귀찮은 일이 늘어난 건 이거 때문인가…….

짜증을 삭이며 기다리고 있자니 같은 층 어디선가 문이 닫히는 소리가 났다. 아마 두 사람이 함께 방으로 들어간 모양이다.

린코는 살짝 문을 열고 바깥을 살폈다. 인기척은 없었다.

방에서 나와 소리가 나지 않도록 살금살금 걸었다. 양손에는 쿠키 통이, 주머니에는 후쿠로코지에게 받은 손수건이 들어 있었다.

꽤 술을 마셨다. 조금만 마시고 남겨두려 했는데 아무리 마셔도 취하질 않아서 계속 마시다 보니 어느새 와인 한 병을 전부 비웠다. 겨우 머리가 멍해지기 시작했지만, 죄책감을 마비시키기에는 역부족이었다.

이미 소등시간은 지났다. 복도의 조명도 거의 꺼져서 간신히 걸을 수 있을 정도의 빛만 남아 있었다.

인기척이 나지 않는 걸 확인한 후 1층으로 내려가 그 길로 현관 옆 대합실에 들어갔다. 심장이 쿵쾅거렸다.

"괜찮아. 아무도 없었어."

작은 목소리로 되뇌며 창문의 잠금장치를 열었다. 주먹 하나가 겨우 드나들 수 있을 만큼만 창문을 열자, 틈새로 차가운 공기가 흘러 들어왔다. 대합실의 창문은 이 이상은 열리지 않았다.

린코는 주머니에서 손수건을 꺼내 창문 밖으로 떨어트렸다.

"이러면 됐겠지."

작게 내뱉듯 말하고 홀로 나왔다.

그 순간 다리가 멈췄다.

커다란 웃음소리가 들렸기 때문이다.

반사적으로 주위를 둘러보았지만, 사람의 모습은 보이지 않았다.

그러는 사이 또 웃음소리가 들렸다. 응접실에서 들려오고 있었다.

"풀하우스!"

들어본 적 있는 천박하고 우렁찬 목소리. 마에가네다.

"약하네-벌써 3연패-인제 그만."

마에가네는 누군가와 카드 게임을 하는 것 같았다.

"-아케치는-어떻게 생각-탐정-."

갑자기 자신의 이름을 들은 린코의 몸이 굳었다.

취기로 목소리가 더 커진 마에가네와 달리 상대방의 목소리는 들리지 않았다.

응접실 앞까지 가볼까 싶었지만, 아직 해야 할 '일'이 남아있었다.

리허설대로 안쪽 복도를 지나 고용인실에 도착했다. 누구의 눈에도 띄고 싶지 않았기에 빨리 안으로 들어가려고 문을 두드렸는데 대답이 없다. 당직인 이시무로가 안에 있을 텐데.

다시 한번 노크해도 반응이 없었다.

어쩔 수 없이 허락 없이 문을 열자, 방 안에서 이시무로가 놀랄 눈으로 이쪽을 쳐다보았다.

있으면 대답하라고!

괜히 불안하게 만든 이시무로에게 화가 났지만 애써 미소를 지었다.

"밤늦게 죄송해요. 고용인 여러분에게도 이야기를 듣고 싶어서요."

"하아……."

아무리 놀랐다고는 해도 메이드로서의 태도가 빵점이다.

제대로 교육한 것 맞아……?

린코는 마음속으로 후쿠로코지에게 벌써 몇 번째일지 모를 저주를 퍼부었다. 절차가 순조롭게 진행될지 걱정이 앞섰다.

"저기, 괜찮으시면 차라도 한잔하면서 이야기하면 어떨까요?"

린코가 쿠키통을 이시무로에게 보이며 말했다.

"하아……."

"차는……제가 탈까요?"

"하아……."

얘 안 되겠네…….

린코는 한숨을 참으며 찬장에서 컵을 두 개 꺼냈다.

"티백은 있나요?"

있다는 것도 알고, 어디 있는지도 알고 있다. 하지만 너무 바로 찾아내면 이상하니 일부러 질문했다.

"그건, 저쪽에……."

이시무로가 가리킨 서랍에서 티백을 꺼내 컵에 넣었다. 전기포트에 담겨 있던 뜨거운 물을 붓고 적당히 색이 변하길 기다렸다가 티백을 버리고 테이블에 놓았다. 이시무로는 계속 바라만 보고 있었다.

진짜 아무것도 안 하냐!

하지만 이제는 이시무로를 움직이게 만들어야 했다.

린코는 쿠키통을 여는 시늉을 하면서 좀처럼 열리지 않는 척 연기했다.

"이게 잘 안 열리네요. 접시 좀 갖다줄래요?"

"하아……."

이시무로는 귀찮다는 듯 찬장으로 향했다.

그 사이 린코는 주머니에서 수면제를 꺼내 이시무로의 컵에 넣었다. 제제에게 사용했던 것과 똑같은 약이다.

이시무로가 갖고 온 접시에 쿠키를 담고 형식적인 이야기를 시작했다.

"살해당한 제제 씨는 어떤 사람이었나요?"

"……모르는데요."

"함께 일했잖아요."

"……모르는데요."

후쿠로코지로부터 이시무로는 아무 말도 안 한다고 듣기는 했지만, 이 정도일 줄이야. 그런데 또 쿠키는 열심히 먹는다.

뭐, 차만 마셔준다면야 아무래도 상관없지.

평소라면 절대 친해질 수 없는 사람이었지만 린코는 어떻게든 대화를 이어나갔다. 좀처럼 이시무로가 차를 마시지 않아 조급한 마음이 들었지만, 쿠키를 몇 개 먹더니 결국에는 한 모금 마셨다.

"응?"

맛에 위화감을 느꼈는지 이시무로가 순간 컵을 쳐다보았다.

조금 더 마셔야 하는데.

"……사실은 이 쿠키 선물 받은 건데 엄청 비싼 거라고 하더라고요. 좀 더 먹어요."

"하아……."

쉽게 먹을 수 없는 고급품이라는 걸 들은 이시무로가 몇 개 더 쿠키를 먹고 차를 마셨다. 린코도 "어머, 맛있다"라고 감탄하면서 쿠키를 먹었다. 실제로는 좀처럼 목에서 넘어가질 않아서 차를 마시며 억지로 삼켰다. 먹으면서 일부러 쿠키 가루를 테이블에 흘려 '단서'도 남겼다.

대화를 나누던 이시무로의 상체가 휘청거리는가 싶더니 이내 이마가 테이블 위로 처박혔다. 린코는 짧게 숨을 뱉었다.

힘든 일은 지금부터야.

린코는 조용히 일어나 뒷문을 열었다. 고용인실은 뒷마당과 연결되어 있었다. 정신을 잃은 이시무로를 부축해 뒷문으로 나왔다. 고용인실에서 새어 나오는 빛이 소각로를 밝히고 있었다. 사람 하나쯤은 들어가고도 남을 크기였다. 소각로 문을 열고 이시무로를 안으로 밀어 넣었다. 문을 닫고 점화 타이머를 설정하면-.

손가락이 움직이지 않았다. 술은 깬 지 오래였다.

"그러니까 어쩔 수 없다고."

린코가 스스로 가슴을 치며 중얼거렸다.

가빠진 호흡을 가라앉히고 타이머를 설정한 후 마지막 절차로 넘어갔다. 안쪽 주머니에서 꺼낸 쪽지를 소각로와 바닥 사이에 끼워두었다. 쪽지는 타다 남은 잔해처럼 보이기 위해 끄트머리가 그슬려 있었고, '엘시 펜윅이 어디 묻혀 있는지 알고 있다'라는 문장이 여성의 글씨로 쓰여 있었다. 린코가 쓴 것이었다.

이제 끝났어. 여기 오래 있어 봤자야.

린코는 고용인실로 돌아가 차가 남아있는 컵과 접시를 싱크대에 두었다.

혹시 몰라 지금까지의 절차를 다시 되짚었다. 실수는 없었다. 타이머도 정확히 맞추었다. '단서'도 '거짓 증거'도 남겼다.

"좋았어."

린코는 불을 끄고 고용인실에서 나왔다.

홀에 도착하자 응접실에서 들리던 사람들 소리는 사라지고 없었다. 만약 마에가네가 아직 남아있었다 해도 훔쳐 들을 마음도 없었다. 이미 몸도 머리도 녹초였다.

빨리 방에 가서-와인을 한 병 더 마셔야지.

린코는 비틀거리며 계단을 올랐다.

## 5.

〈-들리세요?-입니다.-씨!〉

귓가에서 들리는 외침에 후쿠로코지가 벌떡 일어나 집사실 침대에 고쳐 앉았다.

이어폰에서 반자키가 소리치고 있었다.

"후쿠로코지다……무슨 일이지?"

〈쉬고 계시는데 죄송합니다.〉

"아니야, 그러잖아도 일어나려던 참이었어."

시계를 보니 오전 5시를 지나고 있었다. 잠시 눈을 붙이려고 집사실 침대에 누운 게 4시가 되기 전이었다. 마음 같아서는 조금 더 자고 싶었다.

〈이쪽으로 와주실 수 있으세요? 긴급입니다.〉

"긴급?"

퍼뜩 정신이 들었다.

"무슨 일이라도 생긴 건가?"

〈그게……소각로에 시체가…….〉

"이시무로잖아? 그게 어쨌다는 거야?"

〈……아니요. 남자입니다.〉

"뭐?"

아직 잠에서 덜 깬 건가. 반자키가 무슨 말을 하는지 이해할 수가 없었다.

〈이쪽도 지금 상황 파악 중입니다. 어쨌든 빨리 와주세요.〉

"……알았어. 바로 가지."

후쿠로코지는 서둘러 옷을 갈아입고 고용인실로 갔다. 소각로에 잠시 들를지 생각했지만, 함부로 흔적을 남겼다가는 추후 탈이 날 수 있다. 일단은 어떻게 된 것인지 들어야 할 것 같아 곧장 사령실로 향했다.

지금 시간은 모두 취침 중이다. 자리에 있는 사람은 모니터를 감시하는 기술부와 후쿠로코지와 교대로 대기하는 메구……뿐이어야 했는데 왜인지 다나카도 있었다.

모두 후쿠로코지를 불안한 시선으로 쳐다보고 있었다.

"보여줘."

후쿠로코지는 반자키의 등 뒤에 서서 모니터를 응시했다.

"여기입니다."

반자키가 화면을 바꾸자 소각로의 감시 카메라 영상이 확대되었다.

"……저게 뭐야?"

저도 모르게 목소리가 뒤집어졌다.

모니터에 있어서는 안 될 무언가가 찍혀 있었다. 이시무로가 넣어진 소각로. 그 앞에 남자가 엎드린 자세로 쓰러져 있었다. 자세히 보니 목뒤로 나이프 비슷한 것이 박혀 있었다.

WHO? WHEN? WHY? HOW? 온갖 의문이 꼬리에 꼬리를 물고 이어졌다. 린코가 이시무로를 살해하는 장면은 실시간으로 지켜보고 있었다. 남자의 시체 따위는 보지 못했다.

"언제 발견했지?"

힐난하는 말투로 묻는 후쿠로코지의 시선에 고키가 눈을 피했다.

"발견한 건 누구야?"

짐작은 갔지만 확인차 물으니 역시나 반자키가 고키를 쳐다보았다.

"……제가 방금 발견했습니다."

고키가 동요를 감추지 못하고 눈을 뒤룩거렸다.

"이건 누구야? 누가 죽인 거야?"

"그게……."

고키는 말을 잇지 못했다.

"고키 씨, 긴급사태라고요. 솔직히 말해요."

반자키의 재촉에도 고키는 고개를 푹 숙인 채 아무 말도 하지 못했다.

"지금 이게……."

그때 문을 벌컥 열고 들어온 미야비가 말문을 잃었다. 재킷도 걸치지 않은 상태였다. 반자키의 연락을 받고 급히 뛰어온 듯했다.

"당장 설명해!"

"상황은 아직 저희도 파악 중입니다."

미야비가 고함을 내지르기 전에 후쿠로코지가 먼저 선수를 쳤다.

"먼저 확인부터 해야 합니다."

"그러면!"

미야비는 호통을 치려다 말고 갑자기 목소리를 낮추었다.

"……빨리하라고."

평소 같았으면 분노로 길길이 날뛰었을 상황이다. 오래가지는 못할 것이다.

후쿠로코지는 미야비가 난리를 치기 전에 서둘러 사령실을 나갔다.

저택으로 올라와서는 발소리를 죽이고 움직였다. 고용인실의 뒷문을 살짝 열고 뒷마당으로 나왔다. 바깥은 벌써 꽤 환해진 상태였다.

소각로 근처로 가자 영상에서 봤던 대로 한 남자가 쓰러져 있었다.

"……"

그 정체를 알게 된 후쿠로코지는 잠시 침묵했다.

〈누구야?〉

이어폰에서 미야비의 목소리가 들렸다.

후쿠로코지는 시체의 얼굴을 보며 대답했다.

"……사콘입니다."

침묵이 되돌아왔다. 쥐 죽은 듯 조용해진 사령실의 모습이 눈앞에 선했다.

죽은 사람은 초대받은 탐정 중 한 사람, 사콘 가미로. 운영 측의 캐스트다. 진행을 보조하는 역할로 '희생자' 리스트에는 들어가 있지 않았다.

〈사인은?〉

미야비가 질문했다.

"등 뒤에서 칼로 목을 찌른 것 같습니다……아니, 칼이 아니네요."

자세히 살펴보니 사콘의 목에 박혀 있는 것은 아이스픽이었다. 저택에서 사용하는 것과 같은 것으로 날 끝이 사각형 모양인 고급품이다.

"아이스픽입니다. 저택에 동일한 물건이 몇 개 있습니다."

〈사고가 아니라 살인이라는 거네.〉

"네. 틀림없어 보입니다."

하지만 누구에게 살해당했는지 여기에서 밝혀내는 건 불가능하다.

그때 소각로가 점화했다. 린코가 타이머로 설정한 시각이다. 평소 소각로를 사용하지 않는 시간에 연기가 나서 그걸 보고 이시무로를 발견하게 된다는 설정이었다.

소각로 안을 들여다보니 옆으로 쓰러진 상태로 불길에 휩싸인 이시무로가 보였다.

"이시무로의 시체는 있습니다."

〈사콘은 어떻게 할 거야?〉

미야비는 사콘이 살해당한 배경보다도 탐정 유희 진행이 더 신경 쓰이는 것 같았다. 그 점은 후쿠로코지도 마찬가지였지만, 상황조차 제대로 파악하지 못한 상태에서 대응책을 낼 수 있을 리 없었다. 본인은 생각하려고 하지도 않으면서 부하에게만 떠넘기는 미야비의 변함없는 태도에 내심 혀를 내둘렀다.

"반자키……작가님을 연결해 줘."

제어판을 통해 다나카를 무선으로 호출했다. 평소에는 막 대하는 걸 다들 알고 있지만, 모두가 듣는 앞에서 말하려니 '작가님'이라고 깍듯이 불러줘야 할 것 같았다.

〈다나카입니다.〉

무선으로 다나카가 대답했다.

"사콘의 시체가 발견된 것 외에는 시나리오대로 진행된 것 같아. 지금 당장 결정해야 하는 건 이 시체를 여기 남겨둘지, 다른 곳에 숨길지일 것 같은데."

후쿠로코지는 가능한 한 차분하게 말했다. 현장을 총괄하는 팀장이 당황하는 모습을 보이면 불안감이 스태프 전체로 퍼지고 눈덩이처럼 불어난 불안은 패닉으로 이어진다. 그렇게 되면 수습만 어려워질 뿐이다.

"사콘을 희생자에 추가하는 건 가능한가?"

〈……어려울 것 같습니다. 사콘은 이 저택을 처음 방문한 사람이에요. 범인이 미리 살해 계획을 세웠다는 건 정합성에 맞지 않아요.〉

다나카의 목소리에 자신이 없었다.

"하지만 시체를 감추면 사콘이 갑자기 행방불명되어버리잖아. 사콘의 죽음도 시나리오에 넣을 수밖에 없어."

〈하지만……그러면 범인의 동기나 수법까지 바꿔야 하는데요.〉

"그걸 생각하는 게 작가의 일이잖아!"

머뭇거리는 다나카에게 일침을 날렸다.

〈죄송합니다…….〉

"사과는 필요 없으니까 빨리 생각해."

〈네…….〉

하지만 다나카는 말이 없었다.

벌써 아침이다. 서두르지 않으면 '탐정'이 움직이기 시작할 것이다. 만일 이런 모습을 목격이라도 한다면 바로 끝장이다.

〈일단 숨기는 게 좋지 않겠어?〉

미야비가 끼어들었다.

〈'탐정'의 눈에 띄지 않게 숨겨두고 천천히 생각하면 되잖아?〉

맞는 말이다. 시간은 벌 수 있다.

"그렇네요. 그럼, 일단 사령실로 옮기겠습니다."

〈안돼. 시체를 여기 두다니. 그 주변에 숲에라도 숨겨두면 되잖아.〉

"하지만 그러면 발견될 가능성이-."

〈그럼, 집사실로 옮기면 되겠네.〉

어지간히 싫은 모양이다. 미야비의 이기심이 훤히 보였다.

"그건 지부장 판단으로 받아들이면 되겠습니까?"

네가 책임지는 거지? 라고 후쿠로코지가 은근히 압박했다.

〈아니……그게 아니라 내 말은 조금 더 생각해 보자는 거지.〉

의도치 않게 본성을 내보인 게 후회되는지 미야비의 말투가 갑자기 부드러워졌다.

〈……범인은요?〉

나직한 여자의 목소리가 들렸다. 메구다.

"린코 말인가?"

〈아니요. 사콘을 죽인 사람이요. 왜 여기에서 죽인 거죠?〉

"그건 모르지."

〈여기에서 살해한 건지는 알 수 없죠.〉

다나카가 참견했다.

〈옮긴 거라 하더라도 두 번째 살인 현장에 시체를 남긴 이유가 분명히 있을 거예요.〉

다나카와 메구의 추리가 시작되자 후쿠로코지는 꿔다 놓은 보릿자루가 되었다.

〈굳이 소각로를 선택한 건 여기에서 살인이 일어날 거라는 걸 알고 있었다는 거죠.〉

〈단언할 순 없지만 그것까지 염두에 두고 대응책을 생각해야 하지 않을까요? 또 사콘이 저택 밖으로 나간 걸 '탐정'이 봤을 수도 있어요.〉

〈그 점이 저도 걸리더라고요. 만약 저택 밖으로 나간 걸 '탐정'이 봤다면 '탐정'은 사콘이 행방불명된 것도 사건의 일환이라고 생각할 겁니다. 마지막까지 행방불명된 채로 끝나버리면 납득하지 않겠죠.〉

"그건 안 될 말이지. 추리가 진행되면서 단순히 운영 측이 숨긴 거라는 걸 알게 되면 끝장나는 걸로 넘어가진 않을 거다."

후쿠로코지의 말에 다나카와 메구가 침묵했다. 시나리오가 엉망이 되는 것보다 회사의 신용 문제가 불거지기라도 하면 대참사다.

그럼, 어떻게 해야 하지?

사콘이 언제 누구에게 살해당했는지는 짐작도 가지 않았다. 하물며 죽인 사람의 의도는 추측 불가능이다.

"작가님."

다나카를 불렀다.

〈네…….〉

"만약 일단 시체를 감추면, 나중에 연쇄살인의 하나로 추가하는 건 가능할까?"

〈살인을 네 건으로 한다는 거죠? 불가능해요. 3대 작가를 등장시킨 의미가 사라집니다.〉

"지금은 그렇게 세세한 것까지 신경 쓸 때가 아니잖아."

〈아름답지 않다고요.〉

"아름답든가 말든가 파탄 나는 걸 막는 게 중요하잖아!"

〈그러니까 아까도 말씀드렸다시피 사콘이 살해당할 이유가 없어요. 살인 동기를 바꾸게 되면 설정부터 전부 바꿔야 한다고요.〉

이렇게 되니 다나카도 쉽사리 물러서지 않았다.

후쿠로코지는 입을 열 수가 없었다. 자칫 더 강하게 주장했다가는 미야비에게 퀄리티를 중요하게 여기지 않는다는 인식을 줄 수 있고 감사에도 악영향을 끼치게 될 것이다.

"하지만, 숨기지 않으면 여기에 시체를 두어야 해. 그다음에는 어떻게 할 거지?"

〈……지금 떠오른 방법은 하나뿐입니다.〉

"호오."

다나카가 대안을 떠올렸다는 사실에 놀랐다.

〈사콘은 우연히 이시무로가 살해당하는 현장을 목격했고, 입막음을 위해 린코에게 살해당했다-이렇게 하면 시나리오를 조금만 수정해도 될 것 같아요.〉

"린코가 사콘을 죽일 수 있을까? 심지어 등 뒤에서 찔러서?"

〈그건……차차 생각하시죠.〉

'범인'의 예기치 못한 우발적 살인. 이 정도가 타협점인 것 같았다.

"할 수 없군. 그 방향으로 가지. 지부장님, 괜찮으실까요?"

〈제작에 맡길게.〉

예상한 대로의 답변이다.

후쿠로코지는 사콘의 시체를 남겨두고 소각로를 떠났다.

몇 개월에 걸쳐 완성한 시나리오의 내용을 고작 몇 분 만에 수정하고 다시 만든다. 이것이 바로 탐정 유희가 어려운 이유이자 현장 총괄 팀장의 실력이 중요한 까닭이다. 하지만 예전에 느꼈던 보람은 이미 사라진 지 오래였다. 다나카의 고집이 부러운 한편 짜증 나기도 했다.

후쿠로코지는 무거운 발걸음으로 뒷문을 통해 고용인실로 돌아왔다.

수면 부족 탓인지 피로 탓인지 숨이 너무 가빴다. 나선계단을 내려가는 것조차 고역이었다.

이제부터 시나리오 수정을 해야 한다.

누가 사콘을 죽였는지도 밝혀내야 하는데-.

문득 머릿속에 떠오른 건 제제의 얼굴이었다.

크루즈선에서 도망친 제제가 사콘과 우연히 마주쳐서 살해한 건 아닐까. 만약 그렇다면 큰일이다.

사령실에서는 이미 다나카가 시나리오 수정작업에 들어가 있었다. 메구가 곁에서 모순점이 없는지 체크하고 있다. 어느새 사츠키도 미야비의 옆에 앉아있었다.

후쿠로코지는 바로 제어판으로 향했다. 사콘의 시체가 언제 발견되었는지 아직 조사가 끝나지 않았다. 또 다른 의미로 마음이 무거웠다. 귀찮은 문제의 해결과 더불어 때에 따라서는 부하의 실수를 추궁해야 하기 때문이다.

"수고하셨습니다."

돌아온 후쿠로코지에게 반자키가 머리 숙여 인사했다.

고키는 떨떠름한 얼굴로 탁자를 만지작거리고 있었다.

"아까 하던 이야기로 돌아가지. 사콘의 시체를 발견한 게 5시 전. 감시하고 있던 건 고키였지?"

"네……."

고키가 끄덕였다.

"살해당하거나 운반하는 건 못 봤고?"

"그게……."

또다. 고키가 말끝을 흐렸다.

"고키 씨, 그러고 있을 때가 아니라니까요."

반자키의 질책에 고키가 눈을 내리깔았다.

반자키는 짧게 탄식했다.

"제가 돌아왔을 때, 고키 씨 자고 있었잖아요."

"자다뇨!"

"자고 있었어요."

"잠깐 졸고 있던 겁니다."

"제가 잠깐 눈 붙이러 갔던 게 3시. 교대하러 돌아온 건 5시. 그 사이 계속 자고 있었던 거 아니고요?"

"아니라니까요!"

"시체를 발견한 것도 제가 깨우고 난 직후였잖아요."

"그러니까! 그건 정말 아주 잠깐 졸았던 거라고요!"

"일어나 있었으면 왜 발견하지 못했던 건데요?" 고키의 말문이 막혔다. 잠들었던 시간이 잠깐은 아니었던 모양이다.

"저기……잠시 괜찮을까요?"

다나카가 살그머니 손을 들었다.

"제가 두 시간 정도 전부터 여기에서 모니터를 힐끔거리면서 보고 있었는데요······."

"애초에 왜 여기에 있는 거지? 네가?"

작가는 자야 할 시간이다. 사고가 발생하면 밤을 새워서 시나리오를 수정해야 하지만, 보통 심야 시간에는 시나리오를 진행하지 않는다. '탐정'의 수면이 부족하게 되면 클레임이 들어오기 때문이다. 그래서 심야에는 이번 이시무로 살해처럼 '밑 작업'만 해두고 작업이 끝나면 스태프들도 아침까지 수면을 취한다.

"잠이 안 와서요······."

다나카가 머리를 긁적이며 쓴웃음을 지었다.

잠이 안 와서 메구가 있는 사령실에 온 거군. 같은 남자로서 그건 굳이 언급하지 않고 넘어가 주기로 했다.

"그래서?"

"계속 모든 영상을 확인하고 있던 건 아니지만, 이상한 움직임이 있었다면 바로 알아챘을 겁니다. 어떤 영상에서도 움직임이 없었으니까요."

저택 안 사람들이 모두 잠든 심야에는 사람의 움직임이 없어 모든 영상이 정지화면처럼 보이기 마련이다.

"단시간에 살인이 일어났다면 계속 모니터를 보고 있지 않은 이상 놓칠 수밖에 없잖아."

"아니요. 살인이 오래 걸렸어도 눈치채지 못했을 거라고 생각해요."

"······왜지?"

"암흑상태였으니까요."

"암흑?"

"마, 맞아요!"

고키가 외쳤다.

"이걸 봐주세요!"

고키는 제어판의 모니터로 소각로의 녹화영상을 재생했다. 고용인실에서 새어 나오는 불빛에 비친 소각로가 보였다. 표시된 시각은 오전 0시 45분. 이시무로가 살해되기 직전이다.

재생을 시작하자마자 고용인실의 뒷문이 열리고 린코가 이시무로를 둘러업고 나타났다. 소각로에 이시무로를 넣고 타이머를 맞추고 쪽지를 남긴다. 후쿠로코지가 실시간으로 감시했던 광경이다. 절차를 모두 마친 린코가 고용인실로 돌아갔다. 잠시 뒤 고용인실의 불빛이 꺼지자 영상은 새까맣게 변했다. 숲의 나무들에 막혀 달빛도 비추지 않았다. 완전한 암흑이다.

거기서부터 고키는 영상을 빨리 감았다.

화면은 새까만 상태 그대로 구석에 표시된 시각만이 변했다. 2시. 3시. 4시. 이윽고 날이 밝기 시작하며 화면이 약간 밝아졌다.

고키가 빨리 감기를 멈추었다.

"앗!"

사령실에 있던 모두가 일제히 목소리를 높였다.

화면 속에 사콘의 시체가 쓰러져 있었다. 아직 어두컴컴했지만 형체는 인식할 수 있었다. 시각은 4시 50분. 거기에서 속도를 낮추어 영상을 빨리 감자 사콘의 시체가 확실히 보이고 달려온 후쿠로코지의 모습이 화면에 나타났다.

"이것 보세요! 밝아졌을 땐 이미 시체가 있었다고요! 언제부터 있었는지 물어보셔도 모르는 게 당연하잖아요!"

고키가 대단한 공이라도 세운 듯 의기양양하게 외쳤다.

"자지 않고 있었으면 조금 더 빨리 알 수 있었던 거 아니에요?"

반자키가 차갑게 말했다.

"그래봤자 겨우 몇 분 차이였을 거라고요! 잠깐 졸았던 거 가지고 호들갑 좀 그만 떠세요!"

흥분한 고키가 자리에서 일어나 반자키에게 대들었다.

"대체……당신 말이야! 우리가 무슨 일을 하는지 알긴 아는 거지? 이따위 일에 무슨 책임이고 나발이고-."

"고키, 그만해."

후쿠로코지가 낮은 목소리로 고키의 입을 다물게 했다.

미야비가 냉혹한 시선으로 고키를 쏘아보고 있었다.

더 이상 회사를 비난했다가 해고라도 당하면 고키는 사라진다.

후쿠로코지의 의도를 눈치챘는지 고키는 더는 입을 열지 않았지만, 반자키를 위에서부터 노려보았다. 반자키도 앉아서 팔짱을 낀 채 한 발도 물러서지 않았다.

"고키 씨, 전 직장에서는 지금보다 좋은 대우를 받았나요?"

낮은 목소리로 말을 꺼낸 건 반자키였다.

"그러면 어쩔 건데요?"

"여기까지 흘러 들어온 경위는 모르겠지만. 무슨 일이 있었든 간에 일단 시작한 일은 좀 제대로 하자고요."

"……알았다고요."

고키는 퉁명스럽게 대답하고 자리로 돌아갔다.

일촉즉발의 상황이 진정되고 후쿠로코지는 안도했지만, 사콘 살해의 진상은 문자 그대로 어둠에 파묻혔다. 누가 무슨 목적으로 사콘을 죽였는지 밝혀내지 못하면 시나리오를 수정하더라도 불안 요소가 남게 된다. 여전히 파탄까지의 도화선에 불이 붙어있는 상태인 셈이다.

"녹화영상에서 사콘의 행동을 추적해 봐."

후쿠로코지가 반자키와 고키의 어깨를 두드렸다. 분위기를 바꾸려는 뜻이기도 했다.

"네."

반자키와 고키가 동시에 고개를 끄덕였다.

다나카의 곁으로 돌아와 바로 옆 의자에 앉았다. 자다가 갑작스럽게 일어난 이후로 계속 서서 돌아다녔더니 아침부터 몸이 만신창이였다.

"수정은?"

"거의 다 끝났습니다."

다나카의 노트북을 보자 인물관계도와 행동 플로 차트가 수정되어 있었다.

**흑사장 살인사건**

"메구, 캐스트에게 전달할 메모를 만들어 줘. 이 정도면 간단하게 끝낼 수 있겠어. 미술부에 이야기하고 와."

"네."

메구는 노트북 자판을 타닥타닥 두드리더니 종종걸음으로 사령실을 나갔다.

시나리오가 수정되면 캐스트에게 수정 사항을 알린다. 대개는 변경 사항을 적은 메모를 트럼프 등으로 위장해 객실에 넣으면 끝나지만, 복잡한 변경이 있을 때는 구두로 전달한다.

"사콘이 죽은 건 어떻게 생각해? 그냥 내버려둘 수는 없어."

후쿠로코지가 막 일을 끝낸 다나카에게 물었다.

"정보가 너무 없어서요……시체 주변에 뭔가 이상한 점은 없었나요?"

"아무것도."

소각로에서는 사콘의 시체를 어떻게 할지에 정신이 팔려있긴 했지만, 주변을 둘러보는 것도 잊지 않았다. 하지만 단서가 될 만한 것은 발견하지 못했다.

"린코는 뭔가 보지 않았을까요?"

"린코? 딱히 그런 낌새는 없었는데……."

아니, 단정할 수는 없다. 감시 카메라에는 린코의 세세한 표정까지 보이지 않았다.

"확인하고 와."

계속 가만히 있던 미야비가 갑자기 가시 돋친 말투로 말했다.

"확인이요……? 린코 말입니까?"

"그래. 조금이라도 신경 쓰이는 게 있으면 확인해야지."

"지금이요?"

"당연하잖아."

미야비가 고개를 갸웃했다.

"지금 그렇게 여유 부릴 때야?"

"하지만 벌써 아침입니다. 제가 린코의 방에 들어가는 걸 '탐정'이 보기라도 하면……."

"못 보게 하면 되지. 비밀 통로로 가면 되잖아."

"비밀 통로요……."

미적거리고 있자 결국 미야비가 소리를 꽥 질렀다.

"서두르라고! 이렇게 끝낼 거야? 단골 획득의 기회를 날려버릴 거냐고!"

젠장, 남의 일이라고…….

의자 팔걸이를 움켜쥔 후쿠로코지에 손에 힘이 들어갔다.

"허리 업!"

미야비가 빈정거리는 영어 발음으로 재촉했다.

후쿠로코지는 겨우 바닥에 붙인 궁둥이를 다시 의자에서 떼어냈다.

사령실을 나와 벌써 몇 번째 왔다 갔다 한 지 모를 나선계단에 발을 올렸다.

"쪼잔하게 굴지 말고 엘리베이터를 설치하란 말이야!"

투덜거리며 계단을 올랐다. 지상 1층을 지나 2층의 비밀 문을 통과했다. 창고로 사용하는 방이다.

후쿠로코지는 심호흡한 후 쌓여있는 박스 위로 기어 올라갔다. 일어서면 천정에 손이 닿았다. 천장 근처 벽의 환기구 커버를 열고 주머니에 있던 펜라이트로 안을 비추었다. 1미터가 채 되지 않는 높이의 좁은 통로가 끝없이 이어져 있었다.

"이걸 사용하게 되다니⋯⋯정말 최악이군."

후쿠로코지는 깊게 한숨을 내쉬고 펜라이트를 입에 물고 머리를 환기구 안으로 들이밀었다. 쪼그려 앉기에도 높이가 모자랐다. 라이트를 손에 쥐고 기어가야만 했다.

탐정 유희를 위해 만들어진 저택은 비상시에 사용할 수 있도록 모든 방이 비밀 통로로 연결되어 있다. 저택 규모에 비해 커다란 환기구가 바로 통로였다. 물론 비밀 통로의 존재는 '탐정'에게는 알리지 않는다. 추리하는 데 혼란을 줄 수 있기 때문이다. 설정상으로도 존재하지 않는 것으로 되어 있으므로 밀실 트릭에서도 비밀 통로는 고려하지 않는다.

"난 환자라고-어째서 내가-이런-일까지-해야 하는 거야."

기어서 앞으로 나아갈 때마다 입에서 불평이 쏟아졌다.

코너를 돌아 한참을 가자 통로가 여러 갈래로 갈라졌다. 복도에서 각 방의 천장으로 이어지는 지점이다.

후쿠로코지는 린코의 방 위로 기어갔다. 통로에는 각 방을 훔쳐볼 수 있는 구멍이 뚫려 있었지만, 혹시라도 옷이라도 갈아입고 있으면 큰일이었다. 후쿠로코지는 되도록 방안을 보지 않으려 애쓰며 통로 바닥에 노크했다.

"응?"

깜짝 놀라는 린코의 목소리가 들렸다. 천정에서 노크 소리가 들렸으니 놀랄 법도 했다.

"후쿠로코지다. 할 이야기가 있어."

바닥을 향해 작게 속삭였다. 왠지 모르게 부끄러운 기분이 들었다.

"자, 잠깐만 기다려 주세요!"

당황한 린코의 목소리가 이어지더니 부스럭대는 소리가 들렸다. 방안을 보지 않아서 다행이었다.

"서둘러."

"……됐어요."

허가를 얻은 후쿠로코지가 통로 입구의 덮개를 열고 천장 구멍에서 거꾸로 얼굴을 내밀었다.

천장을 올려다보고 있던 린코와 눈이 마주쳤다.

"긴급사태다. 물어볼 게 있어."

당황한 표정으로 후쿠로코지를 쳐다보던 린코가 입을 열었다.

"……땀범벅인데 괜찮으세요?"

## 6.

고소한 빵 냄새가 복도까지 풍겼다.

아침을 먹으러 온 린코가 식당에 도착하자 사콘을 제외한 손님들은 이미 모두 자리에 앉아있었다.

린코는 이치하라의 안내를 받아 자리로 이동했다. 의자에 앉기가 무섭게 가마모토가 음식을 가져왔다. 훈제 연어, 구운 햄, 치즈가 먹음직스럽게 담겨 있었다. 이어서 이치하라가 각종 빵이 담긴 바구니를 들고 왔고 린코는 크루아상을 골랐다.

모양뿐만 아니라 맛도 좋다는 건 손님들의 반응을 보면 알 수 있었다. 그래도 린코는 통 입맛이 없었다. 죄책감에 더해 후쿠로코지에게 들은 '긴급사태'가 신경이 쓰였다.

사콘이 살해당했다.

린코는 어제보다 한 사람이 줄어든 식탁을 둘러보았다.

죽은 사콘은 운영 측의 캐스트였다. 제제, 이시무로에 이은 세 번째 살인. 그러나 사콘을 죽인 건 자신이 아니었다. 살인을 저지른 다른 사람이 있다. 후쿠로코지는 많은 이야기를 해주지는 않았지만 땀에 흠뻑 젖은 모습을 보아 운영도 예상하지 못한 일인 듯했다.

후쿠로코지는 이시무로를 소각로에 넣었을 때 별다른 점은 없었냐고 물었지만, 그땐 긴장한 나머지 시야가 좁았다. 이상한 점이 있었더라도 눈치채지 못했을 것이다.

"안 드세요?"

옆에 앉은 아란이 이상하다는 얼굴로 물었다.

식사에는 손도 대지 않고 생각에 잠겨 있으니 이상해 보이는 것도 당연했다. 퍼뜩 정신을 차린 린코는 멋쩍게 웃었다.

"아……제가 원래 아침을 잘 안 먹어서요."

"흐음, 미용을 위해서라도 아침은 먹는 게 좋아요."

마에가네와는 달리 아란은 깔끔히 물러나 식사를 계속했다.

옆자리가 아란이라 다행이었다. 오늘 아침은 미츠가 마에가네를 상대하고 있다.

린코는 가마모토가 가져다준 콘스프를 마셨다. 적당한 달콤함에 조금 기운이 나는 것 같았다. 조금씩 식사를 하면서 린코는 방에서 있었던 일을 떠올렸다.

-크루즈선에서 죽인 건 제제가 확실한 거지?

천장으로 다시 들어가기 전, 후쿠로코지는 다시 한번 물었다. 제제를 살해한 직후에도 들었던 질문이다. 똑같이 대답하자 후쿠로코지는 '그래'라고 중얼거리더니 아무 말 없이 천정으로 사라졌다. 크루즈선의 시체가 제제인지 아닌지 그렇게까지 신경 쓰는 이유를 알 수가 없었다.

그건 분명히 제제였다. 대화도 나누었다.

"……."

빵을 찢던 손이 멈췄다.

미세한 위화감이 머릿속에 남아있었다.

─너도 무슨 사고를 친 건가?

그래. 술을 마시고 긴장이 풀린 제제의 입에서 나온 바로 그 말. 살의를 들키지 않으려 신경을 곤두세우고 있었기에 흘려들었지만 지금 돌이켜보면 이상했다.

'아케치 린코'라는 캐릭터는 탐정 일을 하다가 저지른 실수 때문에 바스커빌관에 오게 되었다는 설정이다. '사고를 쳤다'라는 점에서는 제제의 말이 틀린 건 아니다. 하지만 제제가 '아케치 린코'의 과거 이력을 알고 있을 리가 없었다. 실수에 대해서는 손님들에게도 말하지 않았다. 그럼, 제제가 말한 '사고'라는 건 무엇을 가리키는 걸까.

"나였어……."

제제는 '아케치 린코'가 아니라 술 때문에 입을 잘못 놀려 '범인' 역을 맡게 된 눈앞의 여자를 향해 말한 것이다. 그렇다면 이건 분명히 역할에서 벗어난 발언이다.

왜? 부주의한 것도 정도가 있지. 고용인끼리의 대화였다면 어쩌다 보니 입 밖으로 튀어나온 것이라고 이해할 수도 있다. 고용인은 캐스트일 가능성이 높기 때문이다. 하지만, 린코는 탐정으로 섬에 왔다. 탐정 유희의 클라이언트─'탐정'일지도 모르는데, 역할에서 벗어난 이야기를 한다는 건 있을 수 없는 일이다.

제제가 말도 안 되는 멍청이가 아닌 이상 생각할 수 있는 이유는 하나다.

제제는 린코가 '탐정'이 아니라는 사실을 알고 있던 것이다.

이에 더해 린코가 사고를 친 대가로 참가하게 되었다는 것도 알고 있었다는 말이 된다. 그것도 이상했다. 제제는 어떻게 알았지? 운영이 '피해자'에게 '범인'의 본래 모습까지 알려줄 리가 없다.

"……."

뒤죽박죽된 생각을 차근차근 정리했다.

제제가 어떻게 '범인'의 본래 모습을 알았는지는 추측할 길이 없지만, 그보다 중요한 것은 왜 린코에게 자기가 알고 있다는 걸 밝혔는지다. 게다가 살해당하기 직전에-.

빵이 손에서 스르륵 떨어졌다.

"어라?"

아란이 당황했다.

바닥에 떨어진 빵은 이치하라가 바로 주웠다.

린코는 아무렇지 않은 척 이치하라에게 고개를 까딱했다.

"계속 말이 없는데 어디 안 좋은 거 아니에요?"

아란이 걱정하는 얼굴로 물었다.

"아니……잠시 제제 씨를 생각하느라요."

"그러셨군요. 그럼, 아케치 탐정의 추리를 들어볼까요?"

"아니에요."라고 말하며 넘어갈 생각이었는데 주위의 눈이 모두 이쪽을 향해 있어서 빼도 박도 못하는 분위기가 되었다.

"아직은 정리가 안 되어서요. 날도 밝았으니 이따가 한 번 더 크루즈선을 조사하고 오려고요."

"마견이 덮치면 어쩌려고?"

"나타나면 정체를 알 수 있으니 오히려 좋죠."

마견따위 존재하지 않는다는 사실을 린코가 누구보다 잘 알고 있었다.

"오, 스릴을 즐기는 편이시군요? 저랑 같네요."

아란이 만면에 경박한 웃음을 떠올렸다.

"여러분, 좋은 아침입니다."

가즈오미와 츠구테루가 식당으로 들어와 테이블 중앙에 나란히 앉았다.

"어젯밤은 많이 놀라셨을 텐데, 잠은 푹 주무셨습니까?"

츠구테루가 손님들을 걱정하며 물었다.

"네, 푹 잤습니다."

"저는 수면 부족이에요."

"술만 마시면 무슨 일이 있든 간에 잘 수 있지."

손님들이 제각각 대답했다.

"사콘 씨는요?"

미츠가 빈자리를 쳐다보았다.

"혹시 저녁형 인간이신가?"

아란이 빵을 우물거리며 농담을 던졌다.

"크루즈선을 조사하러 가셨을지도 모르겠네요."

가즈오미가 차분한 말투로 대답했다.

린코는 복잡한 마음으로 상황을 살폈다.

모두 지금은 심각하게 받아들이고 있지 않지만, 잠시 후 사콘이 죽었다는 걸 알게 되면 어떤 반응을 보일까. '탐정'뿐만 아니라 캐스트에게도 충격적인 일이다. 오히려 앞으로의 전개를 알고 있는 캐스트가 더 동요할지도 모른다.

캐스트에 따라 알고 있는 정보의 양에는 차이가 있다. 후쿠로코지처럼 모든 걸 파악하고 있는 사람도 있는 반면, 린코처럼 중요한 부분은 전해 듣지 못한 사람도 있다. 심지어 '희생자'에게는 거짓 정보를 주기도 한다.

"아······."

생각이 정리되었다.

'피해자'는 자신이 살해당한다는 사실을 모른다.

하지만, 만약 제제가 자신을 '피해자'라고 인식하고 있었다면······?

후쿠로코지의 질문이 머리를 스쳤다.

정말 나는 제제를 죽인 게 맞는 걸까-?

시체는 발견되었다. 하지만 술을 마신 척, 정신을 잃은 척, 그 모든 것이 연기였다면······.

"몰라······."

무력함이 입을 비집고 나왔다.

'탐정'에게는 더할 나위 없을 정도의 단서가 제공된다. 하지만 이쪽은 살인을 강요당하는데도 불구하고 지금 상황에 대해 아무것도 모른다. '탐정'의 정체뿐만 아니라 '아케치 린코'에게 살인을 지시하는 '진짜 범인'조차 누군지 알 수 없다. 결말도 전혀 가르쳐주지 않았다. 마지막 살인을 끝내면 잠자코 있어야 하는 게 '범인'의 숙명이라지만 해도 해도 너무했다.

앞으로 무슨 일이 벌어질지 모른다는 점에서는 살해당한 이시무로나 사콘과 똑같은 처지인 셈이다. 그들도 자신이 살해당할 거라고는 손톱만큼도 생각하지 않았을 것이다.

"……같아."

등줄기에 소름이 돋았다.

내가 '희생자'가 되지 않는다는 보장이 어디 있지? 처형 대상이었던 사람의 용도라면 충분히 말이 되었다. 마지막 살인을 끝내면 '아케치 린코'의 쓸모는 사라진다.

호흡이 거칠어졌다.

세 번째 살인이 더욱더 무서워졌다.

적어도 '희생자'로 만들지 않겠다는 약속이 필요했다. 아무 의미도 없는 약속이라는 것도 잘 알지만 기댈 것이 필요했다.

당장 지금이라도 도망칠까? 소용없다. 죽게 될 것이 분명하다.

"어떻게 하면 좋지……?"

눈을 질끈 감자 눈꺼풀 뒤로 제제의 날카로운 눈빛이 떠올랐다.

# 7.

후쿠로코지는 린코의 방에서 돌아온 후 너무 피곤한 나머지 사령실에서 꿈적도 할 수 없었다.

먼지투성이가 된 재킷을 벗자, 와이셔츠가 땀에 젖어 질척거렸다. 메구가 말없이 멀찌감치 떨어져 앉은 건 충격이었지만, 옷을 갈아입을 여유도 힘도 없어서 그 상태로 사콘을 어떻게 처리할지 이야기를 나누었다.

"언제까지 '탐정'에게 숨길 수 있을 것 같아?"

쓸만한 의견은 하나도 내지 않는 주제에 미야비는 시간에만 집착했다.

"아침 식사가 끝날 때까지가 한계겠죠."

"⋯⋯시간이 얼마 없네. 어떻게 할 건데?"

원래 이시무로의 죽음은 '탐정'들이 아침 식사를 시작할 때 맞춰서 알릴 예정이었으나 사콘의 처리 방법을 결정해야 해서 미루었다. 그러나 그리 오래는 끌 수 없었다. 이미 사콘의 부재를 궁금해하는 목소리가 '탐정'에게서 나오고 있을 뿐만 아니라 아침 식사 시간이 되었는데도 메이드인 이시무로가 나타나지 않는 것에 대해 다른 고용인들이 눈치채지 못하는 것도 부자연스럽다.

빠른 의사결정과 행동이 어느 때보다 필요한 한편, 섣불리 움직일 수는 없었다. 사콘의 죽음은 불의의 사고가 아니라 살해 의도가 명확한 살인이다. 진상을 짚고 넘어가지 않으면 나중에 지장을 초래할 리스크가 매우 높았다.

"앗……."

소각로의 녹화영상을 확인하던 반자키가 갑자기 놀라 소리를 냈다. 반자키와 고키에게는 모든 감시 카메라의 녹화영상을 확인하라고 지시해 두었다. 아무리 빨리 감기를 하면서 보더라도 모든 영상을 다 보려면 제법 시간이 걸린다. 단서가 될 만한 영상은 아직 발견되지 않고 있었다.

"후쿠로코지 씨, 이거……."

반자키가 보고 있던 건 소각로의 영상이었다. 모두 함께 이미 한 번 본 데다가 새까매서 아무것도 보이지 않았기 때문에 우선순위에서 제쳐두었던 영상이다.

"빨리 감기로 봤을 땐 노이즈인 줄 알았는데……."

반자키가 영상을 보통 속도로 재생했다.

영상에 표시된 시각은 오전 2시 52분. 린코가 뒷문의 불을 끄고 2시간 정도가 지난 뒤의 영상이었다.

"중앙에서 약간 아래쪽을 봐주세요."

반자키가 가리킨 모니터 위치를 지그시 쳐다보았다.

카메라는 어두운 곳을 찍을 때 기계적으로 명도를 높인다. 그래서 화면에 치지직 거리는 노이즈가 섞여 보이게 된다. 하지만 그렇게 해도 어두운 건 마찬가지라서 모니터에는 선명하지 않은 까만 화면만 가득차 있었다.

그런데 갑자기 반딧불 같은 작은 빛이 떠다니는 것이 보였다.

"이건······노이즈가 아니군."

빛은 잠시 떠다니더니 화면 밖으로 사라졌다.

"더 밝게는 할 수 없나?"

"크게 변하진 않을 겁니다."

반자키가 화면의 밝기를 올렸다.

화면 전체가 허옇게 될 때까지 밝기를 올려도 무언가 움직이고 있다는 것만 간신히 확인할 수 있을 뿐이었다. 다만, 빛이 벌레처럼 떠다니는 게 아니라 조명을 들고 있는 사람의 움직임이라는 건 추측할 수 있었다.

"라이터 아니면 펜라이트 같군."

이시무로가 살해된 다음 누군가가 소각로에 왔다. 아마도 거기에서 사콘을 죽였던가 이미 시체가 된 사콘을 옮겨 놓았을 것이다.

오전 3시가 되기 조금 전. 사령실에서 후쿠로코지와 메구가 교대하던 시점이다. 설마 소각로에서 무슨 일이 일어나고 있을 거라고는 전혀 생각하지 못했다.

하지만, 대체 누가-?동기와 실행 가능성까지 고려하면 누구인지 감조차 오지 않았다.

"······어디에서 온 거야."

미야비가 짜증 섞인 얼굴로 모니터를 노려보았다.

바깥으로 나갈 수 있는 루트는 세 가지. 모두 감시 카메라가 설치되어 있는 곳들이다.

첫 번째는 현관. 유일하게 모두가 알고 있는 루트지만, 크루즈선에서 시체를 발견한 일행이 저택으로 돌아온 뒤로는 아무도 현관을 열지 않았다. 엄밀히 말하면 대합실과 당구실을 통해서도 바깥으로 나갈 수 있긴 하지만 감시 카메라가 있는 현관 앞을 지나가야만 한다.

두 번째는 고용인실의 뒷문. 이쪽은 존재를 알고 있는 사람이 한정적이다. 린코가 이시무로를 옮긴 이후 '탐정'을 포함한 그 누구도 뒷문을 통해 출입하지 않았다.

마지막은 비밀 출입구. 운영 스태프가 사용하는 출입구로 '탐정'은 모르는 루트이다. 지하 2층의 숙소부터 운영 측의 배를 숨겨놓은 섬 뒤편까지 연결되어 있다. 보초도 서 있고 감시 카메라도 설치되어 있지만 밤중에 출입한 사람은 없었다.

"역시 창문이려나요."

다나카가 제어판까지 와서 말했다.

세 가지 루트를 사용하지 않았다면 밖으로 나가는 방법은 저택의 창문뿐이다. 이번 탐정 유희에서는 캐스트와 '탐정'들의 방에는 카메라가 설치되어 있지 않기 때문에 창문을 사용하면 복도에 설치된 감시 카메라에 찍히지 않고 밖으로 나갈 수 있다.

"캐스트들끼리 시비라도 붙은 건 아닐까요……."

"그랬을 가능성도 있지만, 왜 굳이 탐정 유희 중에 시나리오에 맞춰서 살해했는지가 설명되지 않아."

"그렇네요……."

"게다가-."

후쿠로코지가 반자키와 고키를 번갈아 보며 물었다.

"사콘은 방에서 나가지 않은 게 확실하지?"

"네, 크루즈선에서 돌아온 뒤로 한 번도."

고키가 대답했다. 사콘의 동선을 파악하기 위해 서관 객실 앞 복도를 촬영한 영상을 처음부터 끝까지 확인한 뒤였다. 사콘은 방에 돌아온 이후 단 한 번도 복도에 나오지 않았다. 바깥으로 나갔다면 창문을 통해 내려갔을 것이다.

"본인 말고 사콘의 방에 들어간 사람은?"

"없습니다."

"다시 말해 사콘이 창문으로 나갔다면 자신의 의지였다는 말이군."

"사콘은 뭘 하려고 했던 걸까요……사콘 역할을 맡은 사람은 어떤 사람인가요?"

다나카가 순수한 눈빛으로 물었다.

난 인사팀이 아니라고. 하여튼 내가 뭐든 알고 있다고 생각하지 말라니까.

후쿠로코지는 머쓱한 얼굴로 답했다.

"최근에 들어온 스태프 같은데, 자세한 건 나도 잘 몰라."

"불법 아르바이트 경유가 아니라 회사 소속인 거죠?"

"힌트 역할이니까."

"캐스트들 중 누군가에게 원한을 샀을 가능성은요?"

"……있을까요?"

후쿠로코지는 침묵을 지키고 있던 미야비에게 슬쩍 말을 돌렸다.

"그런 보고는 없었어."

미야비는 퉁명스럽게 대답했다.

"전직은요?"

"……글쎄 은행이랬나 증권회사랬나."

모호한 대답이었다. 들어온 지 얼마 안 된 스태프의 전직도 기억하지 못하다니. 설마 제대로 조사하지도 않고 채용한 건 아니겠지.

"이시무로가 살해된 다음 날이 밝을 때까지 저택 밖에는 적어도 두 사람이 있었단 말이 됩니다."

미야비에게서는 유용한 정보를 얻을 수 없다고 판단한 건지, 다나카가 말을 시작했다. 부쩍 말수가 늘어난 데다가 어느새 눈이 미스터리 마니아의 눈으로 변해 있었다. 평소라면 귀찮아질 징조였지만 지금 상황에서는 든든하기만 했다.

"한 명은 사콘, 또 한 명은 사콘을 죽인 사람. 두 사람이 함께 창문으로 나갔다면 미리 의논했다고 생각하는 게 자연스럽지 않을까요?"

같은 타이밍, 같은 루트, 그리고 둘 다 감시 카메라의 위치를 파악하고 있었다. 분명히 우연의 일치로 보기에는 어려운 일이다.

"캐스트와 '탐정' 중에 사콘과 관계있는 사람이 있는지 조사해 보시죠."

후쿠로코지가 제안하자 미야비가 고개를 가로저었다.

"그런 사람은 없어. 사콘은 채용한 지 얼마 안 됐으니까. 캐스트와 '탐정'들은 전부 처음 만나는 거라고."

"하지만, 그렇게 되면……."

다나카가 난감한 얼굴로 메구를 쳐다보았다.

메구는 어깨를 움츠리며 다나카의 시선을 피했다.

"……아니, 한 사람 더 있어."

저도 모르게 말을 뱉어놓고 후쿠로코지는 후회했다.

이렇게 일이 커질 줄이야-.

"누구?" 미야비가 날카로운 시선을 던졌다.

후쿠로코지는 단념했다. 크게 심호흡을 한 뒤 자백했다.

"제제입니다."

순간 사령실에서 소리가 사라졌다.

미야비가 입을 열기까지의 시간이 무척 길게만 느껴졌다.

"알아듣게 설명해."

"……크루즈선에서 발견된 소사체가 다른 사람일지도 모릅니다."

후쿠로코지는 시체를 보고 느꼈던 위화감을 설명했다.

다나카는 입을 꾹 다물었고 메구조차 얼굴을 찌푸리고 있었다. 반자키와 고키는 모니터에서 눈을 뗀 채 후쿠로코지를 물끄러미 쳐다보았다.

"……왜 말하지 않았지? 그게 진짜라면 첫 번째 살인부터 파탄 났던 거잖아! 무슨 생각으로 감추고 있었던 거야!"

미야비가 본성을 드러내며 소리쳤다.

"감추고 있던 건 아닙니다."

아니, 감추고 있었다. 귀찮은 일을 피하려고.

후쿠로코지는 미야비의 눈을 마주 볼 수가 없었다.

"지금 일은 책임져야 할 거야."

"네……."

미야비는 분노를 참고 있었지만, 사십 대 중반을 넘어선 나이에 혼나는 건 괴로웠다. 심지어 나이 어린 상사에게. 후쿠로코지는 아랫입술을 깨물며 참았다. 이 건에 대해서는 변명할 여지가 없었다.

미야비의 질책이 다시 날아들기 전에 누군가의 목소리가 들렸다.

"제제가 살아서 사콘을 죽였다는 건가요?"

얼굴을 들자 메구가 빤히 보고 있었다.

"……어디까지나 그럴 가능성이 있단 말이지. 그 시체가 제제라는 확신이 없어."

"어떻게 생각해요?"라며 메구는 곁눈질로 다나카를 보았다.

"만약 제제의 범행이라고 해도 사콘과 처음 만난 건 똑같아요. 여전히 동기가 불명확합니다."

다나카가 양손으로 머리를 감싸고 생각에 잠겼다.

두 사람 덕분에 미야비는 화를 낼 생각조차 사라진 듯 '흥'하고 콧방귀를 뀌었다.

파탄 나면 어떻게 되는지 알고 있지?

라고 후쿠로코지에게 눈으로 말하더니 발길을 돌렸다.

"본부에 보고하고 오지."

뒤돌아선 채 말하더니 사령실을 나가버렸다. 사츠키가 황급히 뒤를 쫓았다.

"미안하다."

미야비의 모습이 보이지 않을 때까지 기다린 후쿠로코지가 다나카와 메구에게 사과했다.

"저한테는 말씀해 주셨어야죠. 제가 작가잖아요."

다나카가 입을 삐죽거렸다.

"미안하다. 메구에게도 미안하게 됐어."

"아니요, 저는 딱히."

파탄이 나더라도 말단 스태프에게는 영향이 없다고 생각하는지 메구의 대답은 쌀쌀맞았다.

후쿠로코지는 사령실을 둘러보았다.

"여러분에게도 폐를 끼쳤습니다. 죄송합니다."

머리를 숙여 사과하자 반자키와 고키는 어색해하며 "아, 아닙니다"라며 모니터로 고개를 돌렸다.

다른 스태프들도 가볍게 인사하고 각자의 일로 돌아갔다.

유종의 미를 거두기는커녕 못 볼 꼴만 보이고 말았다.

심기일전하려는데 다나카가 속삭였다.

"저……아무래도 낌새가 수상하지 않나요?"

다나카의 시선이 미야비가 사라진 사령실 문을 향하고 있었다.

"너도 그렇게 생각했나?"

후쿠로코지도 이상하게 생각하고 있었다.

귀찮은 일을 숨기려 했던 것은 분명 후쿠로코지의 실수다. 하지만 사고를 숨기려 하는 건 원래 미야비의 전문이다. 지금까지 탐정 유희에서 일어난 온갖 트러블을 가능한 없던 일로 만들고 본부에도 보고하지 않았다. 그런 미야비가 이번에는 웬일로 먼저 보고를 하겠다고 나섰다.

"사콘의 정체에 대해서도 계속 모호한 답만 하고요."

"……사콘의 죽음과 관계가 있는 건가."

"글쎄요, 그것까지는……."

"알았어. 내가 좀 알아보지."

그냥 넘어가기엔 미야비의 행동이 영 수상했다.

"이따가 식당에서 두 번째 살인을 알릴 거다. 다나카와 메구는 그때까지 수정 사항에 문제가 없는지 확인하도록 해."

두 사람에게 작업을 맡기고 사령실을 나섰다.

계단을 내려가 급히 숙소로 달려가니 미야비가 사츠키와 방으로 들어가려는 참이었다.

"잠시만요!"

후쿠로코지의 외침에 뒤를 돌아본 미야비는 불쾌한 듯 미간을 찌푸렸다.

"사콘과 관련해서 제게 더 하실 말씀은 없으십니까?"

"무슨 쓸데없는 소리야."

후쿠로코지의 질문을 미야비는 일축했다.

하지만 그 눈이 미세하게 떨리는 모습을 후쿠로코지는 놓치지 않았다.

"왜 숨기시는지 모르겠지만, 그게 파탄을 피하는 것보다 중요한 건가요?"

"무슨 말을 하는지 모르겠네. 이대로 끝장나면 모두 당신 책임일 텐데?"

"그럴지도 모르지요. 하지만 만약 나중에 파탄의 원인이 사콘에게 있었다고 판명되면 저는 대처할 수 없었다고 본부에 보고할 겁니다."

"……."

미야비의 낯빛이 어두워졌다.

역시 무언가 숨기고 있다. 후쿠로코지는 확신했다. 부자연스럽게 온화한 태도, 줄어들었던 인력의 충원, 갑작스러운 근무 환경 개선. 완전히 다른 사람 같은 모습이었다.

"제가 몰라도 되는 거라면 물러나겠습니다. 하지만 시나리오에 조금이라도 영향을 줄 위험이 있다면 지금 말해주세요. 이미 긴급사태입니다."

미야비는 후쿠로코지를 노려보며 잠시 침묵했다.

"내가 부를 때까지 방에서 대기해."

미야비는 창백한 얼굴로 곁에 서 있던 사츠키를 방으로 돌려보낸 뒤, 자신의 방문을 열었다.

"들어와."

후쿠로코지는 미야비의 방으로 들어섰다.

침실과 책상이 딸린 거실로 구분된 방. 다른 스태프의 방보다 세 배는 넓어 보였다.

미야비는 앉으라는 말도 없이 이야기를 시작했다.

"사콘은……아니, 사콘을 연기한 남자는 본부 사람이야."

"본부요?"

선뜻 이해되지 않았다. 탐정 유희는 본부에서도 이루어진다. 아시아인 캐스트도 있겠지만, 굳이 일본지부에 배치할 이유는 없다. 게다가 경력 채용으로 꾸며서까지.

"꽤 번거로운 일을 벌이시는군요. 무슨 속셈인가요?"

"감사야."

미야비는 더러운 것이라도 뱉어내듯이 말했다.

"……본부가 감사원을 보냈단 말인가요?"

"일본지부의 매출이 떨어지는 원인을 조사하고 싶다더군. 비밀로 말이야."

"일개 캐스트인 척하면서 스파이 행세를 하고 있었단 거군요."

썩 유쾌하지는 않았지만, 비로소 지금까지의 일들이 이해가 갔다.

미야비의 묘한 행동은 감사의 눈을 의식한 행동이었던 것이다.

이상하게도 사콘에게는 그다지 화가 나지 않았다. 용서할 수 없는 건 미야비다.

"제게는 말씀해 주셔야 했던 거 아닙니까."

"당신도 제제 일을 숨겼잖아."

"그것과 이건 전혀 다르지요."

"……본부의 명령이라서 어쩔 수 없었어."

미야비가 어울리지 않게 풀죽은 모습을 보였다.

"게다가 감사의 진짜 목적은 나였어……사콘은 내가 본부에 있을 때 같이 있던 동료야."

"……일본인끼리의 경쟁이 있었다고는 들었습니다."

"일본으로 감사를 보내야 한다고 사콘이 주장했다는 것 같아. 나를 여기로 밀어낸 것도 모자라서 완전히 없애버리기 위해 온 거라고. 일본지부도 제대로 운영하지 못한다고 보고되면 난 이제 끝이야."

일본지부로 좌천된 것은 미야비의 자업자득이라고 들었지만, 굳이 입 밖으로 꺼내진 않았다.

"확실히 요즘 실적이 좋진 않아. 그래서 감사 때는 절대 실패할 수 없다고 생각했어. 수익뿐만 아니라 근무 환경을 비롯해 무엇이든 전부 완벽하게 보여야만 했다고. '그림'까지는 괜찮았는데……."

경쟁상대로서 미야비는 만만찮은 존재였을 터다. 사콘은 감사라는 명목 아래 라이벌을 없애기 위해 온 것이다.

"그런데……사콘이 살해당했군요."

"나도 마음이 복잡해. 기뻐하고 싶지만, 여느 때보다도 상황이 어려워졌어. 감사원이 살해당했으니 본부에 보고하지 않을 수도 없어. 바로 조사단이 파견되겠지. 자, 이제 됐나?"

"네, 감사합니다."

들어야 할 내용은 모두 들었다.

후쿠로코지는 인사를 하고 방문으로 향했다.

"후쿠로코지."

손잡이를 잡으려는 찰나 미야비가 불렀다.

"파탄만은 반드시 피해야 해. 더 이상 나쁜 상황은 생각하기도 싫어. 그리고―사콘이 살해된 경위도 밝혀내도록."

"……."

후쿠로코지는 꾸벅 고개를 숙이고 미야비의 방을 나왔다.

복도 구석에서 이쪽을 지켜보고 있던 사츠키가 황급히 몸을 돌렸다.

사츠키의 앞을 지나던 후쿠로코지는 발을 멈추었다.

"감사에 대해 알고 있었나?"

"네?"

사츠키의 표정이 바뀌었다.

"알고 있었던 것 같군."

"무슨 말씀인지 잘……."

사츠키가 눈을 내리깔았다.

"몰랐으면 됐어."

지나치려던 후쿠로코지의 앞을 사츠키가 몸으로 막아섰다.

"응?"

길이 막힌 후쿠로코지는 그 자리에 멈춰 섰다.

사츠키의 눈에는 후쿠로코지를 향한 비난이 담겨 있었다.

"저는 아무것도 듣지 못했지만……지부장님이 판단하신 거라면 무엇이든 그게 옳다고 생각합니다."

"무척 존경하나 보군."

처지가 다르면 보는 눈도 달라지는 건가. 의견에는 동의할 수 없지만 미야비에 대한 평가에 대해 왈가왈부할 생각은 없었다. 후쿠로코지는 흘려듣고 빨리 돌아가려 했다.

"제 생각이 잘못되었나요?" 하지만 사츠키는 조금도 물러설 생각이 없어 보였다.

"아니. 잘못되었다고는 생각하지 않아."

"후쿠로코지 씨도 저를 지부장의 개라고 생각하시죠?"

"내가 왜? 일이니까 곁에 있는 것뿐이잖아."

미야비의 곁에서 지시받은 일을 충실히 이행하는 사츠키는 종종 다른 스태프들과 부딪힐 때가 있었다. 그래서 사츠키를 두고 '지부장의 개'라고 부르는 사람이 있는 것도 사실이다.

"……저도 이 일을 시작한 이상 어떻게든 출세하고 싶어요. 아소 씨처럼 바이링구얼도 아니고 업무를 익히는 데에도 시간이 걸리지만……."

사츠키의 눈시울이 붉어졌다.

여기에도 스트레스에 짓눌리고 있는 사람이 있었군…….

자세한 사정은 모르지만 사츠키의 비통한 표정에 후쿠로코지는 동정할 수밖에 없었다.

"메구가 바이링구얼이었나?"

"모르셨어요?"

사츠키가 놀란 눈으로 되물었다.

"뭐, 알게 된 지 오래되지도 않았고. 영어를 잘하면 잘한다고 말해주면 좋았을 텐데."

"걔는 자기 능력에 자신이 있으니까 저를 무시하는 거예요."

"전혀 그렇지 않아."

"아니에요. 항상 대충하는 것처럼 보여도 맡은 업무는 확실하게 처리하죠. 걔가 우수하다는 건 저도 인정해요. 하지만 저보다 출세하는 건 참을 수 없어요. 저는 모든 걸 버리고 여기에 왔다고요……."

메구가 출세를 바랄 것 같진 않지만, 젊을 땐 누구나 자신과 타인을 비교하기 마련이다.

"사정이 있는 것 같군. 아, 말할 필요 없어. 여기 있는 스태프들은 모두 과거에 상처를 겪고 오니까 말이야. 너 혼자 뒤처지는 것 같다고 생각하면 그건 큰 오산이야."

사츠키의 얼굴에서 험악함이 사라졌다.

"아, 저는……꼭 출세를 위해서 지부장님의 개로 있는 건 아니에요!"

"알고 있어. 그런데 스스로 개라고 하는 건 괜찮은 건가?"

"괜찮아요, 예전에는 안 괜찮았지만……. 후쿠로코지 씨라도 알아주셨으면 좋겠어요. 지부장님은 정말 힘드시다고요. 다른 직원들보다 훨씬 고생하고 계세요. 그러니까 저라도 힘이 되어 드리고 싶어요."

"정말 감사에 대해서는 몰랐던 거고?"

"……듣진 못했지만, 어렴풋이는……. '바스커빌'과 '그림' 안건이 시작될 무렵부터 지부장님의 모습이 어딘지 이상해서……."

"그렇군……그럼, 이 섬을 다음에 사용하는 건 언제지?"

"다음 사용 스케줄이라면……확인해 봐야."

"가까운 시일 내에 사용할 예정이었다면 조정이 필요할 수도 있어. 본부의 조사가 들어올 거다. 지부장님과 상의해 보는 게 좋을 거야."

"알겠습니다."

"그리고……담배를 피나?"

"네?"

"그동안 몰랐는데 살짝 냄새가 나는군. 힘든 일도 있겠지만 지부장님은 피지 않으시니 주의하도록."

"……네. 감사합니다."

사츠키가 인사를 하고 옆으로 비켜서더니 킁킁거리며 옷소매 냄새를 맡았다.

겨우 길이 뚫려서 후쿠로코지는 숙소에서 나왔다.

다나카와 메구를 무선으로 사령실 밖으로 불러내었다.

계단을 오르자 이미 두 사람이 기다리고 있었다.

"사콘은 본부의 감사원이었어."

듣는 사람이 없는지 확인한 다음 후쿠로코지는 미야비와의 대화 내용을 두 사람에게 전달했다.

다른 스태프들에게는 이번 건이 끝난 후에 공유하기로 했다. 애초에 사콘의 목적이 미야비의 실각이었다면 말단 스태프들과는 아무런 관계도 없는 일이다. 쓸데없이 동요할 일은 만들고 싶지 않았다.

아니나 다를까, 다나카와 메구의 반응도 담백했다. 자신들의 평가와는 영향이 없을 테니 뭐 당연하겠지, 라고 후쿠로코지는 혼자 수긍했다.

"사콘의 정체가 시나리오에 영향을 줄까?" 당장의 걱정을 다나카와 상의했다.

"아니요. 시나리오와는 관계없으니까요……그렇죠?"

다나카는 메구에게 동의를 구했다.

"왜 자꾸 나한테 물어요. 괜찮을 것 같아요. 지금은."

"지금은?"

메구의 말이 마음에 걸렸다.

"아직 무슨 일이 벌어질지 모르니까요."

"불길한 말 하지 마."

후쿠로코지는 나선계단을 올라갔다. 집사실에서 먼지와 땀투성이인 옷을 갈아입으며 무선으로 고용인 세 명과 앞으로의 절차를 공유했다. 식당에 도착하니 모두 식사를 마치고 커피를 마시고 있었다.

후쿠로코지는 심각한 표정을 지으며 안으로 들어갔다. 나란히 앉은 아마타야 형제 사이에서 귓속말을 했다.

"……사콘 씨가?"

두 사람이 입을 모아 놀랐다.

"네. 사콘 님입니다. 그리고 고용인 한 명이 보이지 않습니다."

후쿠로코지가 다시 한번 강조했다. 원래대로라면 이시무로가 행방불명되었다고 보고하고 모두 함께 소각로로 가서 시체를 발견할 예정이었지만 사콘의 시체가 나뒹굴고 있는 이상 그쪽을 먼저 보고해야 흐름이 자연스러웠다. 캐스트에게도 이미 변경 사항을 공유해 놓았다.

"여러분, 놀라운 일이 벌어졌습니다."

츠구테루가 손님들을 둘러보며 입을 열었다.

"마견에 의한 두 번째 살인이 일어난 것 같습니다."

"살인이요……?"

아카리의 시선이 빈자리로 향했다.

"네. 희생자는 사콘 씨입니다."

식탁이 정적에 휩싸였다.

'탐정'조차도 히죽거리지 못하고 있었다.

"또 고용인 한 명도 행방불명입니다."

츠구테루가 말을 이었다.

후쿠로코지가 이시무로의 건도 같이 보고한 건 단서와 연결되기 때문이다. 하지만 힌트 역할이 움직이지 않고 있었다. 절차를 잊어버리고 있는 건가.

후쿠로코지는 슬그머니 린코를 쳐다보았다.

멍하니 다른 생각을 하고 있었다.

이게, 진짜 잊어버렸나······.

후쿠로코지가 헛기침해도 린코는 눈치채지 못했다.

제대로 좀 하라고!

후쿠로코지가 린코를 노려보았다.

겨우 시선을 눈치챈 린코와 후쿠로코지의 눈이 마주쳤다.

"아······아······."

당황한 기색이 역력했다.

빨리 말해!

후쿠로코지가 눈으로 재촉하자 린코는 천천히 입을 열었다.

"시, 시체를 보러 가죠. 메이드도 무사하지 않을지도 몰라요······."

형편없는 연기였다. 사콘이 없어서 다행이었다. 점수를 매겼다면 가장 밑바닥이었을 것이다.

후쿠로코지는 애써 표정을 숨기며 모두를 소각로로 유도했다.

"사콘 님은 소각로에 쓰러져 계셨습니다. 여러분도 함께 가시겠습니까?"

"물론이죠!"

아란이 기세 좋게 일어섰다.

## 8.

후쿠로코지의 안내에 따라 일동은 식당을 나섰다.

린코는 힘없이 가장 맨 끝에 서서 따라갔다.

나는 앞으로 어떻게 되는 걸까, 불안한 나머지 주어진 대사도 잊어버렸다. 분노로 가득 찬 후쿠로코지의 눈을 떠올리자 마음이 무거웠다.

괴문서가 그대로 박혀 있는 현관문을 열고 나간 후쿠로코지가 발걸음을 멈추었다. 무슨 일인가 싶어 고개를 빼고 보니 후쿠로코지가 이쪽을 보고 있었다.

나 또 뭔가 잊어버린 건가······?

하지만 소각로까지 가는 도중에 따로 할 일은 분명히 없었다.

"무슨 일이지?"

가던 길을 멈춘 가즈오미가 후쿠로코지에게 물었다.

"아니요······그게······."

후쿠로코지의 상태가 이상했다. 여전히 빤히 이쪽을 쳐다보고 있었다. 그 시선은 린코와 현관문 앞 바닥을 번갈아 향했다.

"아······."

저도 모르게 소리가 나왔다.

여러 일들이 있던 탓에 완전히 까먹고 있었지만, 이곳은 바로 거짓 증거로 쓰일 후쿠로코지의 손수건을 떨어트린 장소였다. 그런데 손수건이 보이지 않았다. 현관 지붕과 벽으로 막혀 있어 바람에 날아갈 일도 없는 곳이었다.

후쿠로코지가 어떻게 된 거냐며 눈으로 물었다.

그런 눈으로 봐도 모른다고요!

린코가 고개를 갸우뚱하자 후쿠로코지는 어깨를 축 늘어트리고 다시 걷기 시작했다.

따라 걸으며 린코도 주변을 둘러보았지만, 손수건은 어디에도 떨어져 있지 않았다.

저택의 뒤편에 들어서니 소각로와 쓰러져있는 사콘의 모습이 보였다.

"정말 죽었네, 으흐흐."

앞서 걷던 마에가네의 웃음소리가 들렸다.

"불경스럽네요, 마에가네 씨."

"헤헤, 그쪽도 즐기고 있으면서 뭘."

아란에게 주의를 받은 마에가네가 깐죽거렸다.

소각로 앞에 도착하자마자 아카리와 마에가네는 사콘의 시체 곁에 무릎을 굽히고 앉았다.

후쿠로코지에게서 미리 듣기는 했지만, 린코는 눈앞의 광경이 도무지 현실처럼 느껴지지 않았다. 바로 몇 시간 전만 해도 여기에 사콘의 시체는 없었다.

이 섬에서 무슨 일이 벌어지고 있는 거지……?

린코는 주위를 살폈다. 소각로의 불은 꺼져 있었다. 안에 이시무로가 있다는 것을 '탐정'은 아직 눈치채지 못한 것 같았다. 금방 발견될 거라는 사실을 알고 있으면서도 안절부절 어쩔 줄 몰랐다.

"척살인가."

아카리는 겁내는 기색도 없이 나이프에 찔린 사콘의 목을 다양한 각도에서 살폈다. 아카리와 달리 미츠는 멀찌감치 떨어져서 시체를 보고 있었다. 하지만 표정은 흥미진진해 보였다.

"저도 잠시 실례하죠."

츠구테루도 조사에 가세해 사콘이 입고 있는 옷을 여기저기 뒤지기 시작했다.

아란을 사콘의 시체로 몰려든 사람들과 떨어져 소각로 주위를 조사하고 있었다.

"또 괴문서가……?"

아란이 테두리가 까맣게 타버린 쪽지를 주워들었다. 린코가 남겨둔 단서였다.

"아니, 괴문서는 아니군."

모두의 시선을 집중시킨 아란이 쪽지에 쓰인 글씨를 읽었다.

"'엘시 펜윅이 어디 묻혀 있는지 알고 있다'."

"호오-."

시체 옆에 쭈그리고 앉아있던 마에가네가 고개를 들었다.

"무슨 뜻이지? 엘시가 누군데?"

미츠가 누구에게랄 것도 없이 의문을 던졌다.

"카의 『흑사장 살인사건』에 나오는 한 구절이야."

신나서 대답하는 아란에 이어 아카리가 덧붙였다.

"엘러리 퀸의 다음은 존 딕슨 카. 이걸로 확실해졌네요. 괴문서의 서명은 세계 3대 미스터리 작가예요. 이제 남은 사람은 애거사 크리스티."

"그렇다면 조금 유감인데."

다시 시체로 눈을 돌린 마에가네가 얼굴을 훑어보며 말했다.

"유감이라뇨?"

"『흑사장 살인사건』을 언급해 놓고 겨우 척살이라니. 흉기가 아이스픽인 것까진 좋았는데 마견의 살인 방법도 시시하게 변했구먼. 그렇지? 아가씨들도 영 성에 차지 않잖아?"

마에가네가 린코와 미츠를 향해 음흉하게 웃었다.

"난 그런 잔혹한 말은 하고 싶지 않거든요."

미츠는 애교 섞인 웃음을 지었지만 린코는 무시했다.

사콘의 시체에 마견의 흔적이 없는 건 당연했다. 살해한 사람이 다르니까.

"그런데 엘시 펜윅이라는 이름은 짚이는 데가 있으신가요? 혹시 이 저택과 관계가 있는 사람인가요?"

아란이 가즈오미에게 물었다.

"글쎄요. 기억나지 않습니다. 후쿠로코지, 자네는 어떤가?"

가즈오미의 질문에 후쿠로코지도 고개를 흔들었다.

"아니요. 저택과 관련 있는 사람은 아닙니다."

"그럼 『흑사장 살인사건』과 관련짓기 위한 메모라는 말인가······음, 타버린 종이조각에 쓰인 『흑사장 살인사건』을 나타내는 구절이라······."

아란이 한 손을 주머니에 찔러 넣고 쪽지를 응시했다.

"······설마. 후쿠로코지 씨, 소각로 안에는 뭐가 있죠?"

"쓰레기를 태우고 남은 재가 들어있을 겁니다."

"열어봐 주실 수 있을까요?"

"네? 아, 네."

아란의 요청에 후쿠로코지가 소각로를 열었다.

린코는 몸을 움츠렸다.

"으아아악!"

후쿠로코지가 다소, 아니 매우 과장되게 놀라며 뒷걸음질 쳤다.

모두의 시선이 소각로로 향했다.

린코의 위치에서도 이시무로의 다리가 보였다.

마음의 동요가 피부에 나타났다. 머리가 인식하기도 전에 닭살이 돋았다.

"이시무로 씨에요?"

아카리의 질문에 후쿠로코지는 확답을 하지 못하고 머뭇거렸다.

"이, 이렇게 봐서는 잘······."

이시무로의 시체는 머리가 안쪽에 있어서 밖에서는 누군지 알 수 없었다.

"빨리 꺼내자고. 으ㅎㅎ, 확인해 봐야지."

마에가네가 부추겼다.

"부탁해요."

아란이 후쿠로코지를 향해 웃어 보였다.

"제, 제가요?"

예정되어 있던 일이면서 후쿠로코지는 당황한 척했다.

"알겠습니다……."

후쿠로코지는 마지못해서 하는 시늉을 하며 시체를 소각로에서 끌어내었다.

엎드려 있던 시체는 다행히 전소되는 것만은 면한 상태였다. 소각로 바닥에 닿아있던 곳은 타지 않고 원래 모습이 남아있었다. 옆얼굴도 똑똑히 판별할 수 있었다.

"기억나네요. 이시무로 씨가 맞군요."

아란이 후쿠로코지의 옆에 서서 시체를 내려다보았다.

"네……이시무로입니다."

"어딨는지 찾았네요."

시체의 신원이 밝혀지고 모두가 성취감에 취해있을 때 린코는 남몰래 떨고 있었다.

이시무로는 발견된 자세 그대로 사콘의 옆에 놓였다. 엎드린 자세에서 얼굴은 옆을 향하고 있었다. 하지만 린코는 범행 당시 이시무로를 똑바로 누운 자세로 소각로에 넣었다. 자세가 바뀌어 있었다.

설마 소각로에 불이 들어왔을 때 이시무로가 의식을 되찾기라도 했던 걸까. 살아있는 상태로 불에 타서 몸부림치며 괴로워하다가 자세가 바뀐 걸까. 린코는 가슴을 부여잡았다.

"어라, 요것 봐라."

멋대로 이시무로의 시체를 뒤집은 마에가네가 복부로 얼굴을 들이밀었다.

"……사인 발견."

대체 무슨 말을 하는 거야, 이 기분 나쁜 남자가……. 겉모습만 보고 약 먹인 걸 알아내기라도 했다는 거야?

린코는 마에가네의 어깨 너머로 시체의 복부를 쳐다보았다.

타다 남은 메이드복이 구멍이 뚫린 채 까맣게 변해 있었다.

마에가네가 옷을 들치자, 복부에 찔린 상처가 나타났다. 오래된 상처는 아니었다. 피는 멎어 있었지만, 생긴 지 얼마 안 되어 보이는 구멍이 몇 개나 뚫려 있었다.

"거짓말……."

눈을 의심했다. 이시무로를 찌른 적도 없거니와 이렇게 큰 상처를 이시무로가 감추고 있었을 리도 없었다.

얼굴을 들자 후쿠로코지와 눈이 마주쳤다.

린코는 작게 고개를 옆으로 저었다.

**흑사장 살인사건**

후쿠로코지는 의심스럽다는 듯 눈을 가늘게 뜬 채 시체로 시선을 돌렸다.

정말 내가 찌른 게 아니라고……

아마 믿고 있지 않을 후쿠로코지를 원망했다.

그리고 떠올렸다. 집요하게 제제의 생사를 신경 쓰던 후쿠로코지를.

설마 제제는 죽지 않았고 크루즈선에 있던 시체는 다른 사람이었던 걸까. 후쿠로코지는 확실하게 말해주지 않았지만, 그렇게까지 신경 쓰는 걸 봐서는 적어도 가능성은 있는 것 같았다.

그렇다면 어젯밤, 크루즈선에 방치된 제제와 누군가가 접촉했다는 말이 된다. 사콘의 살해만 봐도 또 다른 살인범이 존재하는 건 분명하다. 이시무로를 찌른 것도-.

숨이 트였다.

시야의 안개가 걷혔다. 심장을 찌릿찌릿하게 찌르는 것 같던 가슴 통증도 사라졌다.

이시무로와 제제에게 먹인 약은 정신을 잃게 할 뿐 죽는 건 아니라는 설명을 들은 기억이 났다. 이시무로를 죽인 게 다른 사람이고 크루즈선의 시체도 제제가 아니라면……나는 살인을 저지르지 않았을지도 모른다.

하지만 잠시 보였던 희망의 빛은 바로 어두운 구름에 가려졌다. 아직 세 번째 살인이 남아있었다. 거기에서 손을 더럽히면 결국 난 살인자가 된다.

무언가 방법이……. 

린코는 시체를 조사하고 있는 손님들과 아마타야 형제를 관찰했다.

"그래!"

린코는 가슴 앞에서 짝하고 손뼉을 쳤다.

옆에 있던 미츠가 싱긋 웃으며 돌아보았다.

"어머, 뭔가 떠올랐어요?"

미츠는 린코가 사건을 추리하고 있다고 생각한 듯했다.

"……아니요. 아직 추리라고 부를 만한 단계가 아니라서요."

린코는 슬쩍 둘러대고 다시 생각했다.

이미 두 번째 살인까지 일어났다. 이유는 모르겠지만 사콘까지 더해져 피해자는 세 명.

충분하다-.

세 번째 살인이 일어나지 않더라도 탐정 유희는 성립한 것이다.

다음 살인을 저지르기 전에 '탐정'이 '범인'을 찾아내면 그 자리에서 바로 탐정 유희는 끝난다. 다시 말해 '탐정'이 '아케치 린코'의 범행을 밝혀내면 되는 것이다. 그러면 살인에서 벗어날 수 있다. 만약 운영 측에서 준비한 결말이 '범인'의 죽음이라고 해도 도중에 막이 내리면 살 수 있을지도 모른다.

문제는 '탐정'에게 수수께끼를 풀게 할 방법이다. 세 번째 살인이 코앞으로 닥쳤다. 느긋하게 에둘러 유도할 시간이 없었다. '결정적 증거'를 '탐정'에게 보여주는 수밖에 없었다. 다행히 그 증거는 가방에 들어있었다. '진짜 범인'으로부터의 살인 지시서다.

하지만 저택의 모든 사람에게 보여주고 다닐 수도 없는 노릇이다. '탐정'이 아닌 사람에게 지시서를 보여줬다가 운영 측에 알려지기라도 하면 바로 처형당할 것이 뻔했다.

'탐정'을 찾아내서 지시서를 보여준다. 그것만이 목숨과 영혼을 지킬 유일한 방법······.

린코의 눈에 굳은 결의가 맴돌았다.


## 9.

갑작스럽게 사콘의 목에서 아이스픽이 거침없이 뽑혔다.

흠칫 놀라는 후쿠로코지의 앞에서 '탐정'은 아이스픽을 손에 들고 싱긋 웃었다.

"끝이 사각이군. 좀 특이한 모양이네."

'탐정'은 사콘의 목에 뚫린 구멍을 보더니 시선을 이시무로의 복부로 돌렸다.

"이쪽도 찔린 상처가 사각형."

후쿠로코지도 이시무로의 상처를 봤을 때부터 알아차렸다.

이시무로를 찌른 흉기는 사콘의 목에 박힌 아이스픽이었다.

하지만 이시무로를 찌를 필요가 있었나?

린코의 범행은 처음부터 끝까지 지켜보고 있었다. 본인도 찌르지 않았다고 눈으로 말하고 있다. 린코의 짓이 아니라면 사콘을 찌른 사람이 이시무로도 찔렀다는 말인데 가만히 놔둬도 어차피 죽을 이시무로를 굳이 왜-?

〈가마모토입니다. 후쿠로코지 씨.〉

보청기 모양의 이어폰으로 호출이 들어왔다.

후쿠로코지가 사람들을 소각로에 데리고 간 다음 크루즈선의 시체를 보러 가도록 가마모토와 와카바야시에게 지시해 두었다.

〈치열이 가지런합니다. 덧니도 없습니다.〉

역시 그렇군······.

후쿠로코지는 구역질이 올라오는 시늉을 하며 자리를 떠났다. 입을 막은 상태로 무선을 사용했다.

"후쿠로코지다. 틀림없지?"

〈네. 샅샅이 살펴보았습니다. 달라붙은 피부를 벗겨내서-.〉

"그렇게까지 할 필요는 없어. 송곳니는?"

〈송곳니의 위치도 위아래 모두 정상이고 음식을 씹는 데도 아무 문제 없는 치열입니다.〉

"······알겠어. 고맙네. 저택으로 돌아오도록 해."

시체는 다른 사람이다. 괴롭지만 인정할 수밖에 없다.

제제는 살아있는 건가?

카메라의 사각지대를 이용해서 바다에 뛰어들었다는 건 정신을 잃은 것도 연기였다는 말이다.

제제는 자기가 살해당할 거라는 사실을 알고 있었나?

그 소사체는 누구지?

새로운 수수께끼가 연이어 나타났다. 이러고 있는 동안 츠구테루가 사콘의 주머니에서 손수건을 꺼냈다.

린코에게 건넨 '거짓 증거'였다.

저걸 왜 사콘이 갖고 있지?

"이 손수건은······."

츠구테루가 손수건을 펼치자 자수로 새겨진 후쿠로코지의 이름이 보였다. 갑작스럽게 준비하느라 바느질이 형편없지만 어쩔 수 없었다.

"어? 그건 제 손수건? 어디 떨어트린 줄 알았는데······."

일단 자신의 물건이라고 밝혔다. 너무 노골적으로 단서를 제시하면 '탐정'의 심기를 거스를지도 모르므로 적절한 수위 조절은 필수다.

"사콘 씨의 주머니에서 나온 건가요?"

갑자기 린코가 큰 소리로 물었다.

그런 대사는 준 적도 없고 지금은 애드리브도 필요 없다.

"츠구테루 씨, 이건 단서가 될 수 있지 않을까요?"

린코는 츠구테루의 얼굴을 빤히 쳐다보았다.

"그렇네요······어째서 사콘 씨가 후쿠로코지의 손수건을 가지고 있었는지."

츠구테루가 린코의 기세에 밀리고 있었다.

린코는 아란을 향해 고개를 돌렸다.

"아란 씨는 이상하다고 생각하지 않으세요?"

"뭐……관계가 있을지도 모르겠네요."

항상 말이 많은 아란도 슬쩍 발을 뺐다.

"가즈오미 씨는 어떻게 생각하세요?"

린코는 차례대로 의견을 물었다. 힘들게 준비한 '거짓 증거'에 주의를 집중시키려는 건가. 그렇다면 쓸데없는 짓이다. 강조하면 할수록 오히려 더 수상해 보이기만 하잖아.

"마에가네 씨도 시체만 보고 있지 말고요. 증거품일지도 모른다고요."

린코가 마에가네의 눈을 빤히 쳐다보며 닦달했다.

애써 준비한 '거짓 증거'를 헛되게 만들 수는 없지.

후쿠로코지가 린코의 앞을 막아섰다.

"어디에 떨어트렸는지 잘 모르겠지만, 사콘 님이 주워 주셨었나 보네요."

"아……그래요."

저도 모르게 설쳐댔다는 걸 깨달았는지 린코는 그제야 물러섰다.

그 모습을 보던 후쿠로코지는 불길한 예감에 휩싸였다. 예전에도 느꼈던 적 있는 불쾌함이었다.

"조사할 시간이 더 필요하실까요?"

"이제 대충 다 본 것 같은데요."

아란이 시체와 소각로를 둘러보며 말하자 모두 고개를 끄덕였다.

"아!"

미츠가 손바닥을 맞부딪혔다.

"혹시 사콘 씨와 이시무로 씨가 어젯밤에 같이 있었던 게 아닐까요?"

"몰래 만났다고요? 손님과 고용인이?"

미츠의 발언에 아카리가 눈썹을 찡그렸다.

"으흐흐, 하긴 저 남자 꽤 놀아봤을 것 같긴 했지."

마에가네가 사콘의 시체를 내려다보며 비릿하게 웃었다.

순간 경직되었던 분위기가 풀어졌다.

"사콘 님은 어디 계셨는지 모르지만, 이시무로는 고용인실에서 대기하고 있었을 겁니다."

여기에서의 단서는 모두 나왔기 때문에 후쿠로코지는 다음 현장으로 사람들을 유도하기 시작했다.

"고용인실도 볼 수 있을까요?"

아란의 말을 기다렸다는 듯이 후쿠로코지는 뒷문을 열고 일동을 고용인실로 안내했다.

"이건……음식 부스러기인가?"

고용인실에 들어서자마자 츠구테루가 테이블 위에 떨어져 있던 쿠키 가루를 발견했다. 린코가 일부러 흘려놓은 것이다.

"쿠키 같네요."

가즈오미가 가루를 손으로 집어 들었다.

그 옆에서는 아란이 싱크대로 향했다.

"여기에는 컵이 두 개 있네요."

"사콘과 이시무로가 사용한 건가."

마에가네가 '흥'하며 콧바람을 내뿜었다.

사콘의 죽음이 뜻밖에도 미스리딩 역할을 하게 되는 걸 보면서 후쿠로코지는 복잡한 기분이 들었다.

"음, 남녀가 단둘이 차를 마시고 쿠키 부스러기만 흘리는 게 말이 되나요?"

미츠가 이의를 제기했다.

"여자끼리는 말이 되고요?"

"가끔은 그렇죠."

아란의 짓궂은 농담을 미츠가 맞받아치자, 고용인실이 웃음소리로 가득 찼다.

시체를 본 지 얼마나 되었다고 농담을 주고받다니. 정말 이상한 공간이 아닐 수 없다.

후쿠로코지는 마지막이 될 직장의 풍경을 바라보며 자조했다.

"고전적으로 생각하면 이시무로 씨와 함께 있던 사람이 범인 아닐까요."

아카리가 의견을 제시했다.

"그럼, 미츠 씨의 가설에 의하면 범인은 여성이겠군요?"

아란이 장난스럽게 되받았다.

"바, 반드시 그럴 거라는 법은 없는 거잖아요!"

과하게 정색하며 부정하는 린코의 모습에 후쿠로코지는 기가 찼다.

린코의 말은 필요 없을 뿐만 아니라 동요하는 것처럼 보이기 딱이었다. 스스로 범인이라고 밝히는 것이나 마찬가지다.

"저는 부스러기를 잔뜩 흘릴지도 모르겠습니다! 워낙 조심성이 없어서요."

수상한 린코의 이미지를 지우기 위해 억지로 끼어들었다.

"여성을 앞에 두고도 칠칠치 못하게 먹는 남자도 있으니까요."

아카리가 마에가네를 흘겨보며 말했다.

"그런가."

마에가네는 아랑곳하지 않았다.

"지문은? 사콘 씨의 손가락에서 지문을 채취하면 되잖아요?"

미츠가 또 좋은 생각이 났다는 듯 손가락을 치켜들며 말했다.

"경찰이 오지 않는 이상 힘들지."

아카리가 쓴웃음을 지었다.

"여기는 지금 클로즈드 서클이라서 지문 채취나 약물 검사 같은 건 못한다고."

"흐음."

"나이스 아이디어라고 생각했을 텐데."

아란이 시무룩한 미츠를 놀렸다.

"나빴어!"

미츠가 발끈했다.

어떻게 잘 넘어간 건가.

안도의 한숨을 내쉬는 후쿠로코지의 눈에 분한 표정을 한 린코의 얼굴이 보였다.

다시금 불길한 예감이 들었다. 동시에 기시감도 들었다.

후쿠로코지는 불쾌한 기억의 출처를 찾았다.

……다나카다.

1년 전, 후쿠로코지가 맡았던 탐정 유희의 '피해자' 역할로 참가했던 다나카는 단역 캐릭터인 주제에 쓸데없는 발언을 계속해서 시나리오를 파탄의 위기에 빠트렸다. 나중에야 그 발언들이 살기 위한 행동이었다는 사실이 밝혀지면서 옥신각신한 끝에 다나카는 목숨을 연명하고 탐정 유희의 작가가 되었다. 당시 다나카 때문에 살얼음판을 걷는 것처럼 아슬아슬했던 그 느낌이 지금 린코에게서 느껴지고 있었다. '거짓 증거'를 어필한 것도 사람들의 반응을 보고 '탐정'을 찾아내기 위한 것은 아니었을까. 아니면 극도의 긴장감 때문에 폭주하는 걸까.

어떤 쪽이든 여기는 빨리 마무리 지어야 했다.

후쿠로코지는 사람들을 바라보며 슬그머니 해산을 제안했다.

"조사가 끝나셨으면 여러분 모두 객실이나 응접실에서 쉬시는 게 좋을 것 같습니다."

살인 현장이 아니다 보니 아까보다는 흥미가 떨어져 있기도 해서 모두 별다른 저항 없이 고용인실을 나섰다. 린코는 후쿠로코지와 눈을 마주치려 하지 않았다.

린코 자식, 설마 이상한 생각을 하는 건 아니겠지…….

폭주가 점점 더 심해지면 세 번째 살인을 저지르기 전이라 해도 어떻게든 손을 써야 했다. 예정된 살인을 모두 소화하는 것보다도 파탄을 막는 것이 우선이다.

후쿠로코지는 사람들이 완전히 사라지는 걸 기다렸다가 지하로 내려갔다.

사령실에서는 다나카가 전혀 생각하지 못한 일로 고민 중이었다.

"제가 '거짓 증거'를 만들어서 사콘이 죽게 된 건 아니겠죠?"

사콘의 죽음과 '거짓 증거'를 추가한 일에 인과 관계가 있는 건 아닌지 신경 쓰이는 모양이었다.

"사콘이 손수건을 갖고 있어서 그런 거야?"

"네."

이미 세 명이나 사람을 죽이는 시나리오를 쓴 주제에 예정에 없던 사람이 죽었다고 괴로워하는 게 우스웠지만, 다나카답다면 다나카다운 모습이었다.

"글쎄다. 이번은 사콘의 죽음만이 아니잖아."

"그렇지만……."

후쿠로코지는 말없이 다나카의 어깨를 강하게 움켜쥐었다.

"으윽!"

"네가 지금 해야 할 일은 뭐지?"

"……그게…….."

"일을 해야지! 일을!"

큰 소리로 호통치자 다나카의 눈빛이 변했다.

미스터리 마니아의 눈이 아니다. 작가의 눈.

"다시 한번 묻겠다. 네가 지금 해야 할 일은 뭐지?"

"……시나리오를 진행시키는 겁니다."

"맞아."

"그리고-."

"뭐?"

다나카가 말하는 도중에 끼어드는 바람에 후쿠로코지는 하던 말을 끝내지 못했다.

"잡을 겁니다. 제 시나리오를 망쳐 놓은 범인을."

미스터리 마니아 작가인가.

후쿠로코지는 씁쓸하게 웃었다.

무언가를 미칠 정도로 좋아하는 사람에게는 절대 이길 수 없다. 자신은 끝내 손에 넣지 못한 반짝임을 다나카는 처음부터 갖고 있었다.

다나카에게 했던 질문을 자신에게 그대로 던진다면……내가 지금 해야 할 일은 최선을 다해 젊은 직원을 돕는 일이다.

"가마모토의 무선은 들었지?"

"네. 제제는 살아있을지도 모르겠어요."

"그리고 아마도 이시무로는 아이스픽에 찔려서 죽은 것 같아."

"네. 심야의 영상을 다시 확인했는데 린코는 찌르지 않았어요."

"그렇겠지. 그럴 이유도 없고. 린코가 이시무로를 소각로에 넣은 게 오전 1시 전이니까 찔린 건 그 이후야. 사콘이 살해당한 건 그보다 더 뒤거나 거의 동시. 아직 숨이 붙어있던 이시무로를 찌르고 같은 흉기로 사콘을 죽였겠지. 소각로 앞에서 빛이 떠다니던 시간과도 일치해."

"하지만 이상해요······."

"뭐가?"

"음, 잘 설명을 못 하겠는데."

다나카가 양손으로 머리를 감싸 쥐었다.

"죽인 건······"

메구가 옆에서 물었다.

"제제인가요?"

그 말을 들은 다나카의 얼굴이 굳었다.

후쿠로코지도 말문이 막혔다.

살해당할 예정이었던 제제가 살아서 탐정 유희의 관계자를 죽이러 돌아다닌다. 상상하는 것만으로도 등줄기가 서늘해졌다. 원래부터 잔혹한 남자다. 섬을 빠져나가는 것도 어렵다. 어떻게 시나리오를 알고 있는지는 알 수 없으나 자신을 죽이려 한 사람들에게 복수하려고 하는 거라면······.

"후쿠로코지 씨, 괜찮으세요?"

다나카가 걱정스럽게 물었다.

제제가 어디에 숨어있는지 알 수 없다. 저택으로 돌아가는 것이 두려웠다.

"괜찮지 않아도 어쩌겠어. 일은 해야지."

후쿠로코지는 감시 모니터의 분할 영상을 보았다. 저택 밖에는 첫 번째 살인부터 세 번째 살인이 일어나는 장소에만 감시 카메라가 설치되어 있다. 저택을 둘러싼 숲에 잠복해 있다면 찾아낼 길이 없었다.

"제제의 범행이라고 확실해진 것도 아니니까요."

다나카가 덧붙였다.

그래. 제제라고 단정 짓는 것도 위험했다. 사콘이 살해당한 이상 다른 캐스트를 노리고 있다고 해도 이상하지 않다. 추리가 빗나가면 자는 동안에 목이 따일 수도 있다.

설마 탐정 유희에서 자신이 목숨의 위협을 느끼게 될 것이라고는 생각해 본 적도 없었다.

후쿠로코지는 마른침을 꿀꺽 삼켰다.

## 10.

"설로인 스테이크와 트뤼프 도피누아즈입니다."

점심 메뉴를 설명하는 가마모토의 말을 린코는 멍하니 듣고 있었다.

손님들과 저택 주인들은 추리와 요리로 이야기꽃을 피우고 있었다.

소사체를 보고 나서 고기 요리를 먹을 수 있다니 대체 무슨 생각들을 하고 있는 거야.

"저기, 있잖아."

귓가에서 익숙한 불쾌한 목소리가 들렸다.

돌아보자 마에가네가 능글맞게 웃고 있었다.

"사인 좀 해줘."

"사인이요……? 제 이름 말씀하시는 거예요?"

"그거 말고 또 다른 게 있나?"

마에가네는 펜과 종이를 테이블에 올려놓았다.

"여기에다가."

종이를 본 린코가 흠칫했다.

마에가네가 이름을 적어달라고 내민 종이 위에 '마에가네 아이노스케'라고 손으로 쓴 글씨가 적혀 있었다.

"여기에요……?"

마에가네가 '탐정'일 가능성을 생각하면 무턱대고 거절할 수는 없었다.

린코는 시키는 대로 이름을 썼다.

"감사."

펜과 종이를 회수한 마에가네는 자리로 돌아가 히죽거리며 린코가 쓴 글자를 살폈다.

닭살이 돋았다.

설마 이름 궁합이라도 보려는 건 아니겠지······.

뭐든 간에 기분이 나빴지만 잠시 종이를 바라보던 마에가네는 옆자리에 앉아있던 미츠에게도 종이를 건네고 사인을 받았다.

"별거 아니니까 얼른 써 줘."

그리고서 마에가네는 차례대로 전원에게 사인을 받았다.

아무 이유 없이 사인을 받는 건 아닐 것이다. '탐정'의 수사일까, 운영의 힌트일까.

목적을 달성한 마에가네는 태연하게 손님들과 이야기를 나눴다.

린코는 식탁의 대화에 귀를 기울이는 한편 '탐정'의 꼬리를 잡으려 사람들의 일거수일투족에 신경을 집중했다.

고용인인 가마모토와 이치하라는 혹시 무슨 문제가 생기면 도움을 주는 역할이라고 소개받았다. 제제와 이시무로, 그리고 사콘은 사라졌다. 남은 사람은 저택 주인 두 명, 손님 네 명, 고용인인 와카바야시. '탐정'은 이 중에 있다. 엄밀히 말하면 손님 중 있을 가능성이 무척 높을 거라 생각 중이다. 무슨 수를 써서라도 '탐정'이라고 확신할 수 있는 증거를 찾아내고 싶었다. 그러기 위해서는-.

"여러분, 어떠신가요? 슬슬 단도직입적으로 여쭤도 되겠지요? 다들 현시점에서 범인은 누구라고 생각하시나요?"

린코는 손님들을 도발했다. 후쿠로코지가 없는 지금이 기회였다.

"아하하, 좋은 질문입니다. 하지만 확실한 증거를 찾고 난 다음에 말하는 게 더 좋지 않을까요?"

가즈오미가 호쾌하게 웃었다.

"모처럼 명탐정들이 모여있잖아요. 서로가 추리한 내용을 말해 보는 것도 재밌을 것 같지 않으세요?"

린코는 말하며 사람들의 표정을 살폈다.

운영 측의 캐스트라면 쓸데없는 말을 꺼내서 귀찮아졌다며 못마땅해하고 있을 것이다.

하지만 얼굴이 어두워진 사람은 없었다.

이 정도로는 본 모습을 드러내게 할 수 없다는 건가······.

린코가 테이블 밑에서 주먹을 불끈 쥐었다.

"저는 짐작 가는 사람이 하나 있어요."

바로 입을 연 사람은 아카리였다.

"누군데요?"

린코가 재촉했다.

"제제 씨요."

아카리의 단호한 말에 하마터면 린코의 표정이 무너질 뻔했다.

"제제 씨······? 피해자가 범인이라니 무척 대담한 추리네요."

린코는 어색하게 웃으며 넘어가려 했다.

"물론 아직 증거는 없어요. 다만, 그 상태로는 정말 제제 씨인지 알 수 없으니까요. 이른바 얼굴 없는 시체랄까요."

"버를스톤 갬빗이군."아란이 맞장구를 쳤다.

린코는 무슨 말인지 이해하지 못했지만, 모른다고 말할 수도 없어 한 귀로 흘렸다.

"저는……패스할게요."

미츠가 어깨를 움츠리며 말하자 아란도 "저도 패스입니다."라며 손을 들더니 꿰뚫어 보는 듯한 눈으로 린코를 보았다.

"일단, 그 집사로 해두지."

와인잔을 한 손에 든 마에가네가 퉁명스럽게 말했다.

"그건 그 손수건 때문인가요?"

바로 린코가 파고들었다.

"뭐, 그렇지. 어디까지나 잠정이기는 하지만."

마에가네는 와인을 입에 머금고 더 이상 말하지 않겠다는 의사를 표현했다.

"저택 주인 두 분은 어떠세요?"

혹시 모르니 아마타야 형제에게도 물었다.

가즈오미는 팔짱을 끼고 고민했다.

"음…저는 저희 고용인들이 살인을 저질렀을 거라고는 생각하기 어렵군요. 아니, 아니, 절대 제 사람을 감싸려고 하는 말이 아닙니다."

"저도 동의합니다."

츠구테루가 옆에서 끄덕였다.

"하지만 이시무로 씨는 살해당하기 직전까지 고용인실에 있었어요. 고용인을 먼저 의심하는 게 논리적으로 타당하지 않나요?"

린코는 일부러 추궁했다. 그 사이에도 주위 관찰은 빼놓지 않았다.

"고용인실에는 누구나 들어갈 수 있습니다. 심야 당직은 언제나 혼자서 하지요. 고용인들끼리가 아니더라도 살해가 가능하다는 말입니다."

츠구테루가 침착하게 자신의 추리를 설명했다.

린코는 다시 한번 강조했다.

"그러니까 두 분은 우리 탐정 중에 살인범이 있다고 생각하시는 거군요?"

"하하-, 제가 실례를 범했군요. 그런 말은 아닙니다. 오히려 여러분은 모두 이 저택에 처음으로 오신 일면식도 없는 분들입니다. 살해 동기가 있을 리가 없지요. 아직 제대로 추리를 한 게 아니니 무례를 용서해 주십시오. 어디, 와인은 더 괜찮으십니까?"

가즈오미가 술을 권하면서 범인 맞추기가 일단락되고 대화 주제가 바뀌었다.

힌트는 나왔나.

린코는 각각의 발언을 정리했다.

'탐정'이라고 반드시 옳은 추리를 한다는 보장은 없다. 하지만 '거짓 증거'에 휘둘리지도 않을 것이다. '탐정'은 이미 '거짓 증거'의 존재를 알고 있기 때문이다. 그러나 현 단계에서는 속내를 드러내지 않고 일부러 '거짓 증거'에 속아 넘어가는 척을 할지도 모른다.

린코가 생각에 잠겨 있는 동안 손님들은 세 명씩 나뉘어 이야기하기 시작했다.

아마타야 형제와 아카리는 저택의 출입구와 구조에 대해 대화를 나누고 있다. 아란, 마에가네, 미츠는 사콘과 이시무로가 남녀 관계였는지를 두고 열띤 토론 중이었다. 항상 보던 조합이다.

순간 귓가에서 퍼즐이 맞추어지는 소리가 들렸다.

'탐정'은 교제 중인 여성과 함께 참가하고 있다. 후쿠로코지는 분명 이렇게 말했다.

누가 '탐정'인지. 직접적인 단서는 찾지 못했다. 하지만 '탐정'이 데리고 온 여자라면 아카리와 미츠, 두 사람으로 좁혀진다. 여기부터 '탐정'으로 연결될 수는 없을까.

'탐정'은 후쿠로코지에게 거짓 증거를 준비하게 했다. 그건 무얼 의미할까. 함께 온 여성이 수수께끼를 풀까 봐 걱정하고 있던 거라면······.

수사에 적극적이고 추리에도 참여하는 아카리. 방관자를 자처하고 미스터리도 잘 모르는 미츠.

언뜻 보면 아카리가 통찰력이 뛰어나 보이지만, 미츠도 속마음과 생각을 숨기고 있는 것뿐일지도 모른다. 보이는 이미지만으로 단정 짓는 건 위험하다.

린코는 아카리와 미츠를 번갈아 쳐다보았다.

거꾸로 생각해 보자. 캐스트는 어느 쪽일까?

이번 탐정 유희에는 '탐정'에게 로맨스를 제공하는 히로인 역할은 존재하지 않을 것이다. 교제 중인 여자와 함께 오면서 다른 여자와도 즐길 생각을 하는 건 이상하다. 그렇다면 배치된 캐스트는 힌트 역할

일 것이다. 그런 의미에서 정보를 발견하거나 이야기를 진행시키면서 탐정 유희에 공헌하고 있는 사람은 압도적으로 아카리다.

"그럼……."

'탐정'은 탐정 유희 중에도 함께 온 여자와 적극적으로 어울리고 있을 게 틀림없다. 지금까지의 모습을 봤을 때 미츠와 적극적으로 어울리는 남자는 아란과 마에가네다. 마에가네는 린코에게도 관심을 보이기는 하지만, 이 두 사람은 사건과 전혀 관계없는 이야기도 미츠와 곧잘 하고 있다. 이에 반해 아카리가 남자들과 주고받는 대화는 수사나 추리에 관련된 것들뿐이다. 그 이외는 아마타야 형제와 별 의미 없는 이야기를 하는 게 다였다.

……역시 아카리가 캐스트인가.

확신이 들었다.

눈앞에서는 아카리와 아마타야 형제가 담소를 나누고 있었다.

아마타야 형제는 '탐정'이라고 생각하기 어려웠다. 츠구테루는 호스트 역할인 데다가 추리에서도 항상 한발 물러서 있다. 그리고 무엇보다-.

형인 가즈오미는 다음 '피해자'다.

제 4 장

Death on the Nein

# 1.

'탐정'들이 추리 런치에 한창일 무렵 후쿠로코지는 숲을 탐색하고 있었다.

식당에 발을 묶어둘 수 있는 시간은 정해져 있다. 되도록 캐스트가 아닌 사람들을 지상으로 부르고 싶지 않았지만, 찬밥 더운밥 가릴 처지가 아니었기에 모든 스태프를 총동원했다. 후쿠로코지는 감시 카메라에 찍힐 위험이 있는 선착장 주변을 살펴보기로 했다.

〈서쪽 숲입니다. 샅샅이 뒤졌지만 사람은 없습니다.〉

탐색대 일원에게서 무선이 들어왔다.

비슷한 연락이 계속해서 이어졌다.

"후쿠로코지다. 알았다."

제제가 잠복해 있을 거라는 확증이 있는 것도 아니다. 존재하는지 아닌지도 모를 사람을 찾는 수사에 사기가 오를 리 없었다. 한편으로는 언제 공격받을지 모른다는 공포가 탐색대원들 사이에 감돌고 있었다. 그래서인지 짧은 시간의 수색에도 스태프들의 목소리는 피로에 절어 있었다.

후쿠로코지의 집사복도 이미 후줄근해진 상태였다. 쌀쌀한 날씨에도 불구하고 땀이 비 오듯 흘렀다.

〈남쪽 숲입니다. 사람의 흔적을 찾았습니다. 반복합니다-.〉

새로운 보고에 후쿠로코지의 눈이 번쩍 뜨였다.

"듣고 있다! 상황은?"

〈나무가 몇 그루 쓰러져 있고-.〉

아아, 그건가…….

데지마 팀이 남기고 간 것이다.

크게 흥분했던 만큼 실망도 컸다.

"그건 데지마 팀이 '그림'에서 자른 거잖아."

〈네. 그건 알고 있습니다만, 그루터기 주위에 페트병이 떨어져 있습니다.〉

무선이 침묵했다.

"……그것도 데지마 팀이 남기고 간 거 아닌가?"

〈저는 '그림'에도 참가했습니다만, 이런 쓰레기는 없었습니다.〉

만성적인 인력부족 탓에 데지마 팀의 '그림동화 대량살인사건'에 참가했던 스태프의 대다수가 연이어 '바스커빌관의 살인'에도 참가하고 있었다.

"틀림없나?"

데지마 팀이 버린 쓰레기가 아니라면 '그림'에서 '바스커빌'로 무대가 바뀌고 난 뒤에 버려졌다는 말이다.

〈단언할 수는 없지만…….〉

"누구 알고 있는 사람 없나?"

〈미술부에 확인해.〉

사령실에서 미야비가 움직였다.

뒤이어 이어폰에서 부스럭대는 소리가 들렸다.

〈다나카입니다. 그 장소에서 페트병은 사용한 적 없고 쓰레기도 남긴 적 없습니다〉

다나카는 '그림'에서 제작부 일을 도와주었다.

〈아소 씨, 제 말이 맞죠?〉

다나카의 질문에 잠시 뒤 다른 숲을 수색 중이던 메구가 응답했다.

〈네. 쓰러트린 나무를 치우진 못하더라도 장비나 쓰레기가 남아있지 않게 하라는 데지마 팀장님의 지시가 있었습니다. 저도 들었습니다.〉

그렇다면 제제가 잠복 중에 마시고 버린 것인가.

"알았다. 미안하지만, 모두 남쪽 숲으로 이동해서 한 번 더 수색해 보도록. 제제가 숨어있을지도 모르니 주의하고. 이제 곧 식사가 끝난다. 15분 후다. 앞으로 15분 동안 수색을 계속한다. 이상."

무선으로 명령을 내린 후쿠로코지는 먼저 저택으로 돌아갔다. 식당으로 향하기 전에 더러워진 옷을 갈아입어야 했다.

뒷문을 통해 고용인실에 들어가 복도로 나가려다 말고 멈추어 섰다.

확실하게 해두지 않으면······.

제제와 관련된 수수께끼는 여전히 남아있다. 정말 살아있는 것인지. 사콘과 이시무로를 찌른 사람이 제제인지. 목적이 무엇인지. 어떻게 첫 번째 살인을 피할 수 있었는지. 그리고—제제와 뒤바뀐 시체는 누구인지.

'탐정'을 포함한 저택 안의 사람들과 지하의 스태프까지 모두의 소재는 확실하다. 미지의 인물이 섬 밖에서 침입했을 가능성은 희박하다. 다시 말해 그 시체는 '아무도 아닌' 것이다.

하지만 후쿠로코지는 딱 한 사람 짐작 가는 사람이 있었다.

잘못 생각한 거라면 그냥 넘어가면 그만이다. 싫은 소리는 듣겠지만.

후쿠로코지는 발걸음을 돌려 잰걸음으로 나선계단을 내려가 지하 2층의 숙소로 향했다.

스태프가 단 한 명도 빠짐없이 있다는 건 이미 판명되었다. 그러나 지하에는 예상치 못했던 사람이 한 명 늘어나 있었다. 멋대로 남겠다고 통보할 땐 어이가 없었지만, 막상 그 남자는 사령실에는 코빼기도 비추지 않고 있었다.

후쿠로코지는 방문 앞에 서서 문을 두드렸다.

어쩐지 긴장되었다. 할 수 있다면 얼굴 따위 보고 싶지 않았다. 살아있다는 걸 두 눈으로 확인해도 마냥 기쁘진 않을 것 같은 복잡한 심경이다.

대답이 없어서 다시 한번 두드렸다.

모두 나가고 없는 숙소에는 정적만이 가득했다.

그때 문 너머에서 우당탕거리는 소리가 나더니 벌컥 문이 열렸다.

"왜 이렇게 시끄러워."

자다 일어난 티가 팍팍 나는 루루가 얼굴을 내밀었다.

틀렸군…….

말문을 잃은 후쿠로코지를 루루가 반만 뜬 눈으로 흘겨보았다.

"뭐냐니까!"

"죄, 죄송합니다……계속 안 보이시길래."

"그래서?"

"……아니요."

아무도 부탁하지 않았는데 네가 멋대로 남겠다고 한 거잖아!

추리가 빗나갔다는 실망보다 시건방진 작가에 대한 분노가 더 컸다.

루루는 잠이 덜 깬 얼굴로 비웃었다.

"곤란한 일이라도 생겼나 보지? 내가 그렇게 순순히 들어줄 것 같아?"

"아니요. 곤란한 일이 있는 건 아니고……."

아무리 곤란해도 네게는 부탁하지 않을 거다.

"역시 그 신입은 영 글러 먹었지? 뭐, 미안하게 됐어. 내가 도와준다고 해놓고는. 갑자기 너무 좋은 아이디어가 떠올라서 말이야. 아, 탐정 유희는 아니고. 내 본업."

소설을 말하는 건가. 루루에게 출판사의 오퍼 따위 오지 않았다는 건 누구보다 잘 알고 있다.

"밤새 쓰다가……겨우 이제 막 잠든 참이었는데……당신, 그렇게 내가 나오키상 받는 걸 방해하고 싶은 거야?"

자랑을 늘어놓는가 싶더니 금세 화를 내기 시작했다. 루루의 이런 정서불안이 자신감 부족 때문이라는 것도 후쿠로코지는 간파하고 있었다.

"쉬시는 데 실례했습니다."

후쿠로코지가 머리를 숙였다.

설마 이걸로 돈을 요구하지는 않겠지. 라고 생각하는데 숙소 안쪽에서 사람들의 발소리가 들렸다.

저택으로 돌아온 수색대의 일부였다. 스태프 중에는 메구의 모습도 보였다. 모두 금방이라도 쓰러질 것처럼 피곤해 보였다.

"수고."

후쿠로코지와 인사를 나눈 스태프들은 제각기 방으로 흩어졌다.

"수고하셨습니다."

험한 산길을 걸어 다니느라 녹초가 된 메구의 목소리에 힘이 없었다.

"아-잠깐, 잠깐."

그런 메구를 루루가 불러 세웠다.

"네?"

메구는 곁눈질로 루루를 보았다. 얼굴에 귀찮다고 쓰여 있었다.

"어젯밤에 케이터링이 안 왔던데, 어떻게 된 거야?"

"……스태프들 것밖에 없어서요."

메구가 퉁명스럽게 대답했다.

쌀쌀맞은 대답에 루루는 당황한 눈치였다. 무뚝뚝한 메구의 태도에 애를 먹을 때도 있었지만, 지금만큼은 박수를 보내주고 싶었다. 그래도 그냥 넘어갈 순 없었다.

"작가님, 죄송합니다. 바로 가져오게 하겠습니다. 메구, 부탁해도 되겠지?"

"네……."

메구가 흐느적흐느적 걷기 시작하자 루루가 그 뒷모습에 대고 소리쳤다.

"빨리 가져와!"

메구는 우뚝 멈춰서더니 아무 말 없이 돌아보았다. 루루를 한 번 째려본 뒤에야 다시 걷기 시작했다.

"……뭐야, 쟤는."

루루는 완전히 잠이 깬 듯했다.

"부하직원 교육을 너무 엉망으로 하는 거 아니야?"

"……."

후쿠로코지는 죄송하다는 시늉을 하며 멀어지는 작은 등을 바라보았다.

지금 당장이라도 그만두겠다고 할 것만 같아서 불안하기만 했다.

"그럼, 저도 이만."

인사를 하고 돌아서는 등 뒤로 문이 콰당하고 닫히는 소리가 들렸다.

작가가 없으면 탐정 유희는 성립할 수 없다. 그러나 지금처럼 인력이 부족한 상황에서는 제작부 스태프가 빠지면 현장이 돌아가지 않는다. 다나카가 성장하고 있는 지금 루루보다는 메구가 더 귀중한 인재일지도 모른다. 루루의 존재가 점점 더 귀찮게만 느껴져서 찾아온 걸 마음속 깊이 후회했다.

식당 앞에 도착하자 '탐정'들이 서로 각자의 추리를 펼치고 있었다.

옷을 갈아입은 후쿠로코지는 식당 앞에서 귀를 쫑긋 세운 채 추리를 들으며 슬며시 미소 지었다.

사실-이미 최소한의 단서들은 모두 나온 상태다.

당장 지금 '진짜 범인'과 '범인'을 맞추는 것도 가능했다.

하지만 '탐정'은 '진짜 범인'의 존재는커녕 린코의 범행조차 의심하지 않고 있다.

후쿠로코지는 내심 흐뭇하면서도 지금 상황을 두 팔 벌려 환영할 수만은 없었다. 이제는 린코가 범인이라고 하기에도 애매했다. 린코의 범행과 더불어 운영 측의 손을 떠난 연쇄살인까지 일어나는 마당이다. 그래도 '탐정'에게는 린코가 범인이라는 결론을 내리게 할 필요가 있었다. '탐정'이 기분 좋게 돌아가려면 혼자 힘으로 수수께끼를 풀었다는 카타르시스를 느끼게 해줘야만 했다.

"그러고 보니 아직 린코 씨의 추리를 듣지 못했네요. 혼자서만 듣고 있으면 반칙 아닌가요?"

아카리가 린코의 추리를 재촉했다. 지금까지 무슨 이야기를 했는지는 모르겠지만 린코가 다른 사람들의 추리를 물어본 모양이었다.

후쿠로코지는 식당에 들어갈 타이밍을 재고 있었다.

린코에게는 반드시 손수건을 중요하게 언급해야 한다고 말해두었다. 이야기의 화제를 후쿠로코지의 알리바이로 집중시키기 위해서다. 지금은 들어가지 않는 편이 린코가 손수건 얘기를 꺼내기에 더 수월할 것이다.

"후쿠로코지 씨의 손수건이 살인 현장에 떨어져 있었던 게 아무래도 마음에 걸려요."

린코는 예정대로 '거짓 증거'에 대해 말을 꺼냈다.

"하지만 사콘 씨가 우연히 주웠을 수도 있다고 생각해요. 어느 쪽이든 증명은 어렵고요. 그것보다 목격자를 찾는 게 빠르지 않을까요?"

"목격자……라고?"

손님들보다 먼저 후쿠로코지의 입에서 말이 튀어나왔다.

그런 대사는 시나리오에 없었다.

"어젯밤 선착장에서 저택으로 돌아온 후에 사콘 씨를 본 사람은 없나요?"

"응접실에는 안 왔는데."

린코의 질문에 마에가네가 답했다.

후쿠로코지는 그 자리에서 굳었다. 무슨 말을 하려는 건지 전혀 예상이 되지 않았다.

린코는 계속해서 말을 이었다.

"이시무로 씨가 살해된 현장에 있던 사람은 없을 거라 생각하지만-제제 씨라면 어떨까요. 저녁 식사 전에 제제 씨를 보신 분은 안 계신가요?"

"우리들은 저택 밖에 나가지 않았으니까."

"고용인 분들은요?"

잠깐-.

다시금 땀이 폭발했다.

'탐정'이 이치하라에게 물어보기라도 하면 어쩌려고. 이치하라는 선착장 근처에서 범행을 마치고 돌아가는 린코와 마주친 걸로 되어 있다. 질문이 들어오면 그대로 증언할 수밖에 없다.

그건 '탐정'이 진상을 밝혀내지 못한 채 추리가 지지부진할 때를 대비한 최후의 수단이다. 세 번째 살인을 앞두고 린코가 의심받기 시작하면 행동을 감시당해서 범행이 불가능하게 된다. '3대 미스터리 작가'를 내세운 이상 퀸과 카로만 살인을 끝낼 수는 없다. 시나리오가 엉망이 되고 만다.

"여러분! 식사는 맛있게 드셨나요?"

후쿠로코지는 황급히 식당으로 들어서며 이야기를 끊었다.

세 번째 살인만 무사히 일어나면 이치하라의 증언이 없어도 린코가 '범인'이라고 추리할 수 있다. 그리고 '진짜 범인'에 대한 힌트도 등장한다.

왜 갑자기 저렇게 날뛰는지는 모르겠지만 퇴직금이 날아가는 걸 눈 뜨고 보고 있을 수만은 없지.

후쿠로코지는 린코와 눈을 마주치려 했지만 정작 린코는 모르는 척 손님들만 쳐다보고 있었다.

"네, 점심도 무척 맛있었어요. 여러분의 추리도 재밌었고요."

미츠가 만족스럽게 웃었다.

"아직 단서가 부족하다 보니 다들 결정적인 증거는 찾지 못했지만요."

새침한 얼굴로 정보가 부족하다고 말하는 아카리에게 린코가 덧붙였다.

"그러니까 물증이 아니라 고용인 분들의 말을 들어보고 싶어요."

이 자식, 아직도!

린코의 의도는 모르겠지만 위험한 징조다. 압박감 때문에 폭주하는 건가.

'탐정'이 자발적으로 나서서 물어보고 다니다가 이치하라의 증언을 듣게 되는 거라면 또 모를까. 이런 식으로 가다가 이치하라가 말하게 되면 '범인'이 스스로 제 무덤을 파는 꼴이다.

꼴사나운 결과가 될 바에는 차라리 여기에서 린코를 죽이는 게 낫다. 이럴 때를 대비한 보험도 준비해 놓았다.

후쿠로코지는 벽 쪽에 서 있는 가마모토를 바라보았다.

가마모토가 끄덕하고 눈짓했다.

'범인'이나 '피해자'가 폭주해서 시나리오가 엉망이 될 리스크가 커졌을 땐 가마모토가 제거하기로 정해져 있다. 린코를 죽여야 할 때의 시나리오도 이미 만들어 놓았다.

만일의 사태가 발생하면 후쿠로코지가 일방적으로 린코를 의심한다. 그러면 가마모토가 앞치마 뒤에 숨겨 놓았던 칼로 린코를 찌른다. 가마모토는 이시무로와 연인관계였다는 설정이다.

"가즈오미 님, 이 뒤의 일정이······."

후쿠로코지는 가즈오미에게 미리 이야기해 두었던 절차를 입 밖으로 꺼냈다.

"아아, 그랬었지. 여러분, 정말 죄송하지만 오후에는 저택 내부 청소가 있을 예정입니다. 그동안 모두 2층 객실로 올라가 편안히 쉬고 계시면 감사하겠습니다."

제제를 찾기 위해서다.

저택 주변을 샅샅이 찾았지만 발견되지 않았기에 탐색을 저택 안까지 넓히기로 했다.

"혹시 필요한 것이 있으면 방까지 가져다드릴 테니 편하게 말씀해 주십시오."

후쿠로코지는 말하면서 린코를 노려보았다.

여기서 더 폭주하면 - .

"그럼, 저녁때까지 각자의 추리를 더 고민해 봅시다."

"다음 살인이 일어날지도 모르는데?"

"걱정하지 마세요. 마에가네 씨를 덮칠 사람은 없을 테니까."

"제 방으로 홍차를 부탁드려도 될까요?"

손님들이 하나둘 자리에서 일어서자, 린코도 포기했는지 말없이 자리를 떴다.

후쿠로코지는 가슴을 쓸어내렸다.

하지만 그것도 잠시, 문득 또 다른 긴장감에 휩싸였다.

지금 여기에는 '탐정'과 캐스트 전원이 모여있다. 사콘을 살해한 게 제제의 짓이 아니라면 이 중 누군가가 창문으로 나가 사콘을 죽였단 말이 된다.

"캐스트가요……."

사령실로 돌아와 이 추리를 말하자 다나카는 떨떠름한 표정을 지었다.

"이상한가?"

후쿠로코지는 못마땅했지만 다나카의 의견을 듣고 싶었다.

"가능한 이야기이기는 한데, 캐스트는……."

"예외없이 조사해야겠지."

거들먹거리며 말한 사람은 미야비의 옆에 앉아있던 루루였다.

"예외 없이……라뇨?"

후쿠로코지는 다나카와의 대화를 잠시 미뤄두고 루루에게 물었다.

"캐스트도 '탐정'도 용의자란 말이잖아. 그렇지?"

"용의자……."

"제제를 찾으면서 동시에 캐스트와 '탐정'의 뒷조사도 하면 되지. 안 그래?"

루루가 사령석을 돌아보며 말하자 미야비는 "음……"이라고만 대답했다.

"그러니까."

루루는 지휘관이라도 된 것처럼 떠들었다.

숙소에 있게 가만히 내버려두어야 했는데……괜히 긁어 부스럼을 만든 걸 후쿠로코지는 마음속 깊이 후회했다.

"작가님……제제 일은 어떻게?"

미야비에게 들은 건가. 말하지 않길 바랐는데.

"저쪽 작가가 사고에 대응을 못 하는 것 같아서 말이야. 내가 또 선배 작가로서 가만히 있을 수 없잖아."

루루의 비난에 다나카는 풀죽은 모습으로 아무 말도 못 하고 있다.

"……소설은 괜찮으신 건가요?"

"당신이 방해한 덕분에 흐름이 끊겨버렸어. 도쿄에 돌아가면 책임질 각오나 해둬."

"책임을 지다니……."

잠만 퍼질러 자고 있었던 주제에.

"그런데 저택 안을 찾아본다는 건 어디 짚이는 데라도 있는 거야?"

"없습니다. 일단은 전체적으로……."

"지금까지 저택 안을 마음대로 돌아다니고 있는데 아무도 보지 못했다는 거잖아?"

"하아……."

"남아있는 건 '탐정'이랑 캐스트 방뿐이고."

"……누군가가 제제를 숨겨주고 있다는 말씀인가요?"

"그건 뚜껑을 열어보지 않으면 알 수 없지."

그 뚜껑을 여는 게 큰일이란 말이다, 멍청한 놈.

"캐스트는 몰라도 '탐정'의 방에 들어갈 수는······."
"들어가지 않아도 돼. 살짝 엿보기만 하면."
"네?"
"캐스트들도 방문을 두드리면 문을 열기 전에 숨길 수도 있고. 본인이 모르게 방을 살펴보지 않으면 의미가 없다고."
"엿본다는 게, 설마······."
"환기구 있잖아."
루루는 당연하다는 듯이 양손을 들어 올렸다.
"그건······."
엿보다니······여성도 있는데······.
"다른 방법이 있어?"
미야비가 루루의 제안에 동참했다. 최악의 콤비다.
후쿠로코지는 눈으로 다나카에게 도움을 청했지만, 다나카는 죄송하다는 얼굴을 할 뿐이었다.
"그럼, 결정이네. 긴급상황이야."
결정권자인 미야비의 한마디에 상황은 종료되었다.
후쿠로코지는 작게 한숨을 내쉬었다.
마지막 현장은 적당히 쉬엄쉬엄 일하면서 편하게 끝낼 생각이었다. 일에 대한 긍지를 버리고 완성도에 대한 집착도 포기했다. 그런데 설마 얼마 남아있지도 않은 자존심까지 빼앗기게 될 줄이야······.
그렇지만 아무리 불만이어도 누군가는 해야만 하는 일이다.

"……메구."

"네?"

갑작스레 이름이 불린 메구가 당황했다.

"같이 가지. 동관을 맡아 줘."

"……제가요?"

메구는 노골적으로 싫은 티를 냈다.

"내가 여성들 방을 엿볼 수는 없잖아."

환기구를 통해 린코의 방에 들어갔을 때도 허가를 받을 때까지 방 안은 쳐다보지 않았다. 수사 목적이라고는 해도 여성의 방을 훔쳐볼 수는 없었다.

"싫어요! 절대 싫다고요!"

"너무 솔직하잖아……."

필사적으로 거부하는 메구를 보고 다나카조차 당황했다.

"너만 할 수 있는 일이야."

후쿠로코지는 메구의 눈을 똑바로 응시했다.

회사보다 사생활. 출세보다 스트레스 없는 환경. 젊은이들의 가치관을 조금이나마 이해했다고 생각했다. 하지만 지금은 어쩔 수 없다.

"직장 내 갑질……인가요."

"그건……네가 판단해. 정 싫으면 나 혼자 가지."

"……갈게요."

"고맙다."

힘없이 고개를 떨군 메구의 등 뒤로 미야비와 사츠키가 소리 죽여 웃고 있었다.

후쿠로코지는 메구를 데리고 2층 창고로 향했다.

"왜……내가…….'"

하겠다고 해놓고서도 메구의 입에서는 불평이 끊이질 않았다.

"먼저 들어가. 처음 나오는 갈림길에서 왼쪽으로 꺾으면 객실 천장으로 이어질 거다."

환기구의 입구가 되는 창고가 동관에 있어서 메구의 이동 거리는 그리 길지 않았다.

"대체 내가 왜……."

메구는 환기구에 머리를 밀어 넣고 느릿느릿 앞으로 기어갔다.

"괜찮나?"

"……저는 두뇌 노동 전문이라고요……."

불평을 남긴 채 메구는 환기구에서 방향을 틀었다.

메구가 사라지는 걸 보고 후쿠로코지도 환기구에 들어갔다.

"왜 맨날 나만……."

메구가 왼쪽으로 간 갈림길에서 직진하면 서관의 객실 천장이 나온다. 도중에 먼지 뭉치를 삼킨 탓에 기침이 자꾸 나왔다. 숨을 헐떡이며 포복 전진을 계속했다.

"이런 일은-더 빨리-그만뒀어야 했는데."

첫 번째는 가즈오미의 방이었다. 환기구 바닥 면에 설치된 손잡이를 옆으로 밀자, 방을 볼 수 있는 구멍이 나타났다. 엿보는 위치를 조절할 수 있도록 같은 장치가 일정한 간격으로 설치되어 있었다.

가즈오미는 소파에서 배를 내놓은 채로 잠들어 있었다. 여러 건의 사기와 절도 전과가 있는 남자는 세 번째 살인에서 자신이 '피해자'가 되리라고는 꿈에서도 생각하지 못하고 있는 것 같았다. 다른 사람의 기척은 느껴지지 않았기에 후쿠로코지는 다음으로 이동했다.

마에가네는 침대에 누워 스마트폰을 보고 있었다. 클로즈드 서클을 만들기 위해 섬에서는 휴대전화도 인터넷도 사용할 수 없게 되어 있었다. 실눈을 뜨고 자세히 보니 마에가네가 보고 있는 건 시체를 찍은 사진이었다. 어젯밤부터의 살인 현장을 담은 사진을 넘겨 보면서 히죽거리고 있었다. 이쪽도 제제를 숨기고 있는 것 같진 않았다.

계속해서 아란의 방으로 이동해 구멍을 열었다. 아란은 와이셔츠 차림으로 창가의 의자에 앉아있었다. 혼잣말을 중얼거리고 있는데 내용은 불분명했다.

뭐라 하는지 듣기 위해 구멍에 귀를 가까이 가져갔다.

그 순간 반대쪽 귀에서 커다란 소리가 울렸다. 깜짝 놀라 몸을 젖힌 후쿠로코지는 하마터면 환기구 벽을 발로 찰 뻔했다.

〈아소입니다. 후쿠로코지 씨!〉

이어폰에서 들리는 메구의 목소리. 작은 목소리였지만 다급한 말투에서 뭔가 큰일이 벌어졌다는 걸 알 수 있었다.

"후쿠로코지다."

객실 천정에서 멀리 떨어진 후쿠로코지가 목소리를 낮추고 대답했다.

〈린코가 지시서를 들고 문 앞에. 손잡이를 잡고 멈춰 있어요. 방 밖으로 나갈지 고민하는 것 같습니다.〉

"……지시서가 틀림없어?"

〈네. 확인했습니다……앗, 방을 나갔어요.〉

"제길. 하필 바쁠 때."

예기치 못한 귀찮은 일이 발생했다. 결정적인 증거가 될 '진짜 범인'이 보낸 지시서. 방 밖으로 가지고 나가는 건 금물이었다.

"그대로 잘 감시해."

메구에게 지시한 뒤 사령실을 호출했다.

"후쿠로코지다. 사령실."

〈사령실입니다.〉

반자키가 응답했다.

"린코가 지시서를 갖고 나갔다."

〈복도 카메라로 쫓고 있습니다……홀로 향하는 것 같습니다〉

"계속 감시해."

〈네.〉

"이치하라, 가마모토!"

〈이치하라입니다.〉

〈네, 가마모토.〉

"린코가 뭔가 꾸미고 있는 것 같다. 지금 동관에서 홀로 이동하고 있어. 당장 이동해서 감시해. 수상한 움직임을 보이면 억지로라도 방으로 데려오도록."

〈강행 돌파하려고 하면 어떻게 할까요?〉

가마모토가 낮은 목소리로 물었다.

후쿠로코지는 즉시 답했다.

"제거해."

## 2.

린코는 동관 2층에서 1층으로 내려가 서관으로 올라가는 계단으로 향했다.

서관에는 남성 게스트와 저택 주인의 방이 있었다.

소거법의 결과 이미 '탐정'이 누구인지는 어느 정도 감이 왔다.

아카리와 미츠를 대하는 태도, 저택 주인이라는 역할을 고려하면 츠구테루가 '탐정'일 가능성은 매우 낮았다. 사콘이 선택지에서 제외된 것도 컸다. 그가 살아 있었다면 결론에 도달하기 힘들었을지도 모른다. 마지막으로 남은 후보는 아란과 마에가네. 두 사람 중 누가 탐정일지 좁히는 건 상대적으로 간단했다.

마에가네는 처음부터 '탐정'답지 않았다. 야만적이고 지나치게 변태적이다. 교제 중인 여자와 함께 온 남자의 행동이 아니었다. 주관적인 가설에 불과하지만, 실제로 아카리와 미츠도 마에가네에 대해 혐오감을 숨기지 못하는 순간이 종종 있었다.

그리고 그런 여성 두 사람의 태도 또한 가설을 뒷받침했다. 아마도 함께 온 여자는 미츠일 것 같지만 아카리라고 해도 결론은 마찬가지다. 같이 온 사람이면 또 모를까 캐스트마저 '탐정'에게 혐오감을 드러낸다는 건 말도 안 된다.

결정적인 증거는 점심시간의 추리였다.

마에가네는 '거짓 증거'에 넘어갔다. 운영 측에게 준비시킨 '거짓 증거'를 사용해서 데리고 온 여성이 미스리딩하도록 하려는 꿍꿍이였을 수도 있지만, 나중에 말을 바꾸면 자신의 평가도 같이 깎일 뿐이다. 가만히 있어도 사콘의 죽음처럼 운영이 예상하지 못한 형태로 사건이 복잡해지고 난이도가 올라가는 마당에 일부러 위험을 감수하면서까지 미스리딩당한 것처럼 꾸밀 이유는 없다.

게다가 아란의 반응도 린코에게 확신을 주었다. 입으로는 추리를 보류하겠다고 했지만 그 시선은 줄곧 린코를 향해 있었다. 비난하거나 무언가를 호소하는 눈이 아니라 그야말로 사람을 의심하는 탐정의 눈이었다. 이제까지 계속 앞장서서 추리를 끌고 왔던 모습까지 떠올려 보면 누가 '탐정'인지는 명백했다.

린코는 한 치의 망설임도 없이 서관으로 가는 계단을 올랐다.

"어디에 가시나요?"

온몸에 소름이 돋았다.

뒤를 돌아보니 이치하라가 계단 아래에서 서늘한 시선으로 쳐다보고 있었다.

"……아, 아란 씨가 부르셔서 가는 길이에요. 빨리 가봐야 해서 실례할게요."

순간적으로 거짓말을 하고 서둘러 계단을 올라갔다.

이치하라는 어디까지나 고용인의 역할을 다하고 있을 뿐이었지만 그 눈은 린코를 힐난하고 있었다.

지시서를 가지고 나온 걸 들킨 건가?

어떻게? 방에 감시 카메라는 없다고 들었는데.

속은 건가……?

사실은 카메라가 설치되어 있고 방에서의 행동까지 모두 감시되고 있었던 건가. 하지만 지금까지 탐정 유희에서 감시 카메라의 유무를 속인 적은 없었다. 한 번이라도 속게 되면 캐스트들이 의심의 굴레에 빠져 운영진의 말을 듣지 않게 되기 때문이다.

"……설마."

갑자기 온몸을 덮친 오한에 몸이 떨렸다.

운영 측이 유일하게 거짓말을 하는 상대는–'희생자'다.

"서관은 남성 외에는 출입 금지입니다."

아래에서 이치하라가 강한 어조로 말했다.

"돌아가세요!"

극심한 공포에 구역질이 올라왔다. 지금 당장이라도 등에 칼이 꽂힐 것만 같은 기분이 들었다.

린코는 들리지 않는 척 2층으로 올라왔다. 분명 아란의 방은 가장 안쪽이었다. 걸음이 점점 더 빨라졌다.

등 뒤에서 문이 열리는 소리가 났다. 누군가 복도로 나온 듯했다. 하지만 돌아볼 여유는 없었다.

## 3.

후쿠로코지는 환기구를 기어갔다. 땀이 눈에 들어가서 시야가 뿌옇게 흐렸다. 기어갈 때마다 팔꿈치와 무릎이 너무 아팠다. 간신히 서관의 창고에 도착했다.

동관까지 돌아가기엔 시간이 부족해서 서관 창고를 통해 나가려고 했다. 그런데…….

"아……."

서관의 창고는 텅 비어 있었다. 발을 딛고 내려갈 만한 물건이 아무것도 없었다.

"대체 누구야! 누가 일을 이따위로 해놨어!"

나다-.

설마 환기구 안을 기어다니게 될 줄은 생각도 못 했다. 아니, 생각하지 않으려고 했다. 그래서 필요 없는 창고에 디딤대 용도로 쓸 짐들을 넣어 놓으라고 스태프에게 지시하지 않았다.

할 수 없이 천장 근처의 환기구 입구에서 뛰어내리기로 했다.

……높다.

운동도 하지 않는 중년 남성의 몸으로 무사히 내려갈 수 있을까.

"에라 모르겠다!"

후쿠로코지는 뒤돌아 앉은 자세에서 팔꿈치로 체중을 지탱한 채 다리를 환기구 밖으로 빼내었다. 벽에서 하반신만이 빠져나와 덜렁거렸다.

〈이치하라입니다. 후쿠로코지 씨.〉

최악의 타이밍에 무선이 들어왔다.

"……후쿠로……코지!"

〈린코가 2층으로 올라갔습니다. 제지해도 말을 듣지 않습니다.〉

린코가 올라간 곳은 서관 2층. 지금 후쿠로코지가 매달려 있는 바로 그 층이다.

"최대한……막아."

〈불가능합니다. '탐정'이 복도로 나왔습니다.〉

"뭐어?"

'탐정'이 보는 앞에서 고용인이 살인을 저지를 수는 없다. 하지만 이대로라면 린코가 시나리오를 망치게 된다.

"……이치하라는 '탐정'의 시선을 끌어줘……린코는 가마모토, 부탁하네."

팔 근육이 비명을 내질렀고, 후쿠로코지는 바닥으로 떨어졌다.

## 4.

린코는 아란의 방 앞에 도착했다.

아란이 '탐정'이라는 100퍼센트 확신이 있는 건 아니다. 정황상 증거도 아닌 추측에 근거하고 있는 데다가 다분히 주관적인 생각이기도 했다. 하지만 지금 기회를 놓치면 앞으로 '탐정'에게 지시서를 보여줄 기회가 없다. 운영 측에게도 계획이 들켜버린 것 같다. 이제 '탐정'을 같은 편으로 삼아 '진짜 범인'을 밝혀내고 피날레를 맞이하는 것만이 살아 돌아갈 수 있는 유일한 방법…….

내 추리를 믿자.

린코는 작게 되뇌며 문을 두드렸다.

잠깐의 정적이 영원처럼 느껴졌다.

"네?"

아란의 대답이 신의 목소리처럼 들렸다.

"아케치……."

이름을 말하려는데 누군가 입을 거칠게 막았다.

강한 충격. 머리의 통증. 흔들리는 시야. 모든 것은 한순간이었다.

몸이 움직이지 않는다. 숨도 쉴 수 없다.

꼭 감고 있던 눈을 천천히 떴다.

바로 눈앞 몇 센티도 되지 않는 거리에 후쿠로코지의 얼굴이 있었다. 입이 손으로 막힌 채 벽으로 몸이 밀쳐진 상태였다. 눈으로 좌우를 둘러보니 복도 구석에 끌려와 있었다. 후쿠로코지의 등 뒤로는 가마모토가 살기 가득한 눈을 빛내고 있었다.

"뭐지?"

당황하는 아란의 목소리에 이어 문이 닫히는 소리가 들렸다.

끝났다……. 몸에서 힘이 빠져나갔다.

"언제든 죽일 수 있어"라고 눈으로 협박하는 가마모토와 어째서인지 또 먼지투성이가 되어 있는 후쿠로코지에게 잡혀 창고로 옮겨졌다.

"무슨 속셈이지?"

문이 닫히자마자 후쿠로코지가 다그쳤다.

"……."

아무 말 없는 린코에게 후쿠로코지가 다가왔다.

"지시서로 뭘 하려고 한 거야?"

역시 운영 측은 방 안도 감시하고 있었다. 린코는 다시금 등줄기가 서늘해졌다.

"아란에게 보여주려고 했던 건가?"

"……아니요. '탐정'이 저를 의심하고 있길래 뭐라도 해야 할 것 같아서……아란이 '탐정'인 거죠?"

"넌 몰라도 돼."

"지시서는……다음 살인 현장에 가지고 가려고 했어요. 절차를 잘 기억하고있는 게 맞는지 불안해서요."

"리허설은 잘했잖아."

후쿠로코지는 전혀 믿지 않는 눈치였다.

변명은 소용없다. 살해당한다.

지금 끓어오르는 감정은 공포가 아니라 분노였다.

"……이렇게 시나리오가 엉망이 되는데 불안해지는 게 당연하잖아요! 안 그래도 사람을 죽이게 생겼는데!"

"진정해……목소리 낮춰."

"제가 어떻게 진정해요! 사콘이랑 이시무로를 찌른 것도 제제죠? 다음은 제가 될지도 모른다고요! 운영은 대체 무슨 생각을 하는 거예요? 캐스트를 지킬 생각은 있는 거예요?"말과 함께 눈물이 흘렀다.

"우, 울지마. 너는 예정대로 일을 마치기만 하면 돼. 제제 일은……그러니까……아니 분명히 그 소사체는 제제가 아닌 것 같긴 한데……어쨌든! 혹시라도 시나리오를 망치는 행동을 하면 제제가 아니라 우리가 너를 처단할 거다. 그건 알고 있겠지?"

"……그건 그렇지만."

그렇게 말하면서 결국 나도 죽일 계획이잖아.

목구멍까지 차오른 말을 간신히 삼켰다. 이 말을 해버리면 바로 여기에서 죽임을 당할 것이다.

"……왜 거짓말했어요?"

"거짓말이라니?"

"방에는 감시 카메라가 없다고 했잖아요."

"거짓말하지 않았어."

"그럼 어떻게……!"

하려던 말을 그만두었다. 지시서를 가지고 나온 걸 다시 끄집어내 이야기하고 싶지 않았다. 항의하는 눈빛을 쏘는 것이 고작이었다.

후쿠로코지도 분노를 드러내고 있었다. 두 사람은 서로를 불신의 눈으로 노려보았다.

"이치하라 씨, 서관 창고까지 와줘."

후쿠로코지가 이치하라를 호출한 다음 린코에게 말했다.

"……가즈오미를 죽일 때까지 방에서 대기해. 이치하라를 감시로 붙여 두지. 조금이라도 수상한 행동은 하지 말도록."

린코는 침묵으로 대답했다.

어차피 이제 더는 어떻게 할 수도 없었다.

어두침침한 창고 구석에서 의기소침해 있는데 머리 위에서 덜컹대는 소리가 들려 위를 보았다가 깜짝 놀랐다. 환기구에서 자그마한 사람이 기어 나온 것이다. 가마모토의 도움을 받아 바닥으로 내려오더니 후쿠로코지의 등 뒤에 섰다.

자세히 보니 여자였다. 짧은 머리에 남성용 집사복을 입고 있다. 소년으로 착각할 만도 했지만 어엿한 성인 여성이었다. 이쁘장한 얼굴인데 머리끝부터 발끝까지 새까만 먼지를 뒤집어쓰고 있었다.

생각났다. 리허설 때 봤던 어시스턴트다.

힐끗 어시스턴트를 쳐다본 후쿠로코지도 처참한 행색에 놀란 듯했다. 어시스턴트는 후쿠로코지를 원망스러운 눈으로 째려보았다.

후쿠로코지는 불편한 기색으로 다시 린코에게 시선을 돌렸다.

"감시 카메라는 설치되어 있지 않아. 네 행동을 직접 본 거다."

"……엿보고 있었단 말인가요?"

"내, 내가 아니라!"

후쿠로코지는 양손을 휘저으며 변명했다.

무슨 말인지 바로 알아차린 린코가 어시스턴트를 험악한 얼굴로 쳐다보았다.

어시스턴트도 린코를 잡아먹을 듯이 노려보았다. 입을 열려는데 기침이 터졌다.

"……최악이야."

여성 두 사람이 입을 모아 말했다.

## 5.

후쿠로코지는 고용인실의 의자에 풀썩 주저앉았다.

메구에게는 샤워할 시간을 주고 숙소로 보냈지만, 자신은 지하로 내려가기 전에 한숨 돌리고 싶었다. 옷에 잔뜩 붙은 먼지들을 털어낼 힘조차 없을 정도로 녹초가 되어 있었다.

"수고하셨습니다."

의자에 기댄 채 천장을 올려다보고 있는 후쿠로코지에게 가마모토가 컵을 건넸다.

"고맙네……응? 녹차군."

"네. 이치하라 씨가 가져다줬습니다. 찻잔이 없어서 좀 그렇지만."

"아니야. 이걸로 충분해. 아무래도 해외에 나오면 양식을 먹게 되니까 녹차를 마시면 마음이 놓인달까."

"……사콘 건을 차치하더라도 이번 현장은 어쩐지 정신이 없네요."

"내 말이."

스파이짓을 하고 있던 감사에 미야비의 기분은 오락가락하고 젊은 직원들은 신경전을 벌이질 않나 루루는 남질 않나 기술부끼리 싸우기까지. 현장이 아닌 곳에서 잡음이 일어나면 현장까지도 말썽이 이어지는 법이다.

후쿠로코지는 마음을 터놓고 지내는 몇 안 되는 동료인 가마모토에게 있었던 일들을 빠르게 이야기했다.

"감사가 왔었군요……."

가마모토는 듣자마자 정색했다.

"이럴 때일수록 스태프들이 힘을 합쳐도 모자랄 판에 요즘 젊은 애들은 무슨 생각을 하는 건지 도무지 모르겠어."

"캐스트 중에서는 와카바야시가 그렇습니다. 딱 시킨 일만 하죠. 센스있는 애드리브까지는 바라지도 않아요. '탐정'에게 실수라도 할까 봐 조마조마하다니까요."

"너나 나나 고생이군."

"……저희가 맞춰줄 수밖에 없죠."

두 사람은 녹차를 마시며 한숨을 내쉬었다.

퇴직한다는 사실을 가마모토에게는 털어놓을까 잠시 망설였지만 그만두기로 했다.

"그럼, 다녀오지. 불평만 늘어놔서 미안하네."

"천만에요. 저도 주방으로 돌아가 보겠습니다."

후쿠로코지는 피곤한 몸을 이끌고 사령실로 내려갔다.

"어디 갔다 온 거야!"

들어서자마자 미야비의 호통이 날아들었다. 언제 그랬냐는 듯 오만한 말투로 돌아와 있었다.

"빨리 보고 해!"

"……린코에게는 감시를 붙여두었습니다."

후쿠로코지는 미야비를 쳐다보지도 않고 의자에 앉았다. 깜짝 놀랄 정도로 피로회복이 더뎠다.

"제제 일은 물어봤어?"

"아직……입니다."

"상황이 나빠지면 어떻게 되는지 알고 있는 거지?"

"네."

미야비의 협박에 단답형으로 반응하는 게 고작이었다. 파탄만은 피해 보겠다고 이리저리 정신없이 뛰어다니는 부하에게 '어떻게 좀 해봐'라고 닦달하기만 하는 상사. 말을 섞는 시간조차 아까웠다.

"난 숙소에 있을게. 움직임이 있으면 바로 알려주고."

당장 눈앞에 닥친 위기보다도 본부와의 연락이 더 중요한 듯했다. 미야비는 서둘러 사령실을 빠져나갔다. 힘없이 고개를 숙이고 있는 후쿠로코지를 향해 사츠키가 고개를 까딱 숙이더니 상사를 따라 나갔다.

"영상 도착했습니다."

반자키가 돌아보며 말했다.

모니터를 보자 분할 화면이 2개 늘어나 있었다. 양쪽 숲에서 저택 전체를 찍는 영상이다. 창문으로 드나드는 사람을 감시하기 위해 새롭게 설치했다. 숲으로 나간 고키가 카메라 조정을 마친 모양이었다.

"처음부터 이렇게 했으면 좋았잖아."

책상 위에 산처럼 쌓인 빵 너머로 루루가 빈정대며 말했다.

후쿠로코지는 들리지 않는 척했다.

원래 야외의 카메라는 살인 현장이 될 세 곳에만 설치했다. 시나리오상 그걸로 충분했다. 시나리오에 없는 살인이 일어나고 그 범인이 창문으로 드나들 거라고는 전혀 생각하지 못했다.

"내가 있어서 얼마나 다행이야. 이걸로 창문으로 들락날락하는 놈이 찍히면 사콘 사건은 해결이네."

루루는 감시 카메라를 새로 설치한 게 마치 자신의 덕인 것처럼 거들먹거렸다.

후쿠로코지는 또 들리지 않는 척 넘겼다.

숲 쪽에서 저택을 촬영하자고 제안한 사람은 다나카였다. 루루는 미야비에게 각 객실에 감시 카메라를 설치하자고 제안했다. 환기구 구멍에 카메라를 설치해서 캐스트뿐만 아니라 '탐정'의 방도 감시해야 한다고 주장한 것이다.

아무리 미야비라지만 '탐정'의 허락 없이 감시 카메라를 설치하자는 제안에는 주저했다. 후쿠로코지도 반대했다. 하지만 루루는 긴급사태라며 고집을 부렸다. 만약 감시하고 있었다는 사실이 '탐정'에게 알려지기라도 하면 일본지부의 신용은 바닥으로 떨어진다. 당연히 루루는 아무런 책임도 지지 않을 것이다. 후쿠로코지는 오히려 루루가 '탐정'에게 밀고하지 않을까 우려했다. 다나카의 경력에 흠집을 내고 싶어 안달인 루루라면 충분히 그러고도 남았다.

신용 문제와 긴급사태. 그 사이에서 미야비가 갈등하는 사이 다나카가 제안한 게 창문으로 드나드는 걸 감시하자는 것이었다. 미야비는 즉시 채용. 루루가 분해하는 얼굴이 쌤통이었다.

"하지만 제제가 범행을 저지른 거면 창문으로 드나들지 않았겠죠."
다나카가 냉정하게 말했다.
"네놈이 이렇게 하자고 한 거잖아."
루루가 어이없어했다.
"그건……그쪽이 그런 말을 하니까……."
"그건은 뭐고 그쪽은 뭐고 그런 말은 뭔데. 무슨 말 하는지 하나도 모르겠잖아, 작가님. 그리고 제제가 한 짓이라고 밝혀진 것도 아니잖아?"
험악해지는 사령실의 공기를 루루가 더 악화시켰다.
"죽은 줄 알았던 제제가 사콘을 죽인 범인이라니……진짜라면 그거야말로 범인이 피해자인 척하는 '버틀스톤 갬빗'이잖아. 애초에 왜 그런 귀찮은 짓을 하면서까지 제제가 사콘을 죽여야 하는 건데? 백번 양보해서 제제가 사콘에게 원한이 있었다고 쳐도 들키면 죽을 게 뻔한데 당연히 도망치는 게 우선 아니냐고 보통-."
"……."
루루의 다그침에 다나카는 침묵했다.
"뭐라고 말 좀 해봐. 넌 촉망받는 신입 작가에 명탐정이잖아?"
"이유는……자기가 죽었다고 생각하게 만들고 싶었던 게 아닐까요. 후쿠로코지 씨가 눈치채지 못했다면 아무도 제제가 살아있을 거라 생각하지 않았을지도 몰라요."
다나카가 고뇌하는 얼굴로 대답을 쥐어 짜냈다.
"그-러-니-까! 대체 왜 그렇게 귀찮은 짓까지 하면서 사콘을 죽인 건데? 게다가 이시무로도 찔렀잖아? 운영 측에 발각되면 죽을지도 모른다고. 제제는 죽지 않고 섬을 빠져나가는 게 제일 중요하지 않을까? 안 그래?"

다나카는 아무런 대답도 못 한 채 삐질삐질 땀만 흘렸다.

루루가 승리라도 거둔 얼굴로 후쿠로코지를 쳐다보았다.

"이렇게 수준 낮은 꼬마를 작가로 써도 괜찮겠어? 뭐, 나는 상관없지만. 머잖아 파탄 나는 꼴이 눈에 훤하네."

"……다나카, 어디 아파?"

심상치 않은 땀을 흘리고 있는 다나카를 보고 후쿠로코지가 걱정스럽게 물었다.

"죄송합니다……머리를 너무 썼나 봐요."

"몸이 안 좋은 거면-."

"아니요. 잠시 시간을 주세요."

다나카는 양손으로 머리를 감싸 쥐고 눈을 감더니 혼자 중얼거리기 시작했다.

"……할 수 없나."

혼잣말을 끝낸 다나카는 눈을 뜨고 의자에서 일어섰다.

"상황을 정리하겠습니다."

"정리 따위 필요 없다니까!"

루루의 빈정거림에도 다나카는 아랑곳하지 않았다. 눈은 뜨고 있었지만, 시선은 어디에도 향해 있지 않았다.

"사콘을 죽인 사람이 제제가 아니라면 범행은 다른 사람이 했다는 말이 됩니다."

"당연한 소리를!"

"하지만 만약 제제가 사콘과 이시무로를 죽였다 하더라도 혼자서 했다고 보기엔 어려워요."

"그러니까 제제가 아니라고!"

"잠깐만."

후쿠로코지도 루루의 말을 무시했다.

"혼자서는 어렵다고? 그렇다는 건 제제가 저택 안의 누군가와 같이 일을 벌였다는 건가?"

"같이 했다기보다는……제제를 조종한 '흑막'이 있을 겁니다."

"'흑막'이라고?"

"이번에는 음모론이야?"

루루가 사사건건 시끄럽게 굴었다. 후쿠로코지는 루루에게 등을 돌리고 다나카를 상대했다.

"어디까지나 제제가 잠복해 있다는 전제이기는 해도……움직임이 제한된 제제가 범행을 저지르기 위해서는 누군가의 도움이 필요합니다. 그리고 아마도 그때의 주도권은 제제가 아닌 제제를 조종하는 사람이 갖고 있을 겁니다."

"제제는 장기말……?"

"게다가……."

다나카가 주위를 둘러보더니 루루에게 다가갔다.

"…뭐, 뭐야."

"잠깐 실례할게요."

다나카는 루루가 먹으려고 가져온 빵더미 안에서 카스텔라를 집어 들었다.

"어? 야!"

"이번 사건은 다층 구조로 되어 있어요."

이렇게 말하며 다나카는 카스텔라 한 조각을 접시에 올렸다.

"'탐정'을 위한 원래의 탐정 유희를 1층이라고 하면, 탐정 유희를 관리하는 우리 운영 측의 시점은 2층이라고 할 수 있죠."

다나카는 카스텔라 위에 카스텔라 한 조각을 더 올렸다.

"2층에 있는 사람들, 그러니까 우리들은 1층을 장악하고 관리합니다. 탐정 유희는 보통 이렇게 2층 구조로 진행되지만, 이번에는 운영이 파악하지 못한 상위 단계인 3층이 나타난 겁니다."

다나카가 카스텔라를 한 조각 더 쌓아서 3층으로 만들었다.

"3층에 있는 사람은 '탐정'의 움직임은 물론 운영의 계획도 손바닥 보듯이 보고 있을 거예요."

"'흑막'이 3층의 사람이라고 말하는 건가? 운영의 움직임까지 파악하고 있다고?"

"네."

"내 카스텔라 내놔!"

"그렇군. 하지만 시나리오를 알고 있다는 조건이면 '탐정'과 일부를 제외한 모든 캐스트가 해당해. 아니, '탐정'도 시나리오를 입수하면 가능하지. 생각하고 싶진 않지만……."

"그렇죠."

"어이! 누가 내 카스텔라 좀 갖고 와!"

"제가 말하고 싶은 건 위층의 의도를 아래층의 사람이 파악하는 건 어렵다는 거예요. 보통 탐정 유희에서 '탐정'이 운영의 계획을 전부 파악하는 건 불가능합니다. 2층과 3층의 관계도 마찬가지이지요. 하나 다른 점이 있다면 2층의 우리들은 아래층 사람들에게 단서를 남기면서 적극적으로 도와주지만, 3층의 '흑막'은 아래층 사람들에 대한 서비스 정신은 전혀 없죠."

"목적이 다르단 말이군. 그럼, 우리가 '흑막'을 밝혀내려면 어떻게 해야 하지?"

"아래층에 남겨진 위층의 흔적을 찾아야만 합니다. '흑막'이 의도치 않게 남긴 흔적이요."

클라이언트에게 탐정 유희를 제공하는 동안 누군가에 의해 운영 전체가 탐정 유희에 빠져 있었다. 심지어 아무런 단서도 즐거움도 없는 악의만이 가득한 탐정 유희.

"흔적을 어떻게 찾지?"

후쿠로코지의 물음에 다나카가 바로 대답했다.

"저도 1층에 내려갈게요."

"……캐스트가 되어서 저택 안을 수사하겠다는 거지. 그런데-."

"와카바야시를 대신해서 고용인이 될게요. 와카바야시는 '탐정'과 접촉한 적도 없고 혹시 들키더라도 계속 창고에서 일했다고 하면 될 겁니다."

"……시간이 얼마 없어."

"알고 있습니다."

"나 참 작가가 캐스트가 돼서 어쩌겠다는 건데. 냉정하게 판단하는 게 작가의 일이라고."

루루가 빈정대자 다나카가 웬일로 눈을 흘겼다.

"지금부터는 누구도 제 시나리오를 망치게 하지 않을 겁니다."

다나카가 말을 되받아 치자 루루는 입을 꾹 다물고 어깨를 움츠렸다.

"후쿠로코지다. 와카바야시. 지금 당장 사령실로 와주게."

후쿠로코지는 무선으로 와카바야시를 사령실로 부르고 다나카에게 고용인 옷을 입혔다.

다나카를 데리고 고용인실로 올라갔다.

비밀 문을 열기 직전 다나카는 크게 심호흡했다.

"긴장되네요."

"무섭나?"

후쿠로코지가 씩 웃었다.

고용인실에서 뒷문으로 나와 소각로로 향했다. 사콘과 이시무로의 시체는 그대로였다. 날이 추우니 마지막 날까지 발견했을 때 상태 그대로 두기로 했다.

다나카는 이시무로와 사콘의 시체를 관찰하기 시작했다.

사콘의 목에 꽂혀 있는 아이스픽은 '탐정'이 빼낸 후 시체 옆에 놓아두었다.

"감시 카메라로 봤던 거와는 역시 전혀 다르네요."

"당연하지."

후쿠로코지가 다시금 씩 웃었다.

한참 동안 시체를 살펴본 다나카는 사콘 곁에 무릎을 꿇고 목의 상처를 가리켰다.

"여기. 상처 자국이 좀 이상하지 않으세요?"

"어디가?"

사콘의 시체는 발견했을 때도 '탐정'이 수사할 때도 자세히 살펴보았다.

"상처 자국이 이중으로 되어 있어요."

"이중……듣고 보니 그렇군."

사콘의 상처 자국은 아이스픽 끝부분의 지름보다 컸다. 상처 모양도 깨끗하지 않았다.

"한 번 찔렀던 아이스픽을 빼서 다시 찌른 건가……."

"아마도 그런 것 같아요."

"이유는……원한인가?"

"아니요. 무차별적으로 찌른 건 아닌 것 같습니다. 딱 맞진 않지만 신중하게 같은 곳을 찌르려고 노력한 것 같아요. 두 번 찔렸다는 걸 감추기 위한 위장이었겠죠. 이걸로 의문이 하나 풀렸습니다."

"의문? 그건 또 처음 듣는 말인데."

"……아니, 불확실한 걸 말하면 모두 혼란스러워지니까요. 혼나기도 하고."

다나카가 입을 삐죽거렸다.

그랬다. 이 녀석은 책임과 부담에서 계속 도망치기만 하던 남자였다.

"그건 됐고. 사콘이 두 번 찔린 게 뭐가 어쨌다는 건데?"

"저희는 이시무로가 찔린 다음에 사콘이 살해당했다고 생각하고 있었어요. 이시무로와 사콘은 같은 흉기로 살해되었고 그게 사콘의 목에 남아있었으니까요. 하지만 사콘이 두 번 찔린 거라면-."

"……살해 순서가 바뀌는군."

"네. 사콘이 이시무로보다 먼저 살해당했을 가능성이 있는 거죠. 제제의 짓이라는 가능성까지 포함해서 '흑막'의 계획이라고 본다면 '흑막'은 사콘을 등 뒤에서 찔러서 죽인 다음 시체를 소각로 앞까지 옮겼어요. 그리고 사콘을 찔렀던 아이스픽을 빼서 소각로 안에 살아있던 이시무로를 죽이고 아이스픽을 다시 사콘의 목에 꽂아놓았단 말이 됩니다."

"사콘이 이시무로보다 먼저 살해당한 거라면 사망 추정 시각이 꽤 넓어지겠는데. 사망 시각의 위장이 '흑막'의 목적인가?"

"그것도 이유는 맞지만, 진짜 목적은 따로 있었을 겁니다."

"진짜 목적? 무슨 속셈인 건데?"

"탐정 유희를 파탄시키지 않는 거요."

"뭐?"

후쿠로코지의 눈이 놀람으로 커졌다.

"'흑막'이 파탄을 피하려 했다는 거야?"

"정황상 그렇습니다. 애초에 정신을 잃어서 내버려두기만 하면 소사체가 될 이시무로를 왜 찔러야만 했을까요?"

"확실히 죽이기 위해서겠지. 설마 의식적인 의미는 아니겠지."

살인의 동기를 말할 때 '의식적 범행'은 꽤 편리한 수단이다. 광신적인 사람의 범행이라고 해두면 합리적인 이유를 생략하면서 엽기적 살인을 연출할 수 있기 때문이다. 그러나 사콘의 죽음은 탐정 유희의 범주에서 벗어나 있다. 합당한 살해 동기가 있어 마땅했다.

"그런데 이미 사콘은 살해당한 상태예요. 아이스픽을 남겨두려면 이시무로의 시체여도 상관없었을 텐데."

"음."

"그렇게 하지 않은 건 '흑막'이 이시무로의 사인을 척살로 하고 싶지 않았기 때문이에요. 린코는 이시무로를 척살하기 위해 움직였던 게 아닙니다. 어차피 찔러 죽일 거면 같이 홍차를 마실 필요도 없었고 고용인실에 혈흔이 남을 위험도 있었죠."

"하지만 이시무로에게 찔린 상처가 남아있었잖아."

"상처가 타지 않고 남아있을 거라고 생각하지 못했던 게 아닐까요. 린코가 이시무로를 소각로에 넣었을 때 이시무로는 똑바로 누워있었어요. 하지만 발견되었을 땐 엎드린 상태였죠. 아마도 이시무로는 복부를 찔린 다음 소각로 안에서 숨이 끊어지기 전에 몸부림을 쳤을 겁니다."

그러면 얼굴을 판별할 수 있는 상태에서 발견된 것도 수긍이 갔다. 똑바로 누운 상태 그대로였으면 얼굴뿐만 아니라 아이스픽에 찔린 상처도 분간되지 않았을 것이다.

"시나리오대로 약에 취한 상태에서 타버린 걸로 보이게 하고 싶었단 건가. 도무지 동기가 뭔지 모르겠는데."

"와이더닛(Whydunnit-범죄의 동기에 초점을 맞추어 전개되는 미스터리-옮긴이)에 대해서는 나중에 말씀드릴게요. 이것 말고도 '흑막'이 시나리오를 의식하고 있다는 증거가 있습니다. 소각로의 반딧불 영상을 보면 사콘은 여기에서 살해된 게 아니에요. 그렇게 짧은 시간에 사콘을 죽이고 이시무로를 찌르고 흉기를 되돌려 놓는 건 불가능해요. 즉 사콘의 시체를 일부러 옮겨 놓았다는 말이지요."

"그것도 파탄을 막으려고 한 거라고?"

"어디에서 사콘을 살해했는지는 모르겠지만 만약 다른 장소에서 사콘의 시체가 발견되면 두 번째 살인과는 다른 살인으로 생각될 테니까요."

"⋯⋯괴문서 내용과 맞지 않게 되겠군."

사콘의 시체를 발견한 직후 시체를 남겨둘지 숨길지를 두고 고민했던 게 떠올랐다.

"음, 세 번째 살인 후에 사콘의 시체가 발견되면 시나리오가 파탄 나고. 사콘이 행방불명된 상태로 끝나버려도 우리가 수습할 수 없게 됐겠지."

"네. '흑막'은 사콘의 죽음이라는 예정에 없던 사건을 만들면서도 되도록 탐정 유희의 시나리오를 지키려 하고 있어요."

섣불리 믿을 수 없는 말이었지만, 확실히 이대로 아무 일이 없다면 사콘의 죽음까지 포함해 시나리오는 무사히 완결된다.

"그런데, 똑같은 질문을 계속하게 되지만. 대체 왜 이런 일을 한 거지?"

"그게 말이죠. 와이더닛에 대해서는……저도 잘 모르겠습니다."

다나카가 눈을 내리깔았다.

"여기까지 추리해 놓고서는 정작 중요한 부분은 모른다고?"

"……아니, 보통은 이렇게 안 한다고요. 이건 뭐 장난치는 것도 아니고."

"그렇게 말하면 안 되지. 이게 그냥 장난이면 '탐정'보다도 질이 나빠."

이렇게 말하는 후쿠로코지도 말로 표현할 수 없는 불온함을 느꼈다.

"동기뿐만이 아니에요. 사콘이 '거짓 증거'를 가지고 있던 이유도 수수께끼로 남아있고, 사콘이 밖으로 나간 경위도 확실하지 않아요. 저택 안에서 살해당한 다음 밖으로 옮겨졌는지, 스스로 밖으로 나갔는지……지금 상태에서는 단서가 될 만한 게 너무 없어요."

"더 수사할 건가?"

"혹시 모르니 선착장에도 가보겠습니다."

"나는 저녁 식사에 가봐야 해."

"혼자서도 괜찮아요."

"조심하고. 항상."

"네."

다나카는 뒷마당을 돌아나가 선착장으로 향했다. 뒷문 앞에서 멀어지는 다나카의 뒷모습을 지켜보던 후쿠로코지는 왠지 모를 불안을 느꼈다.

## 6.

밤이 깊어지고 있었다.

저녁 식사는 아무런 맛이 나지 않았다. 감시 역할인 이치하라는 식사 중에도 감시를 소홀히 하지 않았다. 식사가 끝난 뒤에는 방까지 따라와서 지금까지 딱 붙어있다.

"이제 곧이야."

이치하라의 재촉에 린코는 지시서의 세 번째 장을 주머니에 넣었다.

결국 살인에서 도망치지 못했다.

반쯤 포기한 상태로 방을 나섰다.

복도, 현관홀, 인기척이 없는지 확인하면서 지나쳤다.

현관문을 열고 밖으로 나오자, 별채의 서고에 불이 들어와 있는 게 보였다.

가즈오미는 이미 도착해 있는 듯했다.

린코는 아무도 보지 않는 것을 확인한 후 별채로 향했다.

노크하자 떨떠름한 얼굴로 가즈오미가 문을 열었다.

"밤늦게 실례합니다. 여쭤볼 것이 있어서요."

"허허, 아주 기쁜 손님이 찾아오셨네요. 어서 안으로 들어오시죠."

가즈오미의 안내를 받은 린코가 별채로 들어갔다.

열 평 정도의 공간에 몇 개나 되는 책장이 늘어서 있었다. 전부 목재로 만들어진 별채는 저택과 비교하면 만듦새가 엉성했다. 오래된 건물이라는 설정인데 군데군데 새것으로 보이는 자재들이 노출되어 있었다.

어차피 태워버릴 거라고 대충 만들었나 보네.

린코는 자신도 놀라울 만큼 침착했다.

벽 너머에서 희미하게 발소리가 나는 것도 놓치지 않았다.

이치하라가 여기까지 쫓아온 건가. 이렇게 신뢰받지 못하고 있을 줄이야……원인 제공을 한 건 자신이었지만 화가 났다.

"여기에는 저 외에는 아무도 오지 않습니다. 츠구테루가 좀 더 문학에 관심이 있었더라면 심심하진 않았을 텐데 말이죠."

가즈오미는 린코에게 일인용 소파를 권했다. 자신은 커다란 책상 너머에 있는 팔걸이의자에 앉아 책상 위에 놓여 있던 홍차를 한 모금 마셨다.

"그래서 물어보고 싶다는 건 뭔가요?"

"푸아로의 책은 전부 여기 있다고 들었어요. 빌릴 수 있을까 해서요."

"호오, 크리스티를 좋아하시나요?"

"네. 하지만 빌리려는 건 사건을 수사하기 위해서예요."

"사건과 푸아로가 관계되어 있는 건가요?"

가즈오미는 린코를 '탐정'이라고 생각하고 있는지 어떤 질문이라도 전부 답해주겠다는 태도였다.

린코는 대화를 나누며 벽에 장식된 회전식 권총을 슬쩍 쳐다보았다. 가즈오미는 모를 테지만, 그 안에는 실탄이 들어있다. 방아쇠를 당기면 발포된다.

OK……리허설대로만 하면 실패하지 않을 거야.

린코는 손목시계로 시간을 확인했다. 지금 딱 22시가 되려는 참이었다.

"그럼, 전 그만 돌아갈게요. 죄송하지만 아까 말씀드린 책을 빌려가도 될까요?"

"그럼요. 물론입니다."

린코의 재촉에 가즈오미는 책장에서 책을 찾기 시작했다. 등을 무방비하게 내보인 채였다.

저택의 종소리가 울렸다.

린코는 조용히 자리에서 일어나 벽에 걸린 권총에 손을 뻗었다.

종소리가 댕, 댕 일정한 간격으로 울리고 있었다. 종소리가 나는 타이밍에 맞춰 방아쇠를 당기면 발포음이 들리지 않게 죽일 수 있다.

린코는 권총을 가즈오미의 등을 향해 겨누었다. 손끝이 떨렸다. 지금까지의 살인과는 다르다. 약만 먹이는 게 아니라 직접 사람을 죽여야 한다.

댕, 댕-.

종소리는 곧 멈춘다. 그런데 방아쇠에 걸린 손가락이 움직이지 않았다.

"당겨! 당겨! 당겨!"

머뭇거리는 자신을 향한 질타가 목소리로 나왔다.

가즈오미는 보청기를 끼고 있었지만 실제로는 귀가 잘 들렸다. 갑작스러운 린코의 목소리에 놀란 가즈오미가 뒤를 돌아보았다.

"이 자식! 뭐 하는 거야!"

순식간에 가즈오미의 가면이 벗겨지고 흉포한 원래 얼굴이 드러났다.

"날 죽이러 온 거냐!"

자신을 향해 달려오는 가즈오미를 보고 린코는 자기도 모르게 방아쇠를 당겼다.

철컥!

해머가 떨어지는 소리. 들린 소리는 그것뿐이었다.

"어……?"

불발-.

린코는 머릿속이 새하얘졌다.

"너 '탐정'이 아니었구나!"

가즈오미가 팔을 잡아챘다.

재차 방아쇠를 당겼지만, 탄환은 나오지 않았다.

그사이 가즈오미는 린코의 팔을 잡은 채 목을 움켜쥐었다.

"나를 죽인다고? 그런 소린 듣지 못했다고!"

의식이 흐려졌다.

뭐야. 운영이 아니라 이 아저씨한테 죽는 거야……?

등 뒤에서 벌컥 문이 열렸다. 기억하는 건 여기까지였다.

의식이 돌아온 후에는 바닥에 쓰러져 있었다.

눈앞에서는 후쿠로코지와 가즈오미가 몸싸움을 벌이고 있었다. 정신을 잃었던 건 아주 잠깐이었던 듯했다.

이어서 또 한 사람이 뛰어 들어왔다. 고용인 옷을 입은 남자—작가인 다나카였다. 후쿠로코지를 도와주러 가즈오미에게 달려들었다.

"빨리 쏴!"

몸집이 큰 가즈오미를 필사적으로 막으면서 후쿠로코지가 외쳤다.

퍼뜩 오른손에 권총을 쥐고 있다는 걸 깨달았다.

"……안 돼요. 두 번이나 쐈다고요! 총알이 없던가 고장 난 거 같아요!"

"그럴 리가 없어! 어서 쏴!"

후쿠로코지는 우는 소리를 받아 주지 않았다.

날뛰는 가즈오미와 뒤엉켜 맞서던 다나카의 재킷 단추가 날아갔다.

"총알이 나올 때까지 쏴!"

다나카가 얼굴을 일그러트리며 외쳤다.

린코는 일어서서 방아쇠를 당겼다.

불발.

"왜 이러는 거야!"

미친 사람처럼 소리치면서 다시 한번 방아쇠를 당겼다.

탕-.

건조한 발포음과 함께 가즈오미의 움직임이 멈췄다. 공포로 굳은 얼굴이 천천히 린코를 향했다.

"……거짓말."

린코는 눈을 의심했다.

종소리가 멈췄다.

피를 흘리고 있는 사람은 다나카였다.


## 7.

"……대체 무슨 짓을!"

후쿠로코지의 외침이 끝나기가 무섭게 다나카가 무릎을 꿇으며 바닥에 쓰러졌다.

린코는 눈이 빨갛게 변한 채 떨고 있었다.

"아니야……이러려고 한 게……."

망연자실하게 다나카를 보고 있던 후쿠로코지가 벽에 내동댕이쳐졌다. 누군가 와서 몸으로 밀쳤다는 걸 인식했을 땐 이미 가즈오미가 별채 밖으로 뛰쳐나간 후였다.

가즈오미를 쫓아야 할지, 다나카를 구해야 할지. 판단을 내리지 못한 채 뇌가 멈추었다.

"……쫓아가세요."

다나카가 몸을 웅크리고 중얼거렸다.

"어디 봐."

후쿠로코지는 다나카의 재킷을 열고 빨갛게 물든 셔츠의 버튼을 풀었다. 복부에 뚫린 구멍에서 피가 흘러나오고 있었다.

"빨리 쫓아가세요."

"하지만, 이대로는……."

"어차피 늦었어요……의식을 붙잡고 있는 게 고작이에요."

다나카는 진땀을 흘리며 쓴웃음을 지었다.

"아직 살 수 있어!"

"파탄만은 막아주세요……."

"그럼 죽지 마! 고용인이 이런 데서 죽으면 그거야말로 파탄이다!"

"가즈오미를 죽이려다가……잘못해서 고용인을 쐈다고 하면……."

이 순간에도 대책을 세우는 건 작가로서 칭찬받을 일이었지만, 그 목소리는 점점 약해지고 있었다.

"바보 녀석! 그런 허접한 결말로 어쩌라고!"

"가즈오미가 폭주하면······진짜······끝이에요······저의······저의 시나리오를······절대 엉망으로 만들지 말아주세요······."

이 말을 끝으로 다나카는 더는 움직이지 않았다.

"······."

후쿠로코지는 마이크에 대고 고함을 질렀다.

"후쿠로코지다! 이치하라! 가마모토! 가즈오미가 별채에서 도망쳤다! 어서 확보해!"

〈이치하라, 알겠습니다.〉

〈가마모토, 바로 가겠습니다.〉

"린코!"

후쿠로코지는 일어서자마자 린코의 어깨를 움켜쥐었다.

"이건 사고야. 네 탓이 아니야."

"하지만······제가······."

"남은 절차를 제대로 마치는 거야. 동요하지 마. 알았지?"

"······네."

"좋아, 다시 일로 돌아가는 거야."

후쿠로코지는 린코에게 시나리오의 수정 사항을 알려주었다. '탐정'이 빨리 수수께끼를 풀고 가즈오미가 살아남는 시나리오도 미리 준비해 두었다. 하지만 그렇게 하면 세 번째 살인이 일어나지 않는다. 다나카가 남긴 대책을 토대로 수정한다. 구체적인 대사까지 정해주는 건 불가능하니 배경만 조금 변경하고 애드리브로 대응할 수밖에 없다.

린코가 수정사항을 외우는 걸 지켜본 다음 움직임이 없는 다나카를 흘깃 보고 별채를 나왔다.

가즈오미가 도망친다면 어딜까?

운영 측 사람이 있는 저택은 피하고 싶지 않을까.

〈여기 있습니다! 선착장 쪽으로 도망치고 있습니다!〉

가마모토에게서 무선이 들어왔다.

"후쿠로코지다. 알겠다. 지금 가지."

후쿠로코지는 선착장으로 달려갔다.

도착했을 때는 가마모토가 가즈오미를 붙들고 있었다.

"이야기가 다르잖아!"

후쿠로코지를 본 가즈오미가 한심한 목소리로 화를 냈다.

"착각하지 마. 너를 죽이거나 하지 않을 거니까."

"거짓말하지 마! 아까 그 여자가 나를 죽이려고 했다고!"

후쿠로코지가 한숨을 내쉬었다. 여기에서 가즈오미를 잘 구슬리지 못하면 끝장이다.

"총에 맞지 않았잖아. 죽일 대상은 고용인이었어."

"……난 그런 얘기 못 들었어."

"일부러 얘기 안 한 거야. 네 연기가 워낙 서투르니까. 이렇게까지 당황할 줄은 몰랐어."

"……그……그럼……으으……그런……거였어……뭐야, 놀라게 하지 좀 마!"

가즈오미의 몸에서 힘이 빠졌다.

"빨리 돌아가서 역할을 마저 수행해."

"알겠어. 더는 놀라게 하지 말라고."

후쿠로코지는 가즈오미에게 수정 사항을 전달했다.

캐릭터의 배경은 이미 모두 알고 있다. 예정과는 달리 살아남는 전개가 되어버렸지만, 조금만 수정하면 어떻게든 마무리 지을 수 있을 것이다.

먼저 가즈오미를 돌려보낸 후 잠시 뒤 후쿠로코지도 저택으로 향했다. 숲을 빠져나오자, 저택의 정원이 빨갛게 물들어 가고 있었다. 린코가 별채에 불을 지른 것이다. 원래대로라면 별채와 함께 타버릴 사람은 가즈오미였다. 하지만-.

"제길."

후쿠로코지는 풀 곳 없는 분노를 내뱉었다.

## 8.

저택 안에 있던 사람들이 별채의 불길을 눈치채고 속속 밖으로 나왔다.

거센 불길 탓에 별채 주위에서 바라만 보고 있었다.

그 모습을 린코는 숲속에서 지켜보고 있었다.

작은 목조 가옥은 30분도 지나지 않아 전부 불타버렸다. 린코는 숲을 빙 돌아 화재를 지켜보던 손님들 뒤에 아무 일 없었다는 얼굴로 합류했다.

방관하는 사람들 안에는 가즈오미와 후쿠로코지의 모습도 보였다. 후쿠로코지의 비통한 표정은 도저히 연기라고는 믿을 수 없을 정도였다.

불길이 잦아들었을 무렵에는 약간의 잔해만이 남아있을 뿐 별채는 거의 전소 상태였다.

"이게 단순한 화재라고는 다들 생각하지 않으시겠죠?"

모두가 안정을 되찾았을 즈음 아란이 입을 열었다.

"마견의 최후의 울부짖음인가."

마에가네가 농담처럼 말하자 아카리는 옆에서 허리에 손을 짚었다.

"이번에는 크리스티였죠."

"그럼 또 누군가가……."

미츠가 아카리에게 물어보듯 눈을 쳐다보았다.

"후쿠로코지, 사람들은 모두 있나?"

츠구테루가 후쿠로코지에게 확인하게 했다.

"……와카바야시가 없습니다."
"저택 안에 있는 건 아니고?"
"이치하라 씨, 저택은 살펴봤나요?"
후쿠로코지가 이치하라에게 물었다.
이치하라는 힘없이 고개를 가로저었다.
"고용인실에는 없었습니다."
"주방에도요."
가마모토가 덧붙였다.
"자기 방에 있다고 해도 이 난리통에 나와 보지 않는 건 이상하군."
후쿠로코지가 심각한 표정을 지었다.
"지금 당장 저택 안을-."
"조사해 보면 알 거 아니냐고."
마에가네는 후쿠로코지의 말을 끊고 별채의 잔해 속으로 발을 옮겼다.
아란과 아카리도 뒤를 따랐다.
"이거네."
마에가네가 금방 무언가를 발견했다. 무너진 기둥 아래로 발이 삐져나와 있었다.
"기둥 좀 치워주시겠어요?"
아란의 요청에 후쿠로코지와 가마모토가 기둥을 들어 올려 옆으로 옮겼다.

"으흐흐, 거참 마견도 가차 없구먼. 고용인인가?"

"옷도 다 타버렸고 얼굴도 분간이 어렵네요."

시체를 보고 있던 마에가네와 아카리 곁으로 가즈오미가 다가갔다.

"와카바야시입니다. 별채 청소를 맡겼습니다."

"별채에 혼자 있다가 살해당했다……사인은요?"

언제나처럼 시체를 핥기라도 할 것처럼 살펴보던 마에가네에게 아카리가 물었다.

"전부 새까맣게 타버려서 말이야……어? 이건?"

마에가네가 시체의 왼손을 들어 올렸다.

들어 올린 손이 주먹을 쥐고 있는 걸 보고 린코는 일단 안심했다.

"와카바야시 씨가 뭔가 쥐고 있는데."

마에가네가 시체의 주먹을 펴자, 종이조각이 나타났다. 불에 타버리지 않게 린코가 미리 물에 적셔둔 것이다. 혹시 몰라 꽉 쥐어둔 다나카의 주먹에도 가즈오미가 먹다 남긴 홍차를 부어 젖게 만들고 그 위에 젖은 책까지 올려둔 덕분에 불길 속에서 무사했다.

"호오."

마에가네가 종이조각을 펼쳐 훑어보더니 아란에게 건넸다.

"……이번에는 영어네요."

종이조각을 보자마자 아란이 말했다.

"번역하지 않아도 되니까 그대로 읽어요."

아카리가 여전히 시체를 살펴보며 아란을 재촉했다.

"분부대로……뭐, 번역할 필요도 없나. 유명한 제목이니까."

"빨리 읽어요-."

멀리 떨어져 있던 미츠가 독촉했다.

아란이 키득거리며 웃더니 종잇조각에 쓰인 글자를 읽어 내려갔다.

"Death on the Nile."

"……데스? 유명한 거야?"

미츠가 옆에 서 있던 린코에게 물었다.

"애거사 크리스티의 작품 이름이에요."

린코는 기다렸다는 듯이 대답했다.

"푸아로 시리즈의 1권입니다."

츠구테루가 이어서 말했다.

"일본에서는 『나일강의 죽음』이라고 번역되어 있지요."

"아아, 그 제목은 들어본 적 있어요."라며 미츠가 손뼉을 쳤다.

"별채에는 푸아로와 홈즈의 모든 시리즈가 있었으니까요."

후쿠로코지가 책장의 잔해를 가리켰다.

"흐음, 그렇군. 이건 책에서 제목 부분만 찢은 것 같아."

아란이 종잇조각의 찢긴 부분을 주위 사람들에게 팔랑팔랑 흔들어 보였다.

"다잉 메시지 같은 건가?"

"아니, 범인이 쥐고 있게 했을 수도 있지."

"어느 쪽이든 간에 이걸로 괴문서의 예고는 전부 이루어진 거군."

아카리와 마에가네가 대화하는 사이 츠구테루가 잔해 앞에서 외쳤다.

"여러분, 여기!"

발밑에는 흉기인 회전식 권총이 떨어져 있었다.

린코가 남겨 놓은 것인데 다들 좀처럼 발견하지 못하고 있어서 나서서 알려줘야하나 하고 생각하던 참이었다.

"우와! 브리티시 불도그인가. 꽤 오래된 물건인데."

아란이 허락도 구하지 않고 거침없이 권총을 집어 들었다.

"젊으신 분이 잘 아시는군요!"

가즈오미가 감탄했다.

"골동품입니다. 별채의 벽에 장식했던 것이지요."

"그게 흉기?"

아카리는 권총에서 멀찌감치 떨어졌다.

"하지만 총성은 안 들렸는데."

린코는 준비된 대사를 뱉었다.

"종소리야."

아란이 한쪽 손을 주머니에 찔러넣었다.

"별채 안에서 총을 쏴도 발포음은 저택 안까지 들리기 어렵죠. 게다가 화재가 일어나기 직전까지 종소리가 났어요. 종소리에 맞춰서 쏘면 저택 안에 어디서도 들리지 않았을 겁니다."

"그렇군요……."

린코는 어안이 벙벙했다. 몸과 마음이 만신창이가 되며 겨우 완성한 트릭이 허무하게 밝혀져 버렸다.

"별채 앞에 총이 떨어져 있다는 건 자살도 아니란 말이네요."

아카리가 말하자 마에가네가 "당연하지"라고 내뱉듯 말했다.

욱하는 아카리를 아랑곳없이 아란이 말을 이었다.

"피해자를 쏴 죽인 범인은 건물까지 한꺼번에 태워버렸어요. 크리스티의 그림자도 남겨두면서 말이지요. 문제는 여기 고용인이 있다는 걸 범인이 어떻게 알았느냐는 건데……."

"아마도 저를 노렸을 겁니다."

가즈오미가 안절부절못하며 말을 꺼냈다.

"보통 이 시간은 제가 여기에 있습니다. 오늘은 여러분과의 저녁 식사 때문에 조금 늦어졌지만, 평소와 같은 시간에 와 있었다면 제가 총에 맞았을지도 모릅니다. 와카바야시에게 미안하게 되었네요. 청소를 조금 더 빨리했더라면 죽지 않았을 텐데."

가즈오미가 조금 빠른 말투로 설명을 마쳤다. 여기에서 주어야 할 정보는 모두 주었다. 변경된 시나리오도 이대로면 문제없었다.

긴장이 풀린 순간, 창백하던 다나카의 얼굴이 떠올랐다.

다리가 후들후들 떨렸다.

후쿠로코지가 별채를 나간 다음 린코는 다나카에게 달려가 지혈하려 했다.

다나카의 배에는 뻥 구멍이 뚫려 있었고 구멍에서 대량의 피가 흐르고 있었다.

다나카는 몽롱한 의식 속에서도 린코가 지혈하려고 손을 뻗자 "그만둬"라며 안간힘을 쓰며 말했다. 옷에 피가 묻으면 바로 범인인 게 탄로 날지도 모른다며 걱정했다. 이때 다나카와 몇 마디 말을 나누었는데, 어떤 내용이었는지는 기억이 나지 않는다. 그리고 완전히 움직이지 않게 된 다나카에게 책을 찢은 조각을 쥐여주고 곳곳에 등유를 뿌리는 데만 집중했다.

사람을 죽이고 말았다……그 실감이 마음을 무겁게 눌렀다.

정신을 차려보니 린코는 땅바닥에 주저앉아 있었다.

후쿠로코지가 화난 얼굴을 하고 있다. 눈으로 '일어서'라고 다그쳤다.

알고 있다. 주위 사람들에게 동요를 들키면 안 된다. 하지만 몸에 힘이 들어가지 않았다. 자꾸만 눈물이 차올랐다.

후쿠로코지가 가마모토에게 눈짓했다.

가마모토는 앞치마 뒤에 손을 넣고 천천히 린코를 향해 다가왔다.

일어서고 싶었지만, 공포로 점점 더 몸이 굳었다.

죽는다…….

모든 것을 단념한 바로 그때-.

"범인을 찾았어."

'탐정'이 소리 높여 선언했다.

# 제 5 장

## 그리고, 미궁에 빠지다

# 1.

후쿠로코지는 모두를 응접실로 안내했다.

"그럼, 어디 들어볼까?"

일인용 소파에 깊이 앉은 아란이 실력을 보여보라는 듯 팔짱을 끼었다.

"뜸 들이지 말고요."

아카리도 다리를 꼬고 귀를 기울였다.

"알았어."

수수께끼 해결을 선언한 사람은 마에가네였다.

"먼저 트릭에 대해서는 굳이 논의할 필요도 없겠지? 크루즈선에서도 소각로에서도 타이머를 사용한 간단한 트릭으로 범인은 알리바이를 만들었어."

모두가 말없이 고개를 끄덕였다.

"그럼, 다음은 아까의 화재. 여기에서는 두어 가지 확실히 해두고 싶은 게 있는데, 아케치 양."

마에가네가 긴 소파의 끝에 앉아있는 린코에게 다가가더니 옆에 털썩 앉았다.

린코는 앞만 본 채 반응하지 않았다. 정신이 딴 데 팔려있는 모습이었다.

후쿠로코지는 불길한 예감이 들었다.

마에가네는 린코와 어깨를 맞대고 옆얼굴을 물끄러미 바라보았다.

"당신, 별채가 불탔을 때 어디에 있었어?"

"……."

린코는 계속 멍하니 있었다.

별채 앞에서 린코가 주저앉았을 때는 심장이 쪼그라드는 줄 알았다. 갑자기 울면서 쓰러지면 부자연스러운 건 물론이고 동요한 나머지 쓸데없는 소리를 할 우려도 있었다. 가마모토에게 서둘러 저택 안으로 데려가라고 지시를 내리자마자 마에가네가 수수께끼를 풀었다고 선언했다. 이때다 싶어 후쿠로코지는 "밖은 추우니까요"라며 저택 안에서 추리를 설명하도록 권하며 일단 사람들을 해산시켰다. 린코는 가마모토와 이치하라의 부축을 받으며 저택으로 돌아왔지만, 그 뒤로 줄곧 저 상태였다.

"듣고 있는 거야?"

전혀 반응을 보이지 않는 린코를 보며 마에가네가 얼굴을 찌푸렸다.

"아케치 님은 몸이 안 좋으신 것 같습니다."

뒤에서 대기하고 있던 이치하라가 린코의 등을 쓸어주었다.

"읏."

린코가 깜짝 놀라 퍼뜩 정신을 차렸다.

이치하라가 등을 쓸어내리는 척하며 등을 찌른 것 같았다. "밖에서도 힘들어 보였어요."

미츠가 걱정스러운 말투로 말했다.

"……뭐, 뭐예요!"

그제야 마에가네와 밀착되어 있단 걸 깨달은 린코가 몸을 비틀며 피했다.

"별채로 달려가기 전에 어디에 있었냐고."

"방에서 쉬고 있었어요. 피로가 쌓였는지 피곤해서요."

마에가네의 질문에 드디어 린코가 대답했다.

"별채가 불타고 있는 건 언제 알았어?"

"'불이야'하는 소리가 들려서 알았어요."

린코는 담담하게 증언했다. 별채의 화재를 '탐정'이 알 수 있도록 이치하라가 저택 안에서 난리를 피웠던 걸 린코에게도 미리 말해두었다.

"좋아! 그걸로 됐어!"

마에가네가 의기양양하게 자리에서 일어나 영문을 모르겠다는 얼굴을 한 린코를 내려다보았다.

"으흐흐, 아가씨 지금 그 말은 거짓말이야."

"무슨 말이에요? 뜸 들이지 말라고 했잖아요."

아카리가 싸늘한 시선으로 마에가네를 쳐다보았다.

"별채에 불이 난 걸 알게 된 타이밍은 모두 똑같을 거야."

"네. 저도 이치하라 씨가 소리쳐서 알았으니까요."

"저도-."

입을 열려던 아란을 마에가네가 손으로 제지했다.

"남자는 상관없어. 문제는 여자들이야. 그 고용인이 난리를 치고 바로 서관 2층에서 두 명이 내려왔어."

마에가네는 아카리와 미츠를 차례로 쳐다보았다.

"하지만, 아케치양은 내려오지 않았지."

"그 말은 계속 지켜보고 있었단 겁니까?"

츠구테루가 화들짝 놀랐다.

"그래. 식당에서 보고 있었지."

"뭐?"

아란조차 입을 다물지 못했다.

"마견이 또 나쁜 장난을 친다면 오늘밖에 없어. 그래서 식당에서 술을 마시면서 기다리고 있었지. 그런데 화재가 일어나더라고? 그래서 복도로 나와서 동관 계단을 지켜보고 있었던 거야."

"왜죠?"

"기분 나빠요."

아카리와 미츠가 입을 모아 비난했다.

"내가 노리고 있던 건 너희가 아니야. 이 아가씨지. 계속 기다려도 내려오지 않길래 별채로 갔더니……어라? 이상하네. 구경꾼들 사이에 아가씨가 있는 거 아니겠어?"

아카리와 미츠는 마에가네를 노려보던 시선을 린코에게로 돌렸다.

"이상하지 않아? 아가씨, 창문으로 나오기라도 한 거야?"

린코는 침묵했다.

"2층 창문에서 뛰어내린 게 아니면 생각할 수 있는 건 하나야. 아가씨는 모두가 화재를 눈치채기 전에 몰래 나가 있었다는 거지."

"그것밖에 없군."

아란이 동의했다.

"그러니까……아케치 씨가 범인이라는 말이에요?"

미츠가 입을 틀어막았다.

"선착장은 배를 정비하는 제제를 제외하면 사람들이 잘 가지 않아. 하지만 마당에 있는 별채는 얼마든지 드나들 수 있지. 주특기인 시한발화장치를 써도 불이 붙기 전에 발각당할 위험이 있어. 그래서 죽이자마자 불을 붙인 거야. 그러면 저택 안으로 돌아가기가 어려워지지. 현관이든 뒷문이든 들어가는 모습을 들키면 그 자리에서 끝이니까. 내 말이 맞지?"

마에가네의 다그침에 린코는 미간을 찡그렸다.

"고작 그런 이유로 내가 범인이라는 거예요? 너무 안일한 거 아닌가요? 확실히 방에 있었다는 건 거짓말이 맞아요. 사실은 선착장에서 제제 씨의 시체를 다시 살펴보고 있었어요. 혼자 몰래 가서 봤다는 걸로 말이 나올까 봐 순간적으로 거짓말을 했어요. 죄송합니다."

"으흐흐, 좋아, 좋아. 그렇게 발뺌해야 밝혀내는 보람이 있는 법이지."

마에가네는 양손 주먹을 퍽퍽 맞부딪혔다.

"자, 그럼 내가 아가씨를 지켜보고 있었던 이유부터 설명해 줄까?"

"좋아하는 스타일이라고만 하지 말아 줘."

아란이 어깨를 으쓱했다.

"나는 여자 얼굴 따위 상관 안 해. 으흐흐."

"우웩."

미츠가 질색하는 얼굴로 혀를 내밀었다.

"아가씨가 꼬리를 밟힌 건 고용인이었던 이시무로가 소각로에서 발견되었을 때야."

"소각로? 거기에 아케치 씨와 관계있는 물건이 있었던가?"

아카리가 고개를 갸웃했다.

"아니, 시체를 보기 전에."

"……아침 식사 자리에서?"

"맞아. 두 번째 살인이 일어난 걸 우리들이 알게 된 건 언제였지?"

"집사가 알려주러 왔을 때죠."

"그때 집사가 말한 건 사콘의 죽음과 고용인의 실종이었어."

"네. 그래서요?"

"집사는 '고용인이 행방불명입니다'라고만 말했어. 그렇지?"

마에가네의 물음에 후쿠로코지는 '그랬던 것 같기도 하군요'라며 두루뭉술하게 대답했다.

"아하."

아란이 싱긋 웃었다.

"그런데 그 말을 들은 직후에 아가씨는 이렇게 말했지. '메이드도 무사하지 않을지도 몰라요'라고 말이야."

"행방불명된 고용인이 여성이라는 걸 어떻게 알았냐는 거네요."

아카리가 감탄하며 린코의 반응을 관찰했다.

린코는 태연하게 대답했다.

"그건 이시무로 씨의 인상이 강하게 남아있었으니까요. 저희가 저택에 왔을 때 짐을 들어준 것도 이시무로 씨였고요."

"호오, 아주 그럴듯한 변명인데. 하지만 행방불명이라고 들으면 당연히 그 자리에 있는 고용인을 확인하는 게 보통이지. 이시무로뿐만 아니라 와카바야시라는 어린 녀석도 없었다고. 그런데 콕 집어 이시무로라고 생각했다고?"

"……네. 와카바야시 씨는 기억에 남아있지 않아서요."

마에가네는 큰 소리로 혀를 찼다.

"하하하. 이렇게까지 단호하게 말하면 마에가네 씨도 곤란하겠는데요. 증거를 가져오지 않으면 안 되겠어요."

아란의 웃음에 마에가네는 얼굴이 시뻘겋게 변했다.

"증거도 있어!"

"오, 진짜요?"

아란이 눈을 빛냈다.

"그걸 가져와."

마에가네의 말에 후쿠로코지는 준비해 두었던 두 장의 종이를 테이블에 올려놓았다.

"다들 기억하겠지? 한 장은 소각로에서 발견한 쪽지. 그리고 또 한 장은 내가 받은 모두의 사인이야. 잊지 않았지?"

"기억하고 있습니다. 그래서요?"

아란이 몸을 내밀었다.

"먼저 여길 잘 보라고."

마에가네는 타고 남은 쪽지에 손으로 쓰인 '엘시 펜윅이 어디에 묻혀 있는지 알고 있다'라는 문장에서 알고 있다의 '知' 자를 손으로 가리켰다.

"그리고 이쪽."

이어서 린코의 사인을 보여주며 '아케치(明智)'의 '智'를 가리켰다.

"흐음, 필적이군."

아란이 두 개의 문자를 뚫어지게 보며 비교했다.

"듣고 보니 '知'의 모양이 같은 것처럼 보이네요."

"으흐흐, 글씨에는 버릇이 나오는 법이니까."

"아케치 씨의 글자를 비교해 보려고 모두에게 사인을 받았던 건가요?"

"아가씨한테만 사인을 받으면 의심하고 있는 게 들켜버릴 테니까. 경계해서 몸을 사리기라도 하면 곤란하거든."

'다른 의미로 이미 충분히 경계하고 있었지만'이라고 눈으로 말하며 쏘아보는 린코를 개의치 않고 마에가네는 점점 더 흥분했다.

"이걸로 끝났어! '흑사장 살인'에 빗대서 이 문장을 쓴 사람은─."

"아니에요."

마에가네의 말이 채 끝나기도 전에 린코는 딱 잘라 부정했다.

아무리 그래도 그렇게까지 단호하게 아니라고 할 필요는 없잖아.

린코는 어지간히 마에가네가 싫은 모양이었다.

"마에가네 씨는 필적 감정 전문가신가요?"

"……그건 아니지만 아무리 봐도 똑같은 글씨잖아!"

"아무리 봐도 똑같은지 모르겠는데요."

"똑같아!"

"아니에요."

"네네. 우리끼리 아무리 말해봤자 결론은 나지 않아요. 경찰도 전문가도 없으니, 증거로는 불충분한 걸로 하죠."

아카리가 손뼉을 치며 두 사람을 말렸다.

후쿠로코지는 내심 흥미진진하게 대화를 지켜보고 있었다.

마에가네가 몰래 린코를 지켜보고 있었다는 것도 놀라웠고 남겨둔 단서들도 순조롭게 밝혀지고 있었다. 다만, 린코를 범인이라고 단정 지을 '결정적 증거'가 아직이다. 결정적 증거 제시는 클라이맥스이자 '탐정'의 만족도를 높이는 중요한 포인트다.

더 이상 추리가 진전되지 않는 듯해서 후쿠로코지는 기폭제를 던져 주기로 했다.

"첫 번째 살인은 어떤가요?"

이렇게 말하며 이치하라에게 슬쩍 눈으로 신호를 보냈다.

눈이 마주친 이치하라가 "저기"라며 손을 들었다.

"사실은……어제 저녁 식사 전에 선착장 근처에서 아케치 님과 마주쳤습니다. 섬을 산책하셨다고 말씀하셨지만, 지금 생각해 보니……."

"또 증거가 늘어났네."

마에가네가 이빨을 훤히 드러내며 웃었다.

준비한 단서는 되도록 전부 제공한다. 이것도 서비스다. '탐정'은 대부분 복선이 회수되는 걸 좋아하는 법이라 자신이 눈치채지 못했던 단서가 많으면 많을수록 높게 평가하는 경향이 있다.

그렇다고는 해도 이치하라의 목격 증언도 결정적 증거로는 부족하다. 아직 단서는 남아있다. 지금부터는 느긋하게 '범인' 찾기를 즐길 차례다.

"……이제 끝이네요. 네, 맞아요. 제가 했습니다."

뜬금없이 린코가 죄를 시인했다.

"뭐?"

후쿠로코지의 눈이 커졌다.

이치하라도 가마모토도 벌어진 입을 다물지 못했다.

자백이 빠르다고, 바보 자식!

미스터리의 범인 맞추기는 대개 범인의 자백으로 끝난다. 개중에는 평정심을 잃고 탐정을 덮치려 하는 등 추가로 죄를 짓기도 한다. 현실에서는 설사 결정적인 증거를 들이대도 그 자리에서 범행을 인정하는 경우는 없다. 머리가 좋은 범인이면 더욱 그렇다. 모든 사실이 다 밝혀져서 어쩔 수 없더라도 묵비권을 행사하며 변호사를 부르고 무죄를 주장하면서 법정까지 끌고 간다. 그러나 미스터리에서는 아무리 천재적인 범인이어도 탐정이 증거를 나열하면 그 자리에서 자백해 버린다. '그로부터 십수 년 동안 법정 다툼이 이어졌다'라고 끝나는 미스터리를 좋아할 독자는 없기 때문이다. 탐정 유희도 그런 점에서는 마찬가지다. 결정적인 증거가 나오든가 어느 정도 증거들이 갖추어지면 '범인'은 자백한다.

하지만―.

지금 타이밍은 빨라도 너무 빠르다. 이렇게 끝나면 '탐정'은 아쉽다고 느낄 게 불보듯 뻔했다.

린코에게 반항의 의사는 없어 보였다. 아마도 실수인 것 같았다. 심지어 부적절한 타이밍에 자백했다는 것조차 본인은 까맣게 모르고 있었다.

후쿠로코지는 대화에 끼어들려고 앞으로 한 걸음을 내디뎠다.

……잠깐만.

후쿠로코지는 내디뎠던 발을 제자리로 되돌렸다.

만족도가 떨어진다고……그게 뭐 어때서.

이대로 린코를 범인으로 단정 짓고 '진짜 범인' 찾기로 넘어가도 시나리오는 성립한다. 파탄 날 염려도 없다. 아마 클레임도 들어오지 않을 것이다. 그렇다면 내버려두는 편이 합리적 아닌가? 완성도 따위 어떻게 되든 상관하지 않기로 마음먹었잖아? 어디까지나 퇴직금만 받으면 되니 지금은 효율을 중시하는 편이 옳았다.

그런데……어딘지 모르게 마음에 걸렸다. 빨리 나서라고 누군가가 재촉하고 있는 것만 같다. 후쿠로코지는 가슴을 부여잡고 목소리의 출처를 찾았다.

—지금부터는 누구도 제 시나리오를 망치게 하지 않을 겁니다.

이 자식…….

후쿠로코지는 눈을 질끈 감았다.

목소리의 주인은 다나카였다. 별채의 바닥에 웅크린 채 핏기 없는 얼굴로 호소했던 다나카. 그 눈빛이 후쿠로코지의 눈꺼풀에 남아있었다.

"아케치 님!"

정신을 차렸을 땐 이미 소리를 지르고 있었다.

스스로 놀랄 정도로 빠르게 다가가 말문이 막힌 린코를 향해 외쳤다.

"정말 당신이 이 저택의 고용인을 죽였습니까? 만약 그게 진실이 아니라면 지금은 장난할 때가 아닙니다!"

## 2.

죽는 줄 알았다.

린코는 눈앞으로 날아든 후쿠로코지에게 기선제압당했다.

"당신이 범인이면 저는 절대 용서하지 않을 겁니다! 장난치지 말고, 진실을 말해주세요!"

분개하는 후쿠로코지의 모습을 보고서야 린코는 자신이 중대한 실수를 저질렀다는 사실을 깨달았다.

태연한 척 행동했지만, 다나카의 모습이 머릿속에서 지워지지 않아 혼란스러웠다. 빨리 중압감에서 벗어나고 싶은 마음에 서둘러 자백해 버린 것이다.

린코는 자리에서 일어나 마에가네를 보며 말했다.

"……막 이렇게 금방 범인이 자백하면 얼마나 쉽겠어요."

후쿠로코지는 작게 한숨을 내쉬고 물러섰다.

린코는 다시 마에가네를 노려보았다.

린코가 혼란에 빠진 원인은 또 하나 있었다.

이 기분 나쁜 남자가 '탐정'이었다고……?

믿기 어려웠지만 짚이는 점도 있었다.

이시무로를 죽이기 직전 응접실에서 들려오던 마에가네의 커다란 웃음소리. 시체를 조사할 때도 불쾌할 정도로 열심이었다.

돌이켜 생각해 보니 마에가네가 더욱더 혐오스러웠다.

거짓 증거에 넘어간 척 후쿠로코지를 의심하는 것처럼 행동했던 것도 린코를 방심하게 만들기 위해서였던 것이다. 이건 그래도 괜찮았다. 더 용서할 수 없는 건 린코를 범인이라고 의심했으면서도 세 번째 살인까지 방치했다는 점이었다.

바로 범인이라고 지적했더라면 다나카를 죽이는 일은 없었을 텐데…….

하지만 마에가네가 탐정으로서 행동하는 건 거기까지였다.

"마에가네 씨, 아깝게 됐네요. 바로 코앞이었는데."

아란이 마에가네의 어깨를 두드리며 말하자 마에가네는 못마땅한 얼굴로 소파에 엉덩이를 내던졌다. 교대라도 하듯이 아란이 자리에서 일어섰다.

"지금부터는 제가 말씀드리죠."라며 양손을 주머니에 찔러넣었다.

그야말로 미스터리에 자주 등장하는 '명탐정은 모두를 모아놓고 자, 라고 말하며'라는 광경을 방불케 했다.

역시 아란이 '탐정'이었나.

이것 또한 린코의 마음을 복잡하게 했다. 후쿠로코지와 운영 측 사람들에게 들키지만 않았다면 아란에게 지시서를 전달하고 세 번째 살인 전에 사건을 해결할 수 있었을지도 몰랐다.

"마에가네 씨가 말을 꺼내기도 했으니, 증거부터 생각해 볼까요."

아란은 별채의 잔해에서 회수한 책의 찢어진 페이지를 꺼내 소각로에서 발견한 쪽지 옆에 놓았다.

"첫 번째 살인에서는 퀸, 두 번째 살인에서는 카, 세 번째 살인에서는 크리스티. 각각의 작품이 나타나 있어요. 전부 다잉 메시지라고도 생각할 수 있지만, 피해자들이 그런 걸 남길 이유는 없지요. 그러면 이걸 남긴 건 범인이라는 말이죠."

"네. 그건 모두가 동의할 겁니다."

츠구테루가 끄덕였다.

"이것도 모두 동의하시겠죠? 범인은 구체적인 작품을 특정해서 메시지를 남기고 있고 그 작품들은 퀸의 『X의 비극』, 카의 『흑사장 살인사건』, 크리스티의 『나일강의 죽음』이라는 것."

"틀림없죠."

아카리가 인정하자 아란은 더욱 기세등등했다.

"세 작품에 공통점이 있나요?"

"시대 배경이 비슷하고. 작가들이 같은 세대 사람들이고. 그 외에는……주인공이……음, 딱히 공통점은 없는 것 같은데."

아카리가 생각에 잠겼다.

린코도 단서의 의미에 대해서는 들은 적이 없었다. 그저 현장에 남겨 놓으라고 지시받았을 뿐이다. '진짜 범인'이 누군지 궁금하기도 해서 자신도 추리에 참가하고 싶었지만, 미스터리에 대한 지식이 빈약하다는 사실이 드러날 것 같아서 가만히 있기로 했다.

"주인공은 어떤 사람들이죠?"

후쿠로코지가 말을 꺼냈다.

그렇다는 건 수수께끼 풀이와 관계되었을 가능성이 높다는 말이다.

"『X의 비극』은 드루리 레인, 『흑사장 살인사건』은 헨리 메리베일 경, 『나일강의 죽음』은 에르퀼 푸아로."

"푸아로는 나도 알아요."

아카리가 나열한 캐릭터 중에서 미츠는 푸아로에만 반응했다.

"푸아로의 특징이라고 하면 회색 뇌세포, 키가 작고 벨기에인."

"그리고 콧수염."

아카리와 미츠가 마주 보고 웃었다.

"드루리 레인은 배우이고 귀가 안 들리고, 헨리 메리베일 경은 귀족이고 원래 군인이었고 의사이면서 변호사……이 정도이려나?"

아카리가 대략적인 특징을 나열하자 마에가네가 코웃음을 쳤다.

"흥, 공통점 따위 없어. 라이벌 작가들이 비슷한 캐릭터를 만들었을 리가 없잖아. 이 안에 있는 사람들과 일치하는 특징도 없고……아니, 있나? 드루리 레인은 귀가 들리지 않아. 어이, 집사 양반! 당신 보청기를 끼고 있었지?"

마에가네는 농담 반 진담 반으로 후쿠로코지에게 귀를 보이라고 다그쳤다.

"하아……."

후쿠로코지는 보청기를 빼서 건넸다.

"그런데 보청기를 끼고 있는 사람이……."

"저도 끼고 있습니다."

이치하라가 손을 들었다.

"저도입니다. 두 사람에게 보청기를 권한 것도 저였지요."

가즈오미가 호쾌하게 웃었다.

"세 명이나 있잖아. 게다가 마에가네 씨도 의사잖아요. 사콘 씨는 변호사였어요."

"……그럴 수도 있단 말이지. 진지하게 받아들이지 말라고."

아란의 지적에 마에가네가 다시금 못마땅한 표정을 지었다.

아카리가 한심하다는 듯 짧게 한숨을 뱉었다.

"애초에 주인공 캐릭터와 겹친다는 근거도 없는 거잖아요. 더 단순하게 생각하면 어때요? 엇갈린 손가락과 소각로에 남겨진 쪽지의 의미는 뭘까요?"

"『X의 비극』에서는 왜 시체의 손가락을 교차시켜 놓았어?"

미츠의 질문에 아카리가 "그건 말이지"라며 말을 시작했다.

"기차 안에서 발견된 시체가-."

"잠깐, 잠깐, 숙녀분들."

아란이 아카리의 설명을 끊더니 손가락 두 개를 내밀었다.

"인생 최고의 희열을 빼앗으면 너무 불쌍하잖아요. 궁금하면 지금 당장 『X의 비극』을 읽도록 해요."

"그 말도 맞네요. 실례."

아카리가 바로 수긍했다.

"알았어. 후쿠로코지 씨, 퀸의 책은 있는 거죠?"

미츠가 해맑게 웃으며 후쿠로코지에게 물었다.

"네. 푸아로와 홈즈만 타버렸습니다. 퀸, 카, 크리스티의 다른 작품은 모두 저택 안에 있습니다."

"나중에 천천히 읽어볼게요."

미츠가 짝 소리와 함께 손을 모았다.

"스포일러와는 별개로 말인데."

아란이 테이블에서 소각로의 쪽지를 집어 들었다.

"이 문장은 이시무로 씨나 사콘 씨의 사건과는 직접 관계가 없는 것 같은데."

"그런가요?"

츠구테루가 미간에 주름을 만들었다.

아란은 "으음"하고 생각하더니 말을 이었다.

"첫 번째 살인에서는 기차와 배라는 차이는 있어도 교통수단 안에서 발견된 시체의 손가락이 교차되어 있었고. 두 번째 살인에서는 소사체와 가늘고 긴 흉기에 찔린 시체, 그리고 '엘시 펜윅'에 대한 문장. 각각 『X의 비극』, 『흑사장 살인사건』을 흉내 내고 있고. 이건 두말할 필요 없이 확실한데."

"그렇지."

아란의 혼잣말에 마에가네가 맞장구쳤다.

"그런데 더 이어지는 게 없어. X자로 꼬인 손가락에도 의미가 없고, 엘시 펜윅이라는 사람도 우리와는 관계가 없어. 심지어 마지막 살인은 작품명이 적힌 책 페이지가 남아있을 뿐이야. 범인이 세 건의 살인 현장과 네 명의 시체를 통해서 나타내고 있는 건 지금까지 말했던 세 개의 작품. 단순히 그것뿐이란 말이지."

"개별적인 증거의 의미를 찾는 건 나무만 보고 숲을 보지 못하는 거라고 말하고 싶은 건가요?"

아카리가 의아하다는 표정을 지었다.

"맞아요. 그리고 세 개의 작품이 나타내는 건……앗! 그렇군! 그래! 그런 거였어!"

"혼자서 호들갑 떨지 말고 빨리 말해요."

난리법석을 떠는 아란을 아카리가 나무랐다.

"역시 주목해야 하는 건 세 작품의 주인공들이었어요!"

"아까 아니라고 결론 난 것 아니었어?"

마에가네가 내뱉듯 말했다.

"아니, 범인은 아무렇게나 세 작품을 고른 게 아니었어요. 전부 그 주인공이 처음으로 등장하는 작품이라고요."

"어이어이, 그게 무슨 미스터리 소설 오타쿠같은 소리야. 들어줄 수가 없구먼."

"맞아요! 소설 오타쿠, 미스터리 마니아. 그것도 키워드예요!"

"저기요. 미안하지만 첫 등장 작품인 게 세 작품의 공통점이라는 건 애초에 전제부터 잘못됐어요."

아카리가 냉정하게 지적했다.

"분명히 『X의 비극』은 드루리 레인 시리즈의 첫 작품이고, 메리베일 경도 『흑사장 살인사건』에서 처음으로 등장했지만, 『나일강의 죽음』은 푸아로 시리즈의 중반 정도에 나온 작품이란 말이에요."

"아니! 모두 처음으로 등장하는 작품이에요! 거기에 의미가 있어요!"

아란은 양보하지 않았다. 찢어진 책의 페이지를 아카리에게 내밀었다.

"여기 쓰여 있는 건 원제목인 『Death on the Nile』. 푸아로의 유명작품은 맞지만, 크리스티는 같은 제목의 작품을 하나 더 썼어요."

"……그렇군요."

아카리의 눈이 번쩍 뜨였다.

"뭐야, 뭐야. 두 사람만 얘기하지 말고 좀 알려줘."

미츠가 아카리의 소맷부리를 잡아끌었다.

"크리스티는 단편집에서도 『Death on the Nile』이라는 작품을 썼어. 그 단편집의 제목은 『파커 파인 사건집』. '파커 파인' 시리즈의 두 작품 중 첫 번째 작품이지."

"맞아요. 다시 말해 사건에 쓰인 작품은 모두 시리즈의 첫 작품이고 각 주인공이 처음으로 등장하는 작품이라는 말입니다. 그러니까 주목해야 하는 건 각 작품의 주인공이 되는 거죠."

아란은 흥분한 나머지 방 안을 이리저리 걸어 다니기 시작했다.

린코는 혼란스러웠다. 지금 아란이 말하는 게 사실인지 아닌지 판단을 내릴 수 없었다.

이렇게까지 추리하는 걸 보면 아란이 '탐정'일 것이다. 그런데 마에가네가 캐스트라면 수수께끼를 풀었다고 선언하는 '탐정'만이 누릴 수 있는 줄거움을 빼앗을 리가 없었다.

대체 어떻게 된 거야……누가 '탐정'인 거지?

아란의 추리가 틀린 건가? 아니면 '탐정'의 추리를 도와주는 역할인 건가? 그런데 이제와서 마에가네가 나설 타이밍도 없는 것 같고. 아란이 캐스트면 너무 설쳐대는 것 같은데.

"아케치 씨."

갑자기 아카리가 린코의 이름을 불렀다.

"당신, 여기 오자마자 크리스티 작품이 있는 책장에서 푸아로 외의 시리즈를 한 권씩 빌려 갔었죠? 거기엔 당연히 『파커 파인 사건집』도 있었을 텐데요."

거의 핵심에 근접했다.

하지만, 이때를 대비한 변명은 이미 준비해 두었다.

"제가 『파커 파인 사건집』의 목차를 찢어서 시체에 쥐여주기라도 했다는 건가요? 그런 건 누구나 사전에 준비할 수 있는 것 아닌가요?"

일단은 반론했지만, 예상한 대로 아카리는 쉽게 물러서지 않았다.

"물론 그랬을 가능성도 있지요. 하지만 확인하는 건 간단해요. 그 책을 여기로 갖고 와 주실 수 있을까요?"

"여기에……말인가요?"

린코는 말문이 막힌 척했다.

"네. 부탁이에요. 『Death on the Nile』이 적힌 목차 페이지가 찢어져 있고 이 찢어진 페이지와 찢긴 부분이 일치하면 결정적인 증거가 되겠죠. 설마 잃어버렸다고는 하지 않으시겠죠?"

린코는 심각한 얼굴로 고개를 숙였다.

하마터면 웃음이 나올 뻔한 것을 겨우 참았다. 표정과는 달리 기분은 날아갈 것 같았다. 드디어 해방이다.

이거야말로 아케치 린코가 범인이라는 결정적 증거. 『파커 파인 사건집』은 방에 있다. 처음부터 페이지가 찢어져 있었다는 변명은 통하지 않는다. 린코는 자발적으로 『파커 파인 사건집』을 빌렸다. 누군가 강제로 시켰다고 주장할 수도 없었다.

더는 발뺌할 수 없어……그렇죠?

린코가 슬며시 시선을 보내자, 후쿠로코지가 살짝 고개를 까딱했다.

……드디어 끝났다.

"정말 훌륭한 추리네요."

도발적으로 말하면서 린코는 주머니에 손을 집어넣어 지시서를 움켜쥐었다. 이걸로 추리는 '진짜 범인' 찾기로 넘어갈 것이다.

"……."

주머니 안에서 손이 멈추었다.

결국……'탐정'은 누구인 거지?


## 3.

린코의 자백에까지 다다른 후쿠로코지는 어깨의 짐이 한결 가벼워진 기분이었다.

"이건⋯⋯."

린코가 내민 지시서를 츠구테루가 읽더니 다른 사람들에게도 보여주었다.

"역시 아케치 씨의 단독범행일 것 같진 않았어요. 이번 범행을 가능하게 하려면 저택의 구조를 잘 알아야 하거든요. 여기 처음 온 아케치 씨 혼자서는 어렵죠."

지시서를 훑어본 아란이 구차한 설명을 덧붙였다.

후쿠로코지는 시계를 확인했다.

'진짜 범인'까지 이제 정말 곧이다.

이번 탐정 유희는 지시 역할인 '진짜 범인'과 실행 역할인 '범인', 어느 쪽부터라도 추리할 수 있도록 만들었다. '진짜 범인'을 먼저 맞춘 뒤에 실행범이 따로 있다는 추리도 가능했다.

어느 쪽이든 레인, 메리베일, 파인의 이름이 등장하면 수수께끼는 전부 해결된 것이나 마찬가지였다.

"아케치 님은 지시서를 보낸 사람이 누구인지 모른다는 거네요?"

"네. 이메일로 협박을 받아서 어쩔 수 없었어요. 내용이 너무나 구체적이어서요."

아란의 질문에 린코가 순순히 대답했다.

"어떤 협박을?"

"⋯⋯저는 어둠의 세계에서 일을 하고 있어요."

"아아, 그랬었지요."

"그 세계에서 사람을 화나게 하면 저 같은 건 언제 바다에 가라앉게 될지 몰라요. 그래서……."

"당할만한 일이 있었다는 거네요."

"네, 협박 메일을 보낸 사람은 어디서 제 정보를 손에 넣었는지 자기 말을 듣지 않으면 밀고하겠다고."

"명령의 내용이 여기에서의 연쇄살인이었다는 거죠?"

아카리가 조용히 물었다.

"지시는 전부 우편으로 도착했어요. 이 지시서 외에도 더 자세히 적힌 것도 있어요. 이미 추리하신 대로 제제 씨를 약에 취하게 한 다음 시한발화장치로 불태웠어요. 이시무로 씨도 똑같이 고용인실에서 약을 먹인 다음 소각로에 넣었고 타이머를 세팅했어요. 사콘 씨는 계획에 없었는데 이시무로 씨를 소각로에 넣는 걸 들켜버려서……."

"사콘 씨가 운이 나빴네요."

아란이 쓴웃음을 지었다.

"와카바야시 씨는 별채에 장식되어 있던 권총으로 쏴 죽이고 그 자리에서 불을 붙였어요. 저택에 돌아갈 시간이 없었던 것도 추리하신 대로에요."

"어때. 여기까지의 추리만 보면 거의 퍼펙트라고 할 만하지 않아?"

아란이 보란 듯이 양손을 벌렸다.

"너 혼자 한 건 아니지만 말이지."

마에가네는 가마모토에게 가져오게 한 와인을 들이켰다.

"남은 건 아케치 씨를 조종한 진짜 범인이 누구냐인데……."

아란은 턱을 매만지며 생각에 잠겼다.

"단서들에 이미 나와 있잖아."

아카리의 선언에 모두 어리둥절한 표정을 지었다. '진짜 범인'을 모르는 린코도 놀란 듯했다.

"……설명 좀 해줘 봐."

아란이 분한 표정으로 물었다.

"네가 말한 그대로야."

"내가?"

"세 건의 살인 현장에 남겨진 세 작품. 그거야말로 진짜 범인이 보내는 메시지라고."

"메시지?"

"진짜 범인은 아케치 씨의 범행이 발각되더라도 자신에게는 화가 미치지 않도록 했어."

"그래, 지금만 봐도 그렇지. 범인은 밝혀졌는데 진짜 범인까지는 이어지지 않았잖아."

마에가네가 마지못해 동의했다.

"하지만 진짜 범인은 계속 보내고 있었던 거야. 자신의 정체를 알리는 힌트를."

"힌트?"

"그것도 네가 말한 대로야. 각각의 세 작품에 등장하는 주인공이 진짜 범인을 가리키는 힌트지."

"……그건 실행범을 찾기 위한 힌트인 줄 알았는데?"

"이중 단서였던 거지. 아까는 퀸, 메리베일, 푸아로로 생각했었지만, 푸아로와 파인을 바꿔보면 어때? 파인의 직업은?"

"……상담가."

빙고!

후쿠로코지는 손가락을 튕기고 싶은 충동에 휩싸였다. 수수께끼가 깨끗하게 풀릴 때가 운영으로서도 제일 기분이 좋을 때다.

파커 파인은 인생 상담소의 상담가라는 특이한 직업을 갖고 있다. 의뢰인의 인생 상담을 통해 사건을 해결한다.

"거기에 레인의 특징을 더하면?"

"드루리 레인은……귀가 안 들려……."

아카리의 재촉에 아란이 중얼거렸다.

그 순간 아란과 마에가네가 동시에 고개를 돌렸다.

두 사람의 시선은 가즈오미에게 향하고 있었다.

"보청기를 낀 상담역할……한 사람으로 좁혀져……."

"아니, 그럼 메리베일은 뭔데? 이 아저씨와의 공통점은 없잖아?"

"있어."

흥분한 마에가네를 아카리가 조용히 타일렀다.

"귀족이고 원래 군인이었고 의사이면서 변호사. 다채로운 얼굴을 가진 헨리 메리베일 경에게는 또 다른 유명한 별명이 있었지. 그건 바로 '마이크로프트(Mycroft)'."

"셜록 홈즈의 형······탐정의 형이군! 젠장!"

마에가네가 분해하며 발을 굴렀다.

"형님······."

츠구테루가 망연자실한 눈으로 가즈오미를 바라보았다.

가즈오미는 눈을 감은 채 수염을 쓰다듬고 있었다.

아카리가 질문을 던졌다.

"3대 미스터리 작가의 세 개의 작품, 세 명의 명탐정. 이 모든 것이 당신을 가리키고 있어요. 그렇죠? 가즈오미 씨."

가즈오미는 힐끗 후쿠로코지를 쳐다보았다. 후쿠로코지는 눈짓으로 자백을 허락했다.

"하하하하-."

기다렸다는 듯이 가즈오미가 호쾌하게 웃었다.

"하하, 요즘 들어 관절이 말을 듣질 않아서 말입니다. 현장 일은 전부 동생에게 맡겨 두었지요. 하지만 솔직히 말해서 탐정으로 활약하는 동생을 보며 질투가 나더군요. 추리력만큼은 절대 뒤지지 않는다고 자부했는데 이렇게 되다니 분한 마음이 들었습니다."

가즈오미는 동기를 설명하기 시작했다.

"범행을 계획한 계기는······부끄럽지만 제가 회사의 돈을······횡령했습니다."

"뭐라고요!"

츠구테루가 놀라 외쳤다.

"미안하게 됐다. 하지만 이 일이 곧 알려지게 생겼어. 그러면 네 귀에 들어가는 것도 시간문제겠지. 저는 명예를 잃기 전에 자살하려고 생각했습니다. 하지만 이대로 죽는 건 제 자존심이 허락하지 않더군요. 어차피 죽을 거라면 역사에 남을 만한 대사건에 이름을 남기고 죽고 싶었습니다. 후후, 알고 있습니다. 이게 하고 싶다고 되는 일은 아니지요. 그래서 스스로 사건을 만들기로 했습니다. 100년 후, 200년 후까지 전해질 기괴한 미해결 사건을 말입니다. 그리고 저는 당사자가 되어 죽으려 했지요. 한마디로 말하자면 장대한 강제 동반자살이라고도 할 수 있겠군요."

라고 가즈오미가 독백을 읊어 내려가는 동안 후쿠로코지는 '탐정'의 모습을 살폈다. 아무래도 가즈오미의 이야기를 전혀 듣지 않고 있는 듯했다.

동기에는 관심이 없는 건가······.

똑같이 미스터리 마니아여도 취향은 각양각색이다. 동기를 중시하는 사람이 있는가 하면, 트릭에만 관심이 있고 동기는 뭐든 상관하지 않는 사람도 있다.

다 끝나가는 시점에 흥미가 떨어지면 지금까지 해왔던 것들이 모두 물거품이다.

후쿠로코지는 방 뒤편으로 물러나 '탐정'의 눈에 띄지 않는 곳에서 가즈오미에게 '서둘러'라고 사인을 보냈다.

이제까지 한껏 뜸을 들이며 느긋하게 이야기하던 가즈오미가 곤혹스러운 표정을 지었다.

빨리하라고! 빨리!

후쿠로코지가 팔을 빙글빙글 돌렸다.

가즈오미의 말이 갑자기 빨라지더니 설명도 상당히 간략해졌다.

바스커빌관에서의 사건을 계획한 가즈오미는 먼저 자신의 탐정회사의 수사자료를 조사했다. 협박할 거리를 찾아 손발이 되어줄 사람을 찾기 위해서였다. 그렇게 찾아낸 사람이 어둠의 세계에서 일하고 있던 린코였다. 메일로 린코를 협박하고 회유했다. 그리고 저명한 탐정들을 저택으로 초대하여 연쇄살인을 실행에 옮겼다. 그 최후의 피해자가 되어 세상을 떠날 예정이었다.

미해결 사건을 계획하기는 했지만, 탐정으로서의 긍지가 있었기에 공정하게 단서를 남겨두기 위해서도 신경을 썼다. 혹 수수께끼가 풀렸을 때를 대비하여 자신이 얼마나 대담한 도전을 했는지를 과시하기 위한 힌트를 준비했다. 범행의 예고장이 되는 괴문서는 식당으로 향하기 전에 스스로 현관에 꽂아두었다. 만반의 준비를 하고 계획을 실행에 옮겼지만, 마지막의 마지막에 일어난 실수로 고용인이 죽고 자신은 살아남고 말았다.

가즈오미의 독백을 들으면서 후쿠로코지는 부끄러움에 얼굴이 화끈거렸다.

시나리오대로 가즈오미가 죽었다면 피해자가 범인이었다는 점으로 인해 의외성이 돋보였을 텐데. 그래도 성공은 성공이다. 파탄까지 각오했던 때를 생각하면 대성공이라고도 할 만 했다. 이제는 제제의 위협도 딱히 걱정되지 않았다. 그리고 무엇보다 다나카가 자신을 희생하면서 시나리오의 파탄을 막아내었다는 점은 높이 평가하고 싶었다.

　……진짜인가.

　별채에 남아있던 다나카의 모습이 떠올랐다.

　다음에 봤을 땐 얼굴도 몸도 판별할 수 없는 상태였다.

　버를스톤 갬빗-이 말이 머릿속을 스쳐 지나갔다. 시체의 신원을 판별할 수 없을 때 희생자인 줄 알았던 사람이야말로 범인. 퀸이 자주 쓰던 수법이다.

　사콘 사건의 진상은 여전히 안개 속에 가려져 있다.

　다나카, 너 이 자식 설마-.

　생각을 강제로 멈추었다.

　피날레를 알리는 화려한 클래식 음악이 저택 안에 흐르기 시작했다.

## 4.

　갑자기 시작된 현악합주에 린코가 어리둥절하고 있을 때 저택 안에서는 화려한 드레스를 입은 여성과 정장 차림의 사람들이 나타났다. 등 뒤로는 네 명의 연주자들이 현악기를 연주하고 있었다.

"수고하셨습니다. 수수께끼가 풀리고 참극의 무대도 무사히 막을 내렸습니다."

드레스를 입은 여성이 축사를 시작했다.

연주자들의 연주가 무르익어 가자, 후쿠로코지와 이치하라를 비롯한 고용인들이 박수를 보냈다. 가즈오미와 츠구테루도 박수를 쳤고, 린코도 후쿠로코지의 눈짓에 손뼉을 치기 시작했다.

"지금부터는 축하 파티입니다. 부디 저택에서 지냈던 시간을 떠올리면서 술과 요리를 즐겨 주세요. 캐스트들도 참가할 예정이니 자유롭게 이야기 나누시면 됩니다."

정장을 입은 사람들이 일사불란하게 요리와 술을 날랐다.

드레스 차림의 여성은 칵테일을 손에 들고 귀빈들에게 다가갔다.

"여러분, 각자 예리한 추리를 펼쳐 주셔서 저도 보면서 너무나 흥분했답니다."

"음, 난 혼자서 전부 풀어버리고 싶었는데 말이야."

아란이 아쉬워했다.

"범인이 아케치라는 걸 제일 처음 눈치챈 사람은 나라고."

벌써 잔을 비운 마에가네가 거드름을 피웠다.

"결과적으로 모두 힘을 합쳐서 해결한 거나 마찬가지니까 잘 된 거지, 뭐."

아카리는 썩 나쁘지 않았다는 표정으로 웃었다.

"다들 진짜 굉장해-. 나는 시체를 보기만 해도 너무 떨리던데."

미츠가 어깨를 움츠렸다.

"그럼, 다시 한번 여러분의 훌륭한 추리와 행운에!"

드레스를 입은 여성이 잔을 들고 손님들과 건배했다.

그런 거였구나……

린코는 이제야 의문이 풀렸다.

'탐정'이 네 명이었던 것이다.

죽음을 각오하고 아란의 방에 뛰어들려고 했던 자신이 바보처럼 느껴졌다.

"참가비는 조금 비싸도 재밌었지? 술도 맛있었고."

"응. 정말 흥분되던걸. 카지노에 가는 횟수를 줄여서 또 참가할까 봐."

"꼭 다시 찾아주세요. 기다리고 있겠습니다."

만족해하는 마에가네와 아란에게 드레스를 입은 여성이 재참가를 권했다.

박수를 마치고 할 일이 없어진 린코는 '탐정'들을 바라보았다.

그러고 보니 후쿠로코지에게 난이도를 조절해달라고 요청한 '탐정'이 있었지. 그 탓에 '거짓 증거'를 설치하는 수고가 늘어났었는데. 왜 규칙을 무시하면서까지 귀찮은 요구를 했는지가 의문이었는데, '탐정'끼리 추리 경쟁을 하고 있었던 거였다. 같이 온 여자 앞에서 다른 '탐정'에게 지면 꼴이 우스워질까 봐 초조했던 거다. 민폐도 이런 민폐가 없다.

"중간까지는 내 독무대였는데 말이야."

"그냥 말이 많았던 거겠지."

막이 내린 뒤에도 티격태격하는 아란과 마에가네를 보며 린코는 문득 의문이 들었다.

운영에게 비상식적인 요구를 해서 '거짓 증거'를 만들게 한 건 누구지?

후쿠로코지가 부탁하러 왔을 때 추리를 리드하고 있던 사람은 아란이다. '거짓 증거'까지 만들어 마에가네를 속일 필요는 없었다. 하지만 마에가네라도 해도 앞뒤가 맞지 않았다. 마에가네는 '거짓 증거'에 넘어가 마지막까지 후쿠로코지를 진짜 범인이라고 의심했다. 자신이 준비하게 한 미끼에 걸려들었을 리는 없을 텐데.

"정말 즐거웠어! 데려와 줘서 고마워!"

미츠의 애교 섞인 목소리가 들렸다.

린코가 목소리가 들린 쪽을 돌아보니 아카리가 미츠의 어깨를 껴안고 서로의 얼굴을 밀착하고 있었다.

"그랬구나……바보 같네."

린코의 입에서 저도 모르게 말이 튀어나왔다.

그러고 보니 아카리는 고용인실에서 미츠에게 섬이 클로즈드 서클이 되었기 때문에 경찰이 개입할 수 없다고 말했었다. 생각해 보면 그건 클라이언트인 '탐정'이기 때문에 할 수 있는 말이었다. 설정상으로는 식량을 운반하는 정기선이 오면 외부와 연락을 취할 수 있다고 되어 있었다. 그때까지 사건을 해결해야 한다는 건 개최 기간의 문제에 불과하다. 이런 상황에서 경찰의 개입이 없다고 말하는 건 클로즈드 서클을 전제로 한 이야기이고, 만약 이 말을 캐스트가 했다면 세계관이 무너지게 된다.

"같이 가자고 했을 때는 망설였지만 오길 잘한 것 같군."

아란이 아카리에게 말하자 아카리는 "그렇지?"라며 턱을 치켜들었다.

"그런데 왜 내가 돈을 제일 많이 내는 건데? 그건 좀 마음에 안 드는데."

마에가네가 투덜거렸다.

"같이 놀아주는 것만도 감사하게 생각하세요, 아저씨."

"흥."

아란의 말에 마에가네가 콧방귀를 뀌었다.

"그건 그렇고 너무 아까웠어. 『X의 비극』과 『흑사장 살인사건』이 나왔을 때 마이크로프트까지 추리했었더라면 더 빨리 진짜 범인을 맞출 수 있었을 텐데."

아카리가 미츠를 품에 안은 채로 칵테일을 마시며 말했다.

린코도 내심 분한 마음이 들었다.

두 번째 살인 직후에 아카리가 '탐정'이라는 걸 알았다면 지시서를 건네고 사건을 끝낼 수 있었을지도 모른다.

"이제 와서 무슨……."

후회해도 너무 늦었다. 이미 세 번째 살인은 일어났고 손을 더럽히고 말았다.

"자, 지금부터는 여러분이 계셨던 바스커빌관에서의 시간을 다른 시점에서 감상하시죠."

드레스를 입은 여성이 신호를 보내자, 응접실의 한쪽 벽에 감시 카메라의 영상이 재생되었다.

린코의 범행이 처음부터 끝까지 나오면서 같은 시각 '탐정'들의 모습도 분할 화면으로 동시에 볼 수 있었다.

"오, 우리가 농담 따먹기나 하고 있을 때 설치하고 있었던 거였군."

아란이 감탄했다.

"으흐흐, 린코짱 제법인데."

마에가네가 비릿하게 웃으며 린코를 쳐다보았다.

영상을 보면서 '탐정'들은 서로의 건투를 칭찬하고 희희낙락하며 사건을 회상했다.

이 녀석들······.

살인으로 손을 더럽힌 린코에 대한 걱정 따위 전혀 하지 않는 그야말로 마음만 먹으면 뭐든 할 수 있는 부자들.

반면 린코는 목숨조차 위태롭다. 저렇게 발버둥을 쳤는데. 이제 언제 살해당해도 이상하지 않다. 운 좋게 살아남는다 해도 밑바닥 인생이 계속될 뿐이다.

지금까지의 살인에서 한 번도 느껴본 적 없던 분노의 감정이 린코의 마음에 피어올랐다.

그리고 떠올렸다. 제제와 이시무로에게 먹였던 약이 아직 주머니에서졌다. 린코도 무방비한 상태로 바닥에 쓰러졌다.

파티장이 순식간에 조용해졌다.

"……죄송합니다."

일어나려던 린코는 그 자리에서 몸이 굳기라도 한 것처럼 일어나지 못했다. 후회가 치밀어 올랐다.

"여러분, 저쪽에 요리를 준비해 놓았습니다. 자, 어서 식기 전에 드시죠."

재빨리 다가온 후쿠로코지가 '탐정'들을 다른 곳으로 안내했다.

린코의 옆에 쭈그리고 앉아 깨진 잔의 파편을 주우려 손을 내밀었다.

"앗, 만지지 않으시는 게……."

순간적으로 튀어나온 린코의 말에 후쿠로코지는 손을 멈추었다.

"그게 무슨 말이지?"

그리고 카펫에 생긴 칵테일 얼룩을 보았다.

"……너 설마."

"……죄송해요."

린코는 죽음을 각오했다.

그러자 저택에서의 일들이 머릿속에 스쳐 지나가며 잊고 있던 기억이 떠올랐다.

"저기……."

린코는 바닥에 엎드린 채 후쿠로코지에게 속삭였다.

"작가님 말인데요……."

"바보야! 이런 데서 무슨 말이야!"

후쿠로코지가 작은 목소리로 타박했다.

하지만 린코는 가만히 있을 수 없었다. 살해당하기 전에 반드시 전해야만 했다.

"제가 불을 붙이기 전에 그 사람이 마지막으로 남긴 말이 있어요. 후쿠로코지 씨에게 전해달라고."

"……다나카가? 무슨?"

린코는 한 글자도 틀리지 않도록 기억을 더듬으며 신중하게 말했다.

"-저 대신 수수께끼를 풀어주세요."

## 5.

새벽까지 이어진 파티가 진행되는 동안 섬의 뒤편에 대기시켜 놓았던 호화 크루즈선이 선착장에 도착했다.

클라이언트들이 크루즈에 올라타는 걸 후쿠로코지는 드레스 차림의 미야비와 함께 배웅했다.

"지부장님, 회의까지 30분 남았습니다."

등 뒤에서 사츠키가 속삭였다.

"알았어. 갈게."

마지막 일을 마친 후쿠로코지에 대한 격려의 말이라곤 한마디도 없이 미야비는 저택으로 돌아갔다.

후쿠로코지는 점점 작아지는 크루즈의 모습을 바라보고 있었다.

이번 탐정 유희에는 네 명의 클라이언트가 동시에 참여했다. 사전 미팅에는 아카리와 미츠가 참석했었다. 아카리의 요청으로 갑자기 '거짓 증거'가 필요해졌을 때도 당황하기는 했지만, 사콘이 죽는 사태까지 발생하면서 나머지 일들은 사건 사고 축에도 못 들게 되었다.

린코의 처분에 대한 논의도 한참 후에나 가능할 것이다. 어차피 린코는 도망칠 수 없다. 감시가 붙을 것이고 혹 감시를 피해 도망간다고 해도 미국의 증인 보호 프로그램처럼 즉시 다른 사람이 되지 않는 한 평생 숨어서 지내는 건 불가능하다. 탐정 유희로부터 평생 벗어나지 못할 것이다.

사령실에 도착하니 반자키와 고키가 숙소로 돌아갈 채비 중이었다. 이치하라와 가마모토의 모습도 보였다. 아직 캐스트 의상 차림이었다. 구석에는 와카바야시도 있었다.

"수고했어. 이번에는 정말 고생 많았어."

후쿠로코지가 동료들에게 인사를 건넸다.

"이번에도, 라고요!"

이치하라가 후쿠로코지의 팔을 가볍게 쳤다.

"언제 안 힘든 적이 있었던가요?"

가마모토가 농담 섞인 말투로 말했다.

"메구도 고생 많았다."

작가의 자리 옆에 앉아있던 메구에게도 말을 걸었다.

메구는 무표정 그대로 목례했다.

"그런데 정말 이번에는 특히 힘들었어요……."

가마모토의 얼굴이 진지해졌다.

"사콘 역을 했던 사람은 처음 만났던 거지만, 다나카 씨……아니 다나카 작가님은 제작부의 일도 도와주셨다 보니 최근에 계속 함께였는데……."

비어 있는 작가의 자리가 후쿠로코지의 눈에 들어왔다.

"받아들여야지……여기는 전장이니까."

후쿠로코지의 말에 이치하라와 메구가 고개를 떨구었다.

"일어나서는 안 될 사고였지. 여러분, 모두 많이 놀랐죠?"

분위기를 파악하지 못한 목소리가 들렸다.

루루였다. 심각한 표정이기는 하지만 본심은 그렇지 않다는 게 뻔히 보였다.

"작가가 다시 한 사람이 되어버렸네. 뭐, 그건 상관없어. 다나카 작가님의 몫까지 내가 열심히 할 거니까. 그 점은 안심해. 그렇기는 해도 정말 깜짝 놀랐네."

아무도 루루와 눈을 마주치지 않았다.

"어라? 다들 듣고 있어? 그렇게 시무룩해 있다고 해결되는 건 아무것도 없으니까 우울한 얼굴 좀 그만두자고."

그만두기 전에 한 대 날려줘 버릴까.

후쿠로코지가 주먹을 불끈 쥐었다.

하지만 앞으로도 계속 함께 일해야 할 동료들에게 폐를 끼치고 싶지 않았다.

후쿠로코지는 애써 웃으며 루루에게 말했다.

"작가님이 먼저 사정을 헤아려주시니 정말 감사하네요. 모처럼 소설도 쓰기 시작하신 것 같은데 당분간은 이쪽 시나리오에 전념해 주셔야 하겠습니다."

"흐음. 그건 어려울 것 같은데. 나오키상이 기다리고 있어서 말이야. 소설을 쓰다가 짬이 나면-."

"그건 곤란합니다."

갑자기 후쿠로코지의 말투가 강경해지자 루루는 당황했다.

"……아니, 아무리 곤란해도-."

"아니요. 전념해 주세요."

"어이! 대체 지금 그 태도가-."

"작가님의 힘이 필요합니다."

후쿠로코지가 계속해서 자신의 말을 끊자, 루루의 얼굴이 점차 험악해졌다.

후쿠로코지는 공손한 말투로 말을 이었다.

"전념해 주시지 않으면 탐정 유희 스케줄에 구멍이 생깁니다. 제작부도 기술부도 미술부도 작가를 제외한 나머지 모든 부서가 준비를 마쳤는데 말이지요."

"……구멍이 생기는 게 작가의 책임이라는 거야?"

"탐정 유희에 작가의 존재는 필수적입니다. 알고 계시잖아요? 알고 계시면서도 일을 내팽개치신다는 건-."

비즈니스를 망치는 스태프를 탐정 유희는 용서하지 않는다. 아무리 작가여도 마찬가지다. 물론 루루도 이 사실을 누구보다 잘 알고 있다. 평소에는 떠받들며 비위를 맞춰주지만, 필요 없다고 판단 내려진 순간 사라지는 운명이다.

"나도 알고 있거든! 아악! 진짜! 다나카 이놈은 왜 죽어서! 나를 피곤하게 하는 거야!"

루루는 끝까지 허세를 부리면서 도망치듯 사령실에서 나갔다.

사령실이 실소로 가득 찼다.

"후쿠로코지 씨, 수고 많으셨습니다."

이치하라가 다시 한번 꾸벅 인사했다.

"수고했다는 인사는 아까도 했잖아."

후쿠로코지는 가볍게 대꾸했다.

"수고 많으셨습니다."

옆에 서있던 가마모토도 다시 한번 말했다.

"수고하셨습니다."

반자키도 덧붙였다.

어느새 사령실에 있는 모든 스태프가 후쿠로코지에게 머리를 숙였다. 메구도 의자에서 일어나 인사하고 있었다.

"설마……."

울음 섞인 목소리가 나올 것 같아서 더 이상 말을 이을 수 없었다.

스태프들에게 퇴직한다는 사실을 말한 적은 없었다. 하지만 모두 눈치채고 있던 것이다.

"그동안……정말 감사했습니다."

간신히 목소리를 쥐어 짜내고 깊이 허리를 숙였다.

어디에서도 자랑할 수 없고 가족에게조차 말할 수 없는 직업. 하지만 지금까지 온 힘을 다해 최선을 다했다. 그랬던 날들도 이제 끝이다.

후쿠로코지는 고개를 들고 짝 소리가 나게 손뼉을 쳤다.

"자! 오후에는 모두 이 섬에서 나가야 합니다. 철수 준비를 서두르도록!"

스태프들이 일제히 움직이기 시작하면서 사령실이 다시 소란스러워졌다.

후쿠로코지는 좀처럼 떨어지지 않는 발걸음을 이끌고 사령실을 나섰다.

마침 옷을 갈아입고 나오던 아마타야 형제 역할의 두 사람이 나선 계단을 내려오고 있었다.

"또 불러주세요."

츠구테루 역의 캐스트가 인사하고 지하 2층으로 내려갔다. 가즈오미 역의 캐스트는 가던 길을 멈추고 후쿠로코지에게 귓속말했다.

"정말 나는 '희생자'가 아니었던 거 맞죠?"

"쓸데없는 걱정 하긴. 다음에도 잘 부탁하네."

후쿠로코지가 등을 두드리며 말하자 캐스트는 신난 얼굴로 돌아갔다.

죽을 예정이었던 사람은 살아남고 죽을 거라고 상상도 하지 않았던 사람들이 사라졌다.

후쿠로코지는 감개무량한 마음으로 지상으로 올라갔다. 발걸음은 별채의 잔해로 향했다. 서늘한 공기 속에서 스태프들이 정리 작업을 하고 있었다. 시체는 이미 치워져 있었다.

탐정 유희가 진행되는 동안 계속해서 일어났던 이변. 다나카의 죽음은 사고로 넘어갈 수도 있지만, 사콘은 틀림없이 누군가에 의해 살해당했다. 제제의 생사도 불분명하다. 무엇 하나 깨끗하게 결론이 나지 않았다. 시나리오의 파탄으로 이어질 우려가 있는 상황에서는 진상 해명이 필요하지만, 탐정 유희가 무사히 종료된 후에는 전부 사고 처리로 끝나버리기 마련이었다.

마지막 일이 이래도 되는 건가.

진상에 뚜껑을 덮어버리면 이 찜찜한 감정을 평생 간직한 채 살아가게 된다.

하지만 다나카가 말한 '흑막'을 찾아내는 일도 현실적으로 쉽지 않다. '탐정'들이 도전한 '바스커빌관의 살인'은 관계자만 적어도 열 명. 그중에서 '범인'과 '진짜 범인'을 찾아내는 것이었다. 그런데 사콘의 죽음은 시나리오를 알고 있던 사람의 범행이다.

캐스트뿐만 아니라 지하에서 일했던 스태프들까지 전부 관계자인 셈이다.

그 숫자는 순식간에 불어난다. '탐정'들이 풀어야 했던 수수께끼보다 훨씬 어려운 문제다.

확실한 근거 없이 섣불리 건드렸다가는 일이 커진다. '흑막'의 정체는 물론이고 범행 수법까지 명확히 밝혀내지 않으면 고발은 꿈도 꿀 수 없다.

"불가능할 게 뻔하잖아."

후쿠로코지의 입에서 자조 섞인 말이 튀어나왔다.

다나카를 잃은 자신이 혼자 추리를 할 수 있을 리가 없었다.

후쿠로코지는 발걸음을 돌려 저택으로 돌아갔다.

제제가 발견된 건 한창 철수 작업이 진행되던 때였다. 스태프용 숙소로 쓰이던 방에서 수면제를 대량으로 섭취하고 숨져 있었다.

또 소각로 옆의 숲에서도 검게 탄 새로운 시체가 발견되었다.

## 6.

바스커빌관에서의 탐정 유희로부터 1개월 후, 린코는 도쿄 시내의

빌딩으로 오라는 연락을 받았다.

기다리고 있던 건 피날레 파티에서 드레스를 입고 있던 여자였다. 아마 구쵸 미야비라는 이름이었던 것 같다. 오늘은 캐주얼한 정장을 입고 있었다.

미야비는 린코를 소파에 앉혀놓은 채로 아무 말 없이 일하기만 했다. 자신의 운명을 쥐고 있는 사람의 차가운 태도에 린코는 한층 더 겁에 질렸다.

좁은 사무실에는 책상 두 개와 소파뿐이었다. 그런 장소에서 물 한 잔 얻어먹지 못하고 기다리길 10분. 사무실에 인터폰 소리가 울렸.

"문은 열려있으니까 들어와."

미야비가 책상 위 전화를 들어 기계적으로 대응했다.

잠시 뒤 남자가 들어왔다. 순간 그 남자가 후쿠로코지인줄 몰라보았다. 바스커빌관이 끝난 지 얼마 되지 않았는데, 그새 무척 핼쑥해져 있었다.

후쿠로코지는 린코의 맞은편에 앉았다.

"시간이 별로 없으니까 간단히 해."

미야비는 인사도 없이 후쿠로코지를 재촉했다.

"좋습니다. 저도 바빠서요."

후쿠로코지는 그럴 줄 알았다는 듯이 이야기를 시작했다.

"먼저 사콘과 이시무로를 죽인 건 제제입니다."

린코는 깜짝 놀랐다.

갑자기 무슨 말을 하는 거야······.

하지만 미야비는 눈썹 하나 까딱하지 않고 이야기를 듣고 있었다.

"저희가 추측한 대로 제제는 살아 있었습니다. 다른 사람의 시체를 크루즈선의 짐칸에 숨겨두었다가 카메라의 사각지대에서 바꿔치기 한 다음 바다로 뛰어들었던 겁니다."

"······잠시만요."

린코는 참지 못하고 끼어들었다.

"대체 무슨 말인지 설명을 좀 해주세요."

설명한 것 아니었냐는 눈빛으로 후쿠로코지가 미야비를 쳐다보았다. 미야비는 아랑곳하지 않고 침묵했다.

후쿠로코지가 어이없다는 표정으로 린코에게 말했다.

"바스커빌관에서 일어난 시나리오에 없는 살인. 그 진상에 대해서 말하는 거다."

"······왜 저를 부르신 건데요?"

"후쿠로코지의 설명에 모순된 부분이 있으면 지적해."

책상 너머에서 미야비가 말했다.

"그날, 사건 현장에 제일 오래 있었던 건 너니까—맞잖아?"

"······네, 그렇죠."

"절대 틀리면 안 돼. 명심해."

미야비가 날카로운 말투로 경고했다.

"······알았어요. 그런데 저는 분명히 약을 넣은 술을 건넸고 제제도 마셨다고요."

"마시는 걸 확실히 본 게 맞아?"

후쿠로코지가 무릎 위로 손깍지를 끼며 물었다.

"그렇게 말씀하시면……단언은 못 하겠는데."

"마시던 술은 어떻게 했지?"

"제제가 약에 취해서 엎질러 버렸어요."

"제제는 마시는 척만 한 거야. 잔에 입을 대기만 하고 약에 취한 척 술을 전부 바닥에 쏟아버린 거다."

린코는 반론하기 위해 기억을 더듬었다. 하지만 제제가 술을 마시던 모습을 떠올릴 수가 없었다. 대신 떠오른 건 린코가 위화감을 느꼈던 부두에서의 대화였다.

"듣고 보니……제제와 이야기할 때 제가 '범인'이라는 걸 알고 있는 것 같았어요. 그렇기는 해도……."

"운영 측 사람 중에 제제를 포섭한 사람이 있어."

"……누군데요?"

"다나카다."

"다나카요? 제가-."

쏴 죽인 그 작가요? 라고는 말할 수 없었다.

"마음대로 이야기를 진행하지 마."

미야비가 끼어들었다.

"제제가 다른 사람과 바꾼 거라면 그 소사체는 누군데? 그 당시에는 스태프도 캐스트도 모두 있었다고."

"가타쿠라 헨젤."

"……지금, 뭐라고?"

후쿠로코지의 입에서 나온 이름을 들은 미야비의 얼굴이 일그러졌다.

린코도 당황했다. 들어본 적 없는 이름이었다.

"구리노 한즈, 고야나가와 즈루탄, 고오리 롤란드, 오니니와 다이치, 나머지는……잊어버렸지만 이 중에 누군가입니다."

후쿠로코지의 설명을 이해한 듯한 미야비의 입술이 떨렸다.

"……'그림'의 '피해자'라는 말이야?"

"네. '바스커빌'의 바로 직전까지 섬에서는 '그림동화 대량살인사건'이 개최되었지요. 담당했던 데지마 팀의 제작부에 다나카도 참가했었습니다. 다나카는 다른 스태프가 하기 싫어하는 일까지 도맡아서 했어요. 시체의 화장을 포함한……."

"'그림'에서 나온 시체를 제제와 바꿨다고?"

"제제뿐만 아닙니다. 이시무로와 바꿔치기할 시체도 준비했어요. '그림'에는 여성 '피해자'도 있었으니까요. 탐정 유희에서 나온 시체는 화장한 뒤에 재를 바다에 뿌리지만, 다나카는 남녀 한 쌍의 시체를 검게 탄 상태로 보관하고 있었던 겁니다."

후쿠로코지의 말대로라면 크루즈에서 발견된 것은 불에 타 죽은 시체가 아니라 죽은 다음 태워진 시체라는 말이었다.

미야비가 아름다운 얼굴을 찌푸렸다.

"왜……어째서 다나카가 그런 짓을 한 거지?"

"'피해자'들을 죽이지 않기 위해서입니다."

죽이지 않는다고……?

다나카는 제제와 이시무로를 지키려고 그랬다는 건가?

"자기가 죽이는 시나리오를 써놓고서 구하려고 했다니 이상하잖아요."

린코가 의문을 제기하자 후쿠로코지의 표정이 누그러졌다. 린코에게는 마치 미소를 지은 것처럼 보이기도 했다.

"다나카는 원래 그런 놈이거든. 덕분에 우리만 고생했지만."

리허설에서 만났던 게 다인 다나카에 대해 린코는 잘 알지 못했다. 후쿠로코지의 이야기를 통해 짐작해 보면 탐정 유희의 시나리오를 쓰는 일에 저항감이 있던 것 같았다.

"다나카가 언제 제제와 이시무로에게 계획을 전달했는지는 모릅니다. 아마 사전 미팅이나 리허설 중에 제가 보지 않는 틈을 노렸겠죠. 제제와 이시무로는 탐정 유희의 규칙을 알고 있었어요. '피해자' 역이라는 걸 알아도 도망치면 결국 잡혀서 살해당할 거라는 걸 말입니다. 그래서 살아남기 위해 다나카의 지시에 따라 운영 측에는 죽은 것처럼 위장하고 몸을 숨겼어요. 약을 마신 척하고 검게 탄 시체와 바꿔치기 한 거지요. 버를스톤 갬빗-'얼굴 없는 시체'의 트릭을 다나카는 사람을 살리기 위해 응용한 겁니다."

후쿠로코지의 말투는 마치 다나카를 칭찬하는 것처럼 들렸다.

그러나 후쿠로코지의 추리에는 커다란 모순이 있었다. 미야비가 바로 그 모순을 지적했다.

"하지만 이시무로의 시체는 확실히 확인했잖아. 이시무로의 시체는 얼굴을 구별할 수 있었어. 너도 가까이에서 봤을 텐데?"

미야비의 질문에 린코는 "네"라고 끄덕였다.

후쿠로코지는 냉정하게 설명을 이어갔다.

"이시무로를 구하기 위한 계획은 이랬습니다. 제제와 마찬가지로 이시무로도 약을 마신 척 연기를 하고 정신을 잃은 모습을 우리에게 보여줬어요……여기까지 이견 있나?"

후쿠로코지가 똑바로 바라보며 묻자, 린코는 아무 말 없이 고개를 옆으로 저었다.

이시무로가 시나리오를 알고 있을 거라고는 범행 당시에는 상상도 하지 못했다. 찻잔에 입을 대는 건 봤지만 얼마나 마셨는지까지는 모른다. 절차를 완수하는 데에만 정신이 팔려서 연기를 하는 거라고 의심조차 하지 않았다.

"소각로에 들어간 다음에는 제제가 구하러 와주길 기다렸을 겁니다. 크루즈에서 탈출한 제제는 숲에 숨어있었겠죠. 린코가 소각로에서 사라진 후 이시무로를 구출하고 미리 다나카가 숲에 숨겨두었던 검게 탄 시체로 바꿔치기. 이시무로는 계획대로 움직였어요. 하지만—제제가 배신했지요."

다시 말해 제제는 다나카의 지시로 운영을 속인 것도 모자라 다나카의 허를 찔렀단 말이었다.

린코는 필사적으로 귀를 기울였다. 조금이라도 흐름을 놓치면 이야기를 따라갈 수 없을 것 같았다.

"제제는 이시무로를 소각로에서 빼주지 않고 배를 찔러서 죽였어요. 이시무로는 몸을 마음대로 움직일 수 없는 상태였으니까 식은 죽 먹기였겠죠. 소각로의 카메라에 작은 불빛이 비쳤던 건 제제가 이시무로를 살해했을 때였습니다. 이시무로와 바꿀 예정이던 시체는 그대로 숲에 방치되었고, 탐정 유희가 끝난 뒤에야 발견되었죠."

그렇다면 이시무로의 자세가 똑바로 누워있던 자세에서 엎드린 자세로 바뀐 것도 말이 된다. 배를 찔린 이시무로가 소각로 안에서 몸부림치다가 자세가 바뀐 것이다.

"다시 똑같은 질문인데. 대체 왜?"

미야비는 도무지 이해할 수 없는 얼굴이었다.

"제제가 이시무로를 살해할 동기는 뭐지?"

"문제는 바로 그겁니다."

후쿠로코지는 말하며 등을 곧게 세웠다.

"제제는 사콘도 죽였습니다. '탐정'들에게는 사콘이 입막음을 위해 살해당했다고 말했지만, 사실은 그렇지 않습니다. 사콘은 이시무로보다 먼저 살해되어 소각로로 옮겨졌어요. 사콘이야말로 '흑막'의 표적이었던 겁니다."

"'흑막'이라……."

미야비가 서늘한 미소를 지었다.

"지금 이야기대로라면 다나카가 '흑막'이 되는데?"

"다나카에게는 사콘을 죽일 동기가 없어요. 다나카는 한 사람도 피해자를 내지 않고 탐정 유희를 성립시키는 '이중 시나리오'를 계획했습니다. 하지만 그걸 '흑막'이 역으로 이용한 거지요. '흑막'은 몰래 제제와 접촉해서 자신이 '이중 시나리오'를 간파했음을 알리고 지시에 따르도록 협박했습니다. 원래 제제는 살인을 주저하지 않는 사람이니 마음대로 조종하는 것도 어렵지 않았겠죠."

린코는 다시금 제제와 단둘이 선착장에 있던 광경을 떠올렸다. 그때 제제의 이빨이 자신을 향해 있었다면 어땠을까 생각하니 몸이 떨렸다.

"사콘은 '흑막'의 연락을 받고 밖으로 나왔다가 기다리고 있던 제제에게 등 뒤에서 목을 찔렸어요. '흑막'은 사콘이 죽는 현장에 있을 필요도 없었지요. 멀리서 제제를 조종하는 것만으로도 목적을 달성할 수 있었으니까요. 그런데 제제가 받은 지시는 이뿐만이 아니었습니다. 사콘의 시체를 소각로에 옮기고 사콘을 찌른 아이스픽으로 이시무로를 죽인 후 다시 사콘의 목에 꽂아두었지요."

"이시무로는 죽이지 않아도 됐던 것 아닌가요?"

린코는 전체적인 이야기의 흐름을 이해하지 못하고 있었다.

알리바이를 만들기 위해 '흑막'이 제제를 조종했다는 건 알겠다. 그런데 사콘을 죽이는 게 목적이었다면 소각로까지 옮기는 쓸데없는 짓은 왜 한 건지 이해가 가지 않았다.

"탐정 유희에서는 범인이 사콘의 입을 막으려고 죽였다고 했지만, 사실은 그 반대야. 입막음을 위해 살해당한 건 이시무로 쪽이다."

후쿠로코지는 어금니를 앙다문 채 설명했다.

"다나카의 계획대로 이시무로가 탈출했다면 제제가 사콘을 죽였다는 걸 알았을 거다. 어쨌든 소각로에서 나오자마자 눈앞에 새로운 시체가 뒹굴고 있었을 테니 말이지. 제제가 무언가를 옮기고 있었다는 것도 소각로 안에서 소리를 듣고 알았을 거야. 그러면 나중에 이시무로의 입에서 제제의 범행이 새어나갈지도 모르지. 제제가 사콘을 죽였다는 걸 다나카가 알게 되면 분명 운영 측도 알게 될 것이고 모두 제제를 찾는 데 혈안이 되었을 거야. '흑막'은 처음부터 제제를 쓰고 버릴 생각이었어. 하지만 죽이기 전에 제제가 발견되면 자신의 범행이 노출된다. 그래서 아무리 사소한 것이라도 진상으로 연결될 가능성이 있는 건 모두 없애버린 거다."

"그런……."

제제와 이시무로를 죽였다고 괴로워하던 그때의 자신이 우습게만 느껴졌다.

"자, 여기까지 설명했으면 '흑막'의 정체가 슬슬 보이기 시작할 겁니다. 그렇지 않습니까?"

후쿠로코지는 미야비를 정면에서 똑바로 쳐다보았다. 미야비는 아무 말 없이 후쿠로코지의 시선을 되받았고, 두 사람의 시선이 허공에서 얽혔다.

"'흑막'이 어떤 사람인가. 하나 확실한 건 탐정 유희를 잘 알고 있고 '이중 시나리오'까지 읽을 수 있는 사람. 그리고 또 하나는 사콘이 죽어서 크게 덕을 보는 사람이지요. 예를 들어 사콘과 출세 경쟁을 했다거나―."

미야비의 관자놀이가 움찔하는 것을 린코는 놓치지 않았다.

후쿠로코지는 미야비의 대답을 기다리지 않고 말을 이었다.

"탐정 유희는 인공적으로 클로즈드 서클을 만들지요. 죽는 사람이 나와도 경찰은 개입하지 않습니다. '흑막'은 그런 탐정 유희를 이용해서 눈엣가시였던 라이벌을 없애려고 한 겁니다."

미야비는 가만히 듣고만 있었다.

"하지만 행방불명으로는 부족했죠. 단순히 소재가 불분명한 상태라면 사콘이 복귀할 가능성도 있기에 인사에도 영향이 있을 수 있으니까요. 출세가 늦어질지도 모르고요. 그러면 그사이에 새로운 라이벌이 출현할지도 모릅니다. 그래서 인사 발령이 늦어지는 걸 막기 위해서라도 사콘이 죽었다는 걸 많은 사람에게 인식시킬 필요가 있었던 겁니다. 하지만 사고로 위장하긴 어려웠죠. 섬에는 높은 절벽도 없고 억지로 사고사로 위장하면 의심받을 수도 있으니 말입니다. 그렇다면 아예 처음부터 살인이라고 밝혀버리는 게 현명한 방법이었던 거죠. 자신이 사령실과 지하 2층에 있었다고 확실하게 증명할 수 있는 탐정 유희 중에 사콘을 죽이면 되는 겁니다."

후쿠로코지의 시선에서 벗어나려는 듯 미야비는 의자를 돌려 창문을 바라보았다.

그러나 놓치지 않겠다는 듯 후쿠로코지도 몸을 내밀었다.

"제가 느끼고 있던 가장 큰 위화감은 사콘의 시체가 소각로 앞까지 옮겨져 있던 것이었습니다. 하지만 그것도 '흑막'의 정체를 알고 나면 풀리는 문제였지요. '흑막'은 알리바이를 만들기 위해 탐정 유희가 진행되는 동안 사콘의 시체가 발견되길 원했던 겁니다. 하지만 시나리오와 관계없는 '희생자'가 나오면 탐정 유희는 파탄 나게 되고 그로 인해 자신의 평가가 깎이면 오히려 주객전도가 되니 안되죠. 그래서 사콘의 죽음을 탐정 유희의 사건에 집어넣은 겁니다. 그러면 제작부와 작가가 무슨 수를 써서라도 시나리오에 맞게 이야기를 수정할 테니까요. 탐정 유희의 자기수정기능을 이용한 거지요."

언제부터인가 후쿠로코지의 목소리에 분노가 묻어나고 있었다. 자신들이 이용당했다는 사실에 화가 난 것 같았다.

"제제는 숙소에서 살해당했습니다. 우리가 숲을 수색하고 있을 때 제제는 '흑막'에게 건네받은 '그림'의 고용인 옷으로 갈아입고 다른 스태프들에 섞여서 숙소에 들어왔어요. 아마 잠시 몸을 숨기고 있다가 '탐정'들이 타고 돌아갈 배의 화물칸에 숨어서 탈출하면 된다고 들었겠지요. 하지만 약이 잔뜩 들어간 음료를 마시고 죽었어요."

후쿠로코지가 설명을 마치자, 미야비는 깊게 한숨을 내쉬었다.

"⋯⋯나한테 화가 많이 난 것 같은데."

"지부장님과는 여러 일들이 많았지만, 이번만큼 심한 일은 없었습니다. 우리들의 일을 부정당한 것이나 마찬가지입니다."

"……나도 어쩔 수 없었어."

미야비가 멀리 허공을 쳐다보며 말했다.

"사콘이 감사원이라고 말해주셨을 때, 왜 알려주지 않으신 건가요? 감사원이 또 한 사람 있다는 걸-."

"……네?"

린코는 후쿠로코지가 무슨 소리를 하는 건지 전혀 알 수가 없어졌다. 린코는 미야비가 '흑막'이고 그래서 후쿠로코지가 화내고 있는 거라고 이해하고 있었다.

"그 감사원을 알려주셨다면 좀 더 빨리 진상을 밝혀낼 수 있었을지도 모릅니다."

"글쎄 감사원과 '흑막'을 바로 연결하는 건 쉽지 않았을 텐데."

"직접 연결할 수도 없고 그럴 증거도 없었을 겁니다. 다만 추리는 쉬워졌겠지요. 살해당하기 직전에 사콘은 밖으로 나갔습니다. 현관이나 뒷문에 나간 흔적이 없는 걸로 봐서는 우리들의 눈을 피해 객실 창문으로 빠져나갔겠지요. 자유롭게 움직여도 아무런 상관없는 사콘이 그렇게까지 했던 건 운영 측에게 들키고 싶지 않은 목적이 있었기 때문입니다. 생각할 수 있는 건 감사원끼리의 접촉. 게다가 다른 감사원은 저택 안에서 대화할 수 있는 캐스트가 아니라는 거죠. 지상에 올라올 수 없는 사람-스태프라는 말입니다."

"저기……."

린코가 머뭇거리며 손을 들었다.

"감사가 뭔가요?"

"사콘은 본부에서 우리들이 일하는 모습을 평가하러 온 거였어. 우리한테는 정체를 숨기고 말이지. 알고 있던 사람은……."

후쿠로코지는 비난하는 눈빛으로 미야비를 쳐다보았다.

"……스파이같은 건가요?"

"사콘은 주로 캐스트의 연기나 움직임을 평가했어. 그래서 스스로 캐스트로 참가한 거였지. 주머니에 '거짓 증거'인 손수건을 넣고 있었던 것도 내가 실수로 떨어트린 거라고 착각해서 감사 보고를 위해 주운 거겠지. 사콘에게는 '거짓 증거'를 알려주지 않았으니까."

"또 한 사람의 감사원은요?"

"사콘이 캐스트 평가를 담당하고 또 다른 감사원은 스태프들을 평가하고 있었어. 지부장도 포함해서. 그래서 지부장은 감사원에게 전면적으로 협력하고 정체를 비밀로 했던 거야."

"조직이란 원래 그런 법이야. 어쩔 수 없잖아."

처형 명령을 내릴 수 있는 자리에 있는 미야비가 '어쩔 수 없다'라고 되풀이하고 있었다.

린코는 그 모습이 가엾게 보였다.

하지만 미야비의 축 처진 모습은 아주 잠시였다.

다시 의자를 돌려 후쿠로코지를 똑바로 마주 본 미야비는 여유롭게 웃었다.

"당신한테 연락받자마자 바로 '흑막'에게 메일을 보냈어. '바스커빌 관에서 네가 한 일을 알고 있다'라고 말이야. 당연히 그 자식이 자백할 거라고는 기대도 안 했지만, 답장조차 없더군. 그래서 또 메일을 보냈지. '증거도 갖고 있다'라고. 그랬더니 어떻게 된 줄 알아?"

미야비의 퀴즈에 후쿠로코지는 답을 맞힐 생각이 없어 보였다. 입을 꾹 다문 채 이야기를 재촉했다.

"그 자식이 쓴 원래 감사 보고서는 평가가 최하위였어. 그랬는데 메일을 보내자마자 최고 등급으로 수정되었더라고. 그게 바로 대답이야."

미야비는 우후후-소리를 내며 차갑게 웃었다.

"고맙게 생각해. 덕분에 무슨 일이 있었는지 자세히 알게 되었어. 이걸로 그 자식의 약점도 쥐게 되었고 말이야. 더는 나를 방해하진 못하겠지."

이 여자……불쌍하다고 생각한 내가 바보였어.

린코는 후회했다.

후쿠로코지도 기가 막힌다는 듯 탄식하더니 자리에서 일어섰다.

"그럼, 저는 이만……."

"아, 그리고 퇴직금 말인데. 미안하지만, 원했던 금액에서 천만 엔 깎였어. 아무래도 그런 일이 있었으니까."

"……알겠습니다."

후쿠로코지는 감정을 숨긴 채 출구로 향했다.

린코도 뒤를 따라가려 했다.

"기다려. 아직 내 이야기 덜 끝났어."

미야비가 일어나 뒤를 돌아본 후쿠로코지와 마주 섰다.

"빼먹은 말이 있는데……감사 결과 말이야……최하위였다는 건 내 평가였어. 스태프들의 평가는 처음부터 최고 등급이었어."

"그렇군요……."

후쿠로코지의 눈에 감정이 돌아왔다.

"그리고!"

발길을 돌리려는 후쿠로코지를 미야비가 재차 불러세웠다.

"만약 퇴직금만으로 치료비가 모자라면……연락해."

치료비?

미야비의 말이 무얼 의미하는지 린코는 알 수 없었다. 하지만 자신이 끼어들 일이 아니라는 것만은 알고 있었다.

후쿠로코지가 고개를 갸웃하자 미야비는 의자에 털썩 앉았다.

"……부족한 돈은 내가 내줄 테니까."

후쿠로코지는 잠시 생각하다가 말없이 고개를 숙였다.

"그리고 마지막으로 확인하는 건데, '흑막'에 대해서는 당신이 혼자서 추리한 거야?"

후쿠로코지가 고개를 들고 "물론입니다."라고 단호하게 대답했다.

린코는 후쿠로코지와 함께 사무실을 나와 엘리베이터를 탔다.

"저기……저도 질문이 있는데요."

"뭐지?"

후쿠로코지는 벽의 층수 버튼을 올려다보고 있었다.

"저……처벌은 없는 건가요? 그런 짓을 했는데…….."

클라이언트에게 약을 먹이려고 한 사람을 회사가 용서할 리가 없었다. 하지만 그 일로 추궁하는 사람은 없었다.

"아아, 그거는 보고하지 않았으니까."

"네?"

듣고도 믿기지 않아서 후쿠로코지의 얼굴을 쳐다보았다.

한참을 쳐다본 후에야 후쿠로코지의 시선이 이쪽을 향했다.

"맞다. 전해달라고 부탁받은 말이 있었어."

"전해달라고요……? 누가요?"

"누구인지는 비밀이야. 그리고 지금 하는 말은 절대 아무한테도 말하면 안 돼. 술을 마셔도 절대."

"……네."

그러잖아도 술은 끊을 생각이었다.

그러자 후쿠로코지가 작게 속삭이듯 말했다.

린코는 엘리베이터의 바닥에 주저앉아 하염없이 오열했다.


# 7.

상사에게 '흑막'에 대한 보고를 하기 일주일 전-.

남자는 바닷가의 시골 마을에 와 있었다.

마을 어부가 봄에 채집한 다시마를 말리고 있었다. 그 광경을 곁눈질로 보면서 해변을 걸어가다 보니 모래사장 위에 방치된 낡은 폐어선이 보였다. 갑판에는 청년이 한 사람. 앉아서 책을 읽고 있었다.

"어이!"

남자가 말을 걸자, 청년은 순간 창백하게 질려 그 자리에서 굳었다.

"그런 얼굴 하지 마. 일 때문에 온 거 아니니까."

남자는 나쁜 의도가 아니라는 걸 표정과 손짓으로 표시하며 청년의 옆에 앉았다.

"독서하기에 안성맞춤인 곳이네. 또 미스터리를 읽고 있는 건가?"

"⋯⋯네."

청년이 덮은 책 표지에는 『수뇌(獸腦)』라는 타이틀이 쓰여 있었다.

"그거 재밌나?"

"저⋯⋯어떻게 여기를?"

청년은 자신이 있는 장소를 들킨 이유를 궁금해했다. 공포보다 호기심이 앞선 듯했다.

남자는 눈앞에 펼쳐진 바다를 바라보았다.

"탐정 유희는 도망자를 용서하지 않아. 반드시 찾아내서 처형하지."

말하는 내용은 험악했지만, 남자의 말투는 온화했다.

"하지만 그건 어디까지나 도망쳤다는 걸 들켰을 경우다. 죽었다고

믿게 하고 다른 사람이 되어 살면 찾을 도리가 없지."

청년은 포기한 듯이 고개를 떨구었다.

"제작부의 일을 도와주고 있던 것도 계획에 포함되어 있었나?"

"아니요. 그건 아닙니다. 저만 일을 안 하는 게 죄송해서." "그런데 시체를 화장하는 일을 반복하는 와중에 소사체를 바꿔치기하는 트릭을 생각해 낸 거였군."

"……죄송합니다."

"사과하지 않아도 돼. 어차피 계획대로 진행될 때는 거의 없으니까. 제제는 죽어 있었어. 숙소에서 말이야."

"그렇군요……."

"'그림'의 시체와 바꿔치기해서 섬에서 탈출했을 거라고 짐작은 했어. 문제는 그다음이지. 요즘 시대에 다른 사람이 되어 산다는 건 거의 불가능하거든. 꼬리가 밟히면 바로 죽을 수도 있어. 네가 그걸 몰랐을 리가 없는데."

청년은 부정도 긍정도 하지 않았다.

"그 문제의 실마리도 네가 제작부에서 온갖 일을 도맡아 했다는 점에서 찾을 수 있었지. 우리는 과거에 탐정 유희에 참가한 '희생자'들의 명단을 갖고 있어. 명단에 있는 건 전부 사회와 연결고리가 없고 행방불명이 되어도 아무도 신경 쓰지 않을 사람들이다. 마치 예전의 너처럼 말이지."

"……."

"네가 다른 사람이 되어 살려고 했다면 과거의 '희생자'로 신분을 바꿔 살 수밖에 없었을 거야. 그래서 명단 중에서 너와 나이가 비슷한 사람들을 추려내고 그 사람들의 호적을 일일이 조사했지."

"……전부요?"

청년이 눈을 동그랗게 떴다.

그 모습을 보고 남자는 가볍게 웃었다.

"생각보다는 빨리 당첨돼서 천만다행이지 뭐야."

청년도 같이 웃음을 터트렸다.

"역시 못 당하겠네요."

"자랑하려고 여기까지 먼 길을 온 게 아니야. 네가 섬에서 했던 일을 전부 들으려고 왔다."

"……알겠습니다. 어차피 저는 고엔지 씨……아니 후쿠로코지 씨가 구해주지 않으셨으면 진작에 기암관에서 죽었을 테니까요."

청년은 엷은 미소를 짓고 이중 시나리오의 존재를 고백했다.

도저히 자신이 쓴 시나리오대로 사람이 죽는 걸 보고만 있을 수가 없던 청년은 '피해자' 후보인 두 사람을 이미 죽은 사람과 바꿔 치기하고 섬에서 탈출시킬 방법을 고민했다. 그리고 자신도 탐정 유희에서 벗어날 방법을 찾았다.

"진짜와 가짜, 이중의 시나리오를 동시에 쓴 건가. 그래서 그렇게 몇 번이나 수정을 계속했던 거였군."

남자가 수긍했다.

"시행착오를 거듭한 결과 수정 사항이 늘어난 것도 사실이지만, 아슬아슬할 때까지 시나리오 제출을 늦춘 건 의도적이기도 했어요. 소사체로 보일 시체를 준비하려면 다른 탐정 유희와 연속으로 개최되어야만 했거든요."

"그것도 일부러였다고……데지마에게도 민폐를 끼쳤구먼."

"죄송합니다……."

"됐으니까, 계속해."

재촉받은 청년은 '피해자' 후보 두 사람에게 접근하고 바꿔치기 트릭을 사용하기까지의 경위를 설명했다. 며칠 후 상사에게 보고했던 내용이다.

"린코가 쏜 권총은 공포탄이었나?"

"네. 방아쇠를 여러 번 당기면 공포탄이 나가도록 해 놓았습니다. 가즈오미가 동요할 거라고 예상했기 때문에 스스로 칼로 배를 찌르고 별채 안으로 들어갔어요. 상처는 재킷으로 감췄다가 린코가 공포탄을 쏜 타이밍에 맞춰서 재킷 버튼을 푼 겁니다."

"그 피는 진짜였군. 출혈이 꽤 심했는데……."

청년이 셔츠를 들쳐 보였다. 배에는 붕대가 칭칭 감겨 있었다.

"그렇게 하지 않으면 속일 수 없을 테니까요."

청년은 남자의 얼굴을 보았다.

"나는 뭐 맨날 의심만 하는 사람인 줄 알아."

"린코가 건물에 불을 붙이고 나간 뒤에 저는 창문으로 빠져나왔습니다. 숲에 숨겨두었던 시체에 책의 페이지를 쥐여주고 별채에 갖다 놓았지요. 그다음부터는 의식이 몽롱해져서 잘 생각이 나지 않아요."

"가즈오미는?"

"따로 말하지 않았습니다. 마지막 한 사람 정도는 살해에 실패해도 의심받지 않을 거라 생각했거든요."

"그랬군……대충 다 이해했어."

남자가 일어나려다 말고 다시 앉았다.

"린코에게 부탁한 말-그건 무슨 의미였나?"

"부탁이요?"

"'저 대신 수수께끼를 풀어주세요'라고 말했다는 것 같던데."

"그런 말을 했는지……진짜로 의식을 잃기 직전이어서요. 다만-."

청년은 잠시 생각하더니 조용히 입을 열었다.

"제가 그런 말을 했어도 이상하진 않을 것 같네요. 누가 제 추리를 부정해 줬으면 했거든요."

"……그게 무슨 말이지?"

"'흑막'의 정체에 대해서요."

"결국 찾아낸 건가?"

청년의 얼굴이 갑자기 어두워졌다.

"누구야! 누가 '흑막'이지?"

청년의 추리는 논리정연했다.

출세를 두고 경쟁하던 라이벌을 없앰과 동시에 탐정 유희가 파탄

나지 않도록 한 '흑막'의 책략. 이에 대해서도 남자는 며칠 후 상사에게 보고하게 된다.

"'흑막'은 두 개의 시나리오를 모두 알고 있는 사람이라는 거군."

"단순히 시나리오를 파악하고 있는 것만이 아니에요……우연히 시나리오의 내용을 알았다고 해도 사콘의 죽음까지 시나리오를 망치지 않고 끼워 넣는 건 불가능합니다. 게다가 최종 시나리오를 제출한 건 탐정 유희가 개최되기 직전이었어요."

"하지만 실제로 '흑막'은 시나리오에 사콘의 죽음을 넣었잖아."

"아니요 넣은 게 아니에요. 그 시나리오는……처음부터 죽일 예정이 아니었던 사콘을 탐정 유희 안에서 살해하기 위해 만들어진 시나리오였어요."

"그게 무슨 말이야? 시나리오를 쓴 건 너잖아."

"썼다기보다……쓰게 만들었죠."

"'흑막'이……네게 쓰게 했다고?"

거짓말.

남자는 머릿속에 떠오른 한 사람의 얼굴을 필사적으로 떨쳐내려 했다.

"시나리오 그 자체를 컨트롤할 수 있는 사람이 아니면 그렇게 만드는 건 불가능해요. 그리고 저는 아이디어를 떠올렸을 때부터 수정작업에 이르기까지 언제나 그 사람의 영향 아래에 있었어요."

클라이언트와의 미팅 직후 시나리오 집필을 거부하던 청년에게 아이디어를 제공하고 시나리오 완성까지 이인삼각으로 시간을 보냈던 인물-.

청년은 아직 그 이름을 말하려 하지 않았다.

남자도 입에 올리고 싶지 않았다.

"아소 메구-인가."

청년은 말없이 고개를 숙였다.

"지부장이 본부에 있던 시절 두 사람의 일본인 라이벌이 있었다고 들었어. 한 사람은 사콘이고 또 한 사람이 메구……."

"……아소 씨는 지금 뭘 하고 있나요?"

"이동했어. 어디로 갔는지는 몰라."

"아마 아소 씨도 감사원이었을 겁니다."

"메구가? 하지만……."

감사원이 두 명이라는 말은 상사에게서 듣지 못했다.

"젠장, 그렇게 부하가 미덥지 못한 건가."

남자는 주먹으로 갑판을 내리쳤다.

"사콘이 캐스트, 아소 씨가 스태프, 이렇게 감사 대상을 나눴던 게 아닐까요. 그렇게 생각하면 지부장이 정서적으로 불안했던 것도 이해가 되고요."

그러고 보니 분명 상태가 이상했다. 살갑게 말하는가 싶다가도 갑자기 언제나처럼 히스테리를 부리질 않나-. 태도가 손바닥 뒤집듯 바뀌었다.

"돌이켜 생각해 보면 지부장이 평소처럼 행동하던 건 아소 씨가 자리를 비웠을 때였어요."

"……그랬었군."

"사콘의 처리에 대해 지부장이 의사결정을 내릴 때도 아소 씨의 한마디에 바로 판단을 바꾸었어요. 감사원인 아소 씨를 의식해서 그랬던 거죠. 다만, 증거는 없어요. 저도 믿고 싶지 않고요……."

후쿠로코지는 모래가 묻은 손을 털었다.

"지금부터는 회사의 일이다. 지부장에게 보고해 두지. 어떻게 할지는 위에서 결정할 거다. 그건 그렇고 너는? 앞으로 어떻게 할 건지 정했나?"

"앞일은……아니, 그건……."

벌벌 떠는 청년을 보고 남자는 다시 웃음을 터트렸다.

"안심해. 네 일은 보고하지 않을 거니까."

"……감사……합니다."

청년은 안도의 한숨을 내쉬었다. 하지만 바로 슬픈 표정으로 바뀌었다.

"……아무것도 정해지지 않았습니다."

"나와 똑같군."

남자는 호쾌하게 말하며 자리에서 일어섰다.

이제 청년과 만날 일은 없을 것이다.

"저기……."

뒤돌아보니 청년도 일어서 있었다.

"건강이……어디 안 좋으신 건가요?"

청년이 걱정스럽게 물었다.

뭐야, 이 녀석도 눈치채고 있었던 건가.

청년의 등 뒤로 동료들의 모습이 보였다.

"네가 지금 남 걱정 할 때야?"

"……맞네요. 죄송합니다……그리고 이왕 오신 김에라고 하면 좀 그렇지만, 부탁이 있습니다."

"대단한 건 못 들어준다."

"린코에게……린코와 만날 일이 있으면 이 말을 꼭 전해주세요."

"……만날 일은 없을 것 같은데……이제 퇴직금을 받으러 갈 일 정도밖에 안 남았거든."

"네. 혹시라도 만났을 때면 됩니다."

"뭘 말하면 되지?"

남자는 나중에 그 말을 확실하게 전달하게 된다.

청년은 파도 소리가 잠잠해지길 기다렸다가 말했다.

"미안해요. 당신은 아무도 죽이지 않았습니다."

## 바스커빌관의 살인

| | |
|---|---|
| **초판 1쇄 발행** | 2025년 9월 1일 |
| **지은이** | 다카노 유시 |
| **옮긴이** | 송현정 |
| **펴낸이** | 황윤재 |
| **디자인** | 오아름 |
| **교정교열** | 헤로 |
| **표지그림** | 이붐_Leeborm |
| **편집·제작** | 네오시스템 |
| **펴낸곳** | 허밍북스 |
| **출판등록** | 2022년 11월 23일 제2022-000030호 |
| **주소** | (42699) 대구시 달서구 문화회관11길 31, 3층 |
| **전화** | 053-591-1010 |
| **팩스** | 053-591-1075 |
| **이메일** | jaeo@hmbs.co.kr |
| **인스타그램** | @humming__books |
| **ISBN** | 979-11-991752-4-2 03830 |
| **값** | 17,500원 |

이 책은 저작권법에 의해 보호를 받는 저작물이므로 무단 전재와 복제를 금합니다. 파본은 구입한 곳에서 교환해 드립니다.